FATALES ATTRACTIONS

Meredith WILD

FATALES ATTRACTIONS

La série « Hacker »
Acte 2

Traduit de l'anglais (États-Unis)
par Jacques Collin

Michel LAFON

Dans la même série :

Dangereuses affinités, tome 1

À paraître dans la même série :

Vertiges charnels, tome 3 (janvier 2016)

Titre original :
Hardpressed (The Hacker Series, book 2)

118, avenue Achille-Peretti
CS 70024 – 92521 Neuilly-sur-Seine
www.michel-lafon.com

À Jonathan

Chapitre un

– Je n'arrive pas à croire que je m'apprête à le refaire, dis-je.

Blake passa son bras autour de mes épaules. Il me serra contre lui, et je me détendis au contact de sa chaleur familière. On quitta l'immeuble de ses bureaux pour descendre la rue de quelques pâtés de maisons. Il inclina la tête et déposa un baiser rassurant sur ma joue.

– Il n'y aura pas de coup tordu, cette fois, je te le promets.

Je m'esclaffai et ouvris de grands yeux.

– C'est tout de suite plus rassurant !

Je le croyais presque. Ces dernières semaines avaient été intenses, mais quelque chose avait changé entre nous. Je pouvais plaisanter, mais je lui faisais confiance, maintenant. Après toutes mes protestations ferventes et mes tentatives désespérées de combattre ce que je ressentais pour lui, j'avais finalement obtempéré – du moins plus que je ne l'avais jamais fait avec quiconque – et je n'aurais pu en être plus heureuse.

Il m'adressa un rapide sourire malicieux.

– Ne t'inquiète pas. Il n'y avait aucune chance que Fiona me laisse retenter un truc pareil.

Vêtue d'un corsaire blanc et d'une tunique de mousseline bleu marine, Fiona, la sœur de Blake, nous attendait à côté d'un petit café pittoresque. On s'arrêta tous les deux devant l'entrée. L'enseigne sérigraphiée qui la surmontait indiquait Mocha. Un jeune client ouvrit grand la porte en sortant, et de profonds arômes de café fraîchement moulu et de chocolat s'échappèrent, déclenchant tous les récepteurs de bonheur de mon corps. J'en oubliais presque la raison de notre présence ici, quand Fiona nous indiqua d'un geste une porte anonyme à côté du café.

– C'est en haut, dit-elle en nous faisant emprunter un étroit escalier jusqu'au premier étage.

– Qui possède l'immeuble ?

Je m'étais efforcée de poser la question d'un ton léger, mais ça ne pouvait tromper personne. Le fait de nous trouver à quelques pas d'une source fiable de caféine était un argument de vente particulièrement solide, mais Fiona connaissait ma position quant au fait de louer à Blake ou à l'une de ses sociétés. Je faisais confiance à Blake, mais il profitait de la moindre occasion pour s'immiscer toujours plus avant dans mes négociations professionnelles.

Blake avait ses propres contradictions. Il pouvait se montrer doux et d'une tendresse désarmante un instant, et me faire écumer de rage aussitôt après, avec sa tendance pathologique à tout contrôler. Il pouvait affecter de façon infernale les affaires de mon entreprise toute la journée, et me baiser toute la nuit jusqu'à épuisement le soir venu. D'accord, j'avais parfois besoin des deux, mais mes sentiments quant à cette emprise sur ma vie restaient ambivalents. L'idée de le laisser faire m'effrayait, mais j'apprenais à lui faire confiance autant que possible.

Aujourd'hui, la part de moi désireuse de distance et d'indépendance voulait être absolument certaine que Blake n'allait pas me refaire un coup tordu.

– Je peux te garantir que Blake ne détient aucune part dans cet immeuble, me rassura Fiona.

Tout ça semblait très bien, mais il n'y avait pas si longtemps elle m'avait placé un magnifique appartement remis à neuf dans une maison de cette même Commonwealth Avenue, qui non seulement appartenait à Blake mais en plus abritait son domicile. La ligne ténue entre nos vies personnelles et professionnelles était déjà beaucoup trop trouble. Cette fois, j'allais rester ferme.

– Je suis heureuse de l'entendre.

Fiona fouilla dans son sac. Malgré mon appréhension, mon impatience grandit. Elle déverrouilla la porte, et on entra. L'espace de travail, tout en longueur, était petit, du moins en comparaison des bureaux de Blake. Tout ça était poussiéreux et avait bien besoin d'une remise à neuf mais semblait prometteur. Derrière moi, Blake soupira.

– Fiona, sérieusement, tu ne pouvais pas faire mieux ?

Elle le transperça d'un regard agacé.

– On a discuté de son budget, toutes les deux. Pour le quartier et la surface, c'est plus qu'honnête. L'endroit pourrait profiter d'un bon coup de pinceau, c'est évident, mais tu dois reconnaître qu'il a du potentiel.

J'inspectai longuement le lieu, évaluant les nombreuses possibilités. J'avais consacré tellement de temps à tout diriger depuis mon appartement, tout en m'occupant des recrutements, que je n'avais pas eu le loisir de m'enthousiasmer à l'idée de mon futur emménagement. Mais j'étais sûre que ça allait être amusant.

– J'adore les parquets en bois.

– Il est crasseux.

Blake frotta le sol du coin de sa semelle, traçant une ligne fine dans la poussière.

– Essaie de voir à plus long terme, Blake. Il suffit de nettoyer, et avec quelques aménagements on peut en faire un superbe studio de design.

– Exactement. La brique apparente ne passe jamais de mode, ajouta Fiona.

– Ça a l'air vieux.

Blake se pinça le nez.

Je ris et lui donnai une tape sur l'épaule.

– Montre-moi un immeuble à Boston qui ne soit pas vieux.

Le local était bien loin des bureaux rénovés et modernes du groupe Landon, mais mes attentes étaient modestes et réalistes. L'état actuel du lieu laissait vraiment à désirer, mais avec un peu d'huile de coude et quelques aménagements ça pourrait aller.

On s'arrêta devant les grandes fenêtres donnant sur l'avenue. Un frisson d'excitation me parcourut. Avoir pignon sur rue allait être un jalon important dans l'histoire de mon entreprise : ça donnerait un côté plus tangible à tout ce que nous avions accompli jusque-là.

Je me tournai pour jauger la réaction de Fiona.

– Je crois que ça me plaît. Et toi, qu'est-ce que tu en penses ?

Fiona pinça les lèvres et parcourut le local du regard.

– Le prix est honnête et le bail inclut une clause de croissance. Tout bien pesé, je dirais que c'est plutôt une bonne affaire. Est-ce que tu te vois travailler ici ?

– Je crois, oui.

Je souris, contente d'avoir retrouvé confiance dans les talents d'agent immobilier de Fiona. Au bout du compte, on avait besoin d'un espace de travail confortable et dans nos moyens pour héberger les membres nouvellement embauchés de l'équipe de Clozpin, le réseau social de mode que j'avais passé cette dernière année à développer.

– Laisse-moi le temps de donner quelques coups de fil, pour voir si je peux faire baisser encore un peu le prix. Parce que Blake a raison, le local est plutôt sale. Et puis, si tu prévois de le remettre à neuf, ça te donne un argument de plus pour la négociation.

Fiona sortit son téléphone et retourna dans le couloir, nous laissant de nouveau seuls.

– Tu ne m'as pas demandé ce que j'en pensais, me fit remarquer Blake avec un sourire malicieux.

– Parce que je sais déjà ce que tu en penses.

– Je pourrais mettre deux fois cette surface à ta disposition, et tu n'aurais même pas besoin de quitter l'immeuble pour passer me voir. Tout ça au tarif petite amie, sans concurrence dans tout le reste de la ville.

Espérer que Blake cesse de tout diriger était une cause perdue. Évidemment, il était insupportablement tyrannique, obsessionnel et tenace, mais au bout du compte il résolvait les problèmes. Quand des personnes auxquelles il tenait avaient des difficultés ou besoin de quelque chose, il venait tout simplement à la rescousse, sans mesurer ses efforts.

– J'apprécie ton offre, Blake, vraiment. Mais l'indépendance n'a pas de prix.

Nous avions déjà eu cette conversation, et je maintenais ma position. Il devait me faire confiance, lui aussi.

– Tu peux rester indépendante. On mettra tout ça par écrit.

– Pour ce que j'en sais, mettre les choses par écrit ne fait jamais que me rendre encore plus dépendante de tes amples ressources en un minimum de temps.

Blake m'avait déjà liée par un bail d'un an sur mon appartement, et aucun de mes chèques de loyer n'avait encore été encaissé.

– Disons que ce serait un loyer bloqué. Tu pourrais verrouiller le tarif petite amie pour, genre, un bail de vingt ans, et on négocierait le reste à partir de là.

Il m'enlaça, me serra contre lui, ses lèvres toutes proches des miennes.

Mon cœur s'emballa. Ça allait au-delà de nos joutes oratoires habituelles. On n'était ensemble que depuis quelques semaines, et il pensait déjà au long terme ? Mes lèvres s'entrouvrirent comme je m'efforçais de reprendre mon souffle. Les paroles de Blake et sa proximité me faisaient tourner la tête chaque fois. Personne ne m'avait jamais bouleversée à ce point, et j'apprenais peu à peu à apprécier ces montagnes russes.

– Bien essayé… murmurai-je.

Il grogna, et sa bouche se referma sur la mienne dans une douce urgence.

– Tu me rends fou, Erica.

– Oh ? soufflai-je, m'efforçant de ne pas gémir.

– Oui, dans tous les sens du terme. Filons d'ici. Fiona peut s'occuper de la paperasserie, si tu es décidée à louer ce trou.

Il me prit par les hanches et me pressa entre son corps musculeux et le mur derrière moi. Je ne savais pas ce qui se passait dès qu'il me clouait sur une surface dure, mais, putain, j'adorais ça. Je glissai mes mains dans ses cheveux et l'embrassai en retour, m'abandonnant aussitôt à son étreinte. Quelle heure était-il ? Qu'avais-je à faire plus tard ? Je survolai mentalement tout ce qui pouvait me séparer du moment où je serais nue avec Blake. Sa cuisse se glissa entre mes jambes, exerçant l'exacte pression nécessaire pour que la couture de mon jean vienne me titiller à travers ma culotte.

– Oh, mon Dieu…

– Je te jure que s'il y avait une seule surface propre dans ce taudis je t'y culbuterais sur-le-champ.

– Quel vilain ! gloussai-je.

Ses yeux s'assombrirent.

– Tu n'as pas idée à quel point.

– Hum…

Fiona était penchée dans l'embrasure de la porte, les yeux écarquillés.

Blake recula d'un coup, me laissant un peu sonnée et momentanément désorientée. Pour la première fois, je le vis rougir, se passant les doigts dans les cheveux, apparemment embarrassé d'avoir été ainsi surpris par sa petite sœur.

– Si vous avez fini, tous les deux, j'ai encore fait baisser le prix de deux cents dollars. Peut-on prendre une décision, ou veux-tu visiter d'autres locaux, Erica ?

Je me redressai et m'écartai de Blake pour me rapprocher d'elle, sachant que plus j'étais loin de lui, plus je pensais clairement.

– Ma décision est prise. On signe.

* * *

– Vous êtes nouvelle dans le quartier ?

La rousse plantureuse qui me servait deux cafés au lait aromatisés à la crème brûlée et fumants interrompit le flot de mes pensées pendant que je vérifiais mes e-mails avec une attention maladive.

– Plus ou moins. Je loue des bureaux à l'étage.

– Génial ! Je suis là depuis quelques années. J'ai ouvert ce café avec mes parents, puis ils ont pris leur retraite… Alors il n'y a plus que moi et les employés, maintenant.

– Eh bien, félicitations. Je ne savais pas que vous étiez la propriétaire.

Je l'avais vue à de nombreuses reprises pendant mon exploration du quartier et mon trajet jusqu'au bureau. Je dois le reconnaître, j'étais impatiente de m'installer, et les odeurs persuasives provenant de chez Mocha m'attiraient régulièrement à l'intérieur.

– C'est le cas de la plupart des clients. Ils sont toujours surpris lorsqu'ils demandent à voir le patron et qu'il n'y a que moi en face d'eux.

On en rit toutes les deux, puis je lui tendis la main.

– Erica.

– Simone. Les cafés sont offerts par la maison.

– Super, merci.

– Pas de souci.

Elle repartit nonchalamment vers le bar, en affichant des courbes que même moi j'enviais. Simone avait une véritable présence et faisait un café du tonnerre, alors elle n'était pas facile à oublier. Les clients alentour la suivirent du regard jusqu'à ce qu'elle retrouve l'abri du comptoir.

Liz franchit la porte et vint me rejoindre à ma table.

– Quel bronzage ! m'exclamai-je.

J'admirais sa capacité à ressembler à une figure de mode avec une déconcertante facilité. Étonnamment, son casque d'or semblait encore plus clair que la dernière fois. Mes cheveux, eux, étaient ramenés en un chignon lâche, et je portais mon jean fétiche soigneusement effiloché et un débardeur, prête à entamer le nettoyage de mon local avant la livraison des meubles.

– Merci ! Barcelone était incroyable. Tu devrais y aller, à l'occasion. Mes parents avaient loué une villa, et j'ai passé quasiment tout mon temps sur la plage. Un parfait délice.

– Ça semble merveilleux.

– Alors, quelles sont les nouvelles ? demanda-t-elle en sirotant son café au lait.

– J'ai décroché mon financement, pour l'entreprise. Alors j'ai loué des bureaux, et maintenant je rénove et j'embauche.

– Bon sang, félicitations !

– Merci.

– Quel genre de recrues cherches-tu ?

– On a déjà deux nouveaux programmeurs, mais j'ai vraiment du mal à trouver un responsable commercial. Personne ne m'a encore tapé dans l'œil, alors que j'en ai besoin très vite. Je ne peux plus assumer ce travail en plus du reste, avec tout ce que j'ai à faire.

– Je crois que j'ai exactement ce qu'il te faut.

Elle tapa dans ses mains puis fouilla dans son sac.

– Ah oui ?

– Ma copine Risa. Elle a travaillé pour une direction commerciale ces derniers étés, elle a obtenu son diplôme en même temps que nous, et maintenant elle cherche du boulot. C'est une dingue de mode. Tu l'adorerais.

Je fronçai les sourcils. On ne pouvait pas dire que j'aimais vraiment la mode. Je dirigeais bien un réseau social de mode, mais pour moi ce n'était que du business. L'obsession de la mode était du domaine d'Alli, mais, d'un autre côté, vu que c'était d'elle qu'il fallait prendre la relève, cette fille méritait peut-être que je la rencontre.

– J'essaie de trouver une remplaçante à une associée qui est partie travailler à New York. Ça signifie assumer beaucoup de responsabilités pour un maigre salaire de start-up. Pas forcément le rêve.

Liz agita négativement la tête, apparemment pas découragée.

– Ça me paraît parfait, en fait. Tu devrais lui parler. Je peux me tromper sur ce qu'elle recherche, mais la rencontrer ne coûte rien. On ne sait jamais.

Je haussai les épaules.

– D'accord, mais je ne peux rien promettre.

– Évidemment. C'est une copine, mais pas non plus une proche. Alors si ça ne marche pas, tant pis.

– Très bien, ça me va.

Je patientai pendant qu'elle m'envoyait la fiche contact par texto, laissant mes pensées dériver vers tout ce qu'il me restait à faire avant de pouvoir m'installer en haut.

– Je suis vraiment heureuse qu'on se soit revues, Erica.

Liz sourit gentiment, me ramenant à l'instant présent.

– Moi aussi.

– Pendant mes vacances, j'ai beaucoup réfléchi à ce que tu m'avais dit. (Son expression changea, ses traits s'adoucirent.) J'aurais dû être plus à ton écoute. Je n'ai probablement pas réagi comme il l'aurait fallu. Je suis désolée de ne pas avoir été là pour te soutenir quand il le fallait, mais j'espère pouvoir être une meilleure amie maintenant, s'il n'est pas trop tard.

Elle avait baissé d'un ton en me parlant, bien que le café bruisse des conversations des autres clients.

– Évidemment pas ! Ne t'inquiète pas.

J'écartai d'un geste ses excuses et toutes les émotions qu'elles risquaient de provoquer. L'une des choses qui nous avaient éloignées était ce rappel constant de la terrible épreuve que j'avais traversée. J'avais envie de donner une seconde chance à notre amitié, mais j'espérais vraiment que ça n'impliquait pas de revivre indéfiniment le passé.

– Tout ça, c'est de l'histoire ancienne, Liz. Je n'ai pas envie de m'y attarder. J'ai un million d'autres choses en tête, maintenant.

– OK, répondit-elle. Je ne sais pas comment tu fais. Je n'arrive pas à m'imaginer dirigeant une entreprise. Je ne saurais même pas par où commencer.

– Il y a une période d'apprentissage et d'adaptation, mais je suppose que c'est partout pareil. Et comment ça se passe, à ton boulot ?

Elle avait déjà dû prendre ses fonctions, dans une grande société d'investissement de la ville.

– Très bien, sauf que je vis dans l'enfer des tableurs et des feuilles de calcul, pour l'instant. Mais j'apprends, et je m'efforce de trouver mes marques. Je crois que ça me plaît. D'autant qu'il y a des tonnes de types canon qui travaillent dans ma boîte. C'est quand même un sacré bonus.

Je m'esclaffai, me souvenant de sa passion pour les mecs à l'époque où on partageait une chambre à l'université, en première année. D'ailleurs, c'était peut-être ce goût des garçons et des fêtes qui nous avait menées dans la maison d'une fraternité du campus. Je chassai les souvenirs de cette terrible nuit où mon chemin avait croisé celui de Mark.

Maintenant que je connaissais l'identité de l'homme qui m'avait violée, j'étais encore plus déterminée à ne pas laisser ce drame diriger ma vie. J'étais plus forte que la douleur qu'il avait laissée en moi, et j'avais fait trop de chemin depuis pour me lamenter sur mon innocence volée.

– J'adorerais passer voir tes bureaux, un jour, dit-elle.

– Bien sûr. Tu pourras venir dès que ce sera prêt. D'ailleurs, je ferais mieux d'y aller. Les meubles vont être livrés demain, alors je suis partie pour une longue nuit d'astiquage.

– Pas de problème. Ça m'a fait plaisir de te revoir.

– Moi aussi.

Je souris et la serrai brièvement dans mes bras.

Je filai à l'étage. Je n'avais pas revu le local depuis ma première visite. J'étais impatiente de pouvoir m'y sentir chez moi, même si ça signifiait me salir un peu les mains.

Je m'immobilisai devant la porte. Elle était transformée : le bois avait été repeint d'un gris satiné, et la vitre était dépolie, avec au centre le contour transparent du logo de notre société. Je tournai la clef sous la scintillante poignée chromée de la porte, et ouvris.

Le parquet d'origine était maintenant propre et lustré. Des moulures blanches bordaient les fenêtres et le haut des murs. Au plafond, un ventilateur neuf et des rampes de spots achevaient de faire entrer le local dans le XXIe siècle.

J'attrapai mon téléphone et appelai Fiona.

– Salut, Erica.

– Tu n'aurais pas quelque chose à me dire ?

– Quoi ? Oh…

– Je pensais pourtant qu'on n'en était plus là.

Je m'efforçai de garder un ton posé. Mais quand allait-elle apprendre à ne plus mêler Blake à mes affaires ?

– Erica, c'est mon frère. Qu'est-ce que tu voulais que je fasse ? Il voulait faire quelque chose pour aider. Tu sais comment il est.

Oui, je savais comment il était ; combien il était impossible de lui dire non, en particulier lorsqu'il avait des vues sur quelque chose. Je fis un tour dans la pièce, admirant la façon dont l'espace avait été transformé depuis notre visite. On ne pouvait rêver mieux. Les seules idées qui me venaient concernaient la façon d'organiser le mobilier. Blake avait fait tout le reste. Bon sang !

– C'est assez incroyable… Oui, ça a l'air parfait.

– Je sais. J'ai jeté un coup d'œil avant de te donner les clefs. Il a fait du bon boulot. Exactement ce à quoi on pouvait s'attendre.

Son appréhension face à ma réaction s'était évanouie, et Fiona laissait transparaître son enthousiasme. Je soupirai : je devais admettre que j'étais excitée aussi.

– Très bien, mais je suis encore furieuse contre toi, dis-je d'un ton peu convaincant.

– Je te paierai un verre dès que possible, et tu oublieras tout ça.

– Il me faut en général plus d'un verre pour oublier.

Elle rit.

– Ce n'est pas moi qui dirai le contraire. Eh bien, profite de ton local. Félicitations.

– Merci. On se rappelle plus tard.

J'abandonnai sur le sol mon sac de produits ménagers devenus inutiles. Je m'assis en tailleur au milieu de la pièce, pour m'en imprégner. Chaque petit pas franchi par l'entreprise ces dernières semaines avait paru être un pas de géant, et Blake y était pour beaucoup.

La porte s'ouvrit à cet instant, et sa silhouette apparut. Il avait les bras chargés d'une bouteille de champagne, d'une couverture et d'un sac de papier kraft. Un sourire complice étirait ses lèvres.

– Comment se porte ma patronne préférée ?

– On ne peut pas se plaindre, répondis-je d'une voix atone en relevant les yeux vers l'impressionnante créature qui me surplombait.

Il déroula la couverture, s'assit dessus, et la tapota juste à côté de l'endroit où il s'était installé pour m'inviter à l'y rejoindre.

– De quoi s'agit-il ?

– Je me suis dit que l'on pouvait s'organiser un pique-nique pour fêter les nouveaux locaux.

Il sourit et déboucha le champagne, puis en remplit deux verres tirés du sac en papier.

Nos regards se croisèrent. Il jaugeait mon humeur.

– Tu m'en veux ?

– Peut-être, mentis-je.

Heureusement, son travail était une telle réussite que je leur avais déjà pardonné, à lui et à sa complice.

Ses sourcils se haussèrent, comme s'il avait anticipé ma réaction. Je me perdis un peu dans ses yeux. Ses magnifiques iris noisette surmontés de longs cils épais étaient la pièce maîtresse d'un visage qui me coupait le souffle à chaque regard. Les traits francs de son menton. Sa peau légèrement hâlée. Ses lèvres pleines et appétissantes, qui me rappelaient les choses terribles et merveilleuses qu'elles pouvaient me faire. Je pouvais le contempler pendant des heures sans jamais me lasser des émotions que j'éprouvais, de la façon dont je me sentais possédée et obsédée. Je ne m'étais jamais sentie aussi désirée, ni aussi obnubilée par un homme. Blake était cet idéal beau et affolant, et j'en adorais chaque molécule.

Je laissai échapper un soupir, espérant ne pas avoir l'air aussi incurablement éprise que je savais l'être.

– J'accepte ton insanité.

– Brave fille…

Il se détendit visiblement, puis m'adressa un sourire.

Heureuse de me rapprocher, j'acceptai son invitation et allai m'asseoir à côté de lui sur la couverture. Je pris la coupe de champagne qu'il me tendait et bus une gorgée.

– Ça te plaît ?

– J'adore.

Malgré ses réserves sur le lieu, il semblait avoir bien compris son potentiel, finalement.

– C'est ce que j'espérais.

– À quoi est dû ce revirement ?

Il fronça les sourcils.

– Qu'est-ce que tu veux dire ?

– Tu n'as pas vraiment caché que tu détestais l'endroit, quand on l'a visité.

– J'aurais préféré que tu sois plus près. Mais c'est ce que tu as choisi. Tu acceptes mon insanité, comme tu dis. Et moi, j'accepte ta ténacité.

Je le dévisageai un instant. J'aurais difficilement pu critiquer la description qu'il faisait de moi.

– On pourrait appeler ça un progrès.

Il sourit d'une façon qui me fit penser que personne n'était jamais allé aussi loin avec lui. On n'en avait pas parlé, mais Blake n'était pas du genre à faire des compromis. Moi non plus, d'ailleurs, mais on apprenait à se connaître. Rénover mes bureaux, c'était franchement exagéré, mais accepter ma décision était un pas dans la bonne direction.

Je sirotai un peu de champagne frappé.

– Tu dois me laisser me débattre un peu, tu sais ?

Il plissa le front.

– Tu entends ce que tu dis ?

– Oui. Et je sais que je n'apprendrai rien si je te laisse intervenir à la moindre occasion, avant même d'avoir affronté une situation, ou fait une erreur. J'ai besoin de connaître ça, sinon je vivrai dans un monde idéal où tous les problèmes disparaissent d'eux-mêmes, et je ne saurai jamais ce que c'est réellement de diriger une entreprise.

Il exhala bruyamment.

– Très bien. Et quel niveau d'implication attends-tu de moi ?

– Disons… que tu attendes que je te demande pour m'aider.

Il secoua la tête.

– Tu ne demanderas jamais.

J'ouvris de grands yeux, mais il avait en partie raison. J'avais la tête dure, et je faisais rarement appel aux autres.

– Hé ! (Il me prit par le menton, tourna mon visage vers le sien.) Je suis fier de toi.

– Pourquoi ? Pour t'avoir fait plonger pour deux millions de dollars ?

Il rit.

– Si ça faisait partie d'un plan, alors, oui, c'est vraiment méritoire, parce que je ne l'avais pas vu venir.

Je souris malgré moi. J'aurais fait à peu près n'importe quoi pour éviter de prendre son argent, et il le savait.

– Plus sérieusement, c'est un grand pas. Je veux que tu n'oublies pas de profiter de l'instant.

Et c'était exactement ce que je faisais. Être avec Blake rendait chaque instant plus plaisant. Beaucoup plus plaisant. Il donnait à tout une teinte de merveilleux, et je me demandais comment j'avais pu survivre à la morne existence que j'appelais ma vie avant qu'il y fasse son entrée et la mette sens dessus dessous.

– C'est ce que je fais, merci.

Je me penchai vers lui et trouvai ses lèvres.

Il prit mon menton en coupe dans sa paume, parcourut mes lèvres du bout de la langue, les força à s'ouvrir, plongea dans ma bouche à petits coups de pointe humide.

– Tu ne me demandes pas ce qu'il y a dans le sac ?

Je reculai à peine, le souffle court, un peu étourdie par son goût et son odeur. Fraîche, brute et masculine, unique. Il se tourna et déballa le contenu du sac brun. Il en sortit une barquette de fraises, de la chantilly, et un petit pot de sauce au chocolat maison.

– Quel genre de pique-nique as-tu en tête ?

Il exhiba le pot de verre.

– Ils versent cette incroyable sauce au chocolat sur les cafés et les viennoiseries, en bas. Je crois que, habituellement, ils ne la vendent pas, mais quand je leur ai poliment expliqué que j'allais la lécher sur ton corps nu pour baptiser le nouveau bureau, ils ont accepté de faire une exception.

Je gloussai et tentai d'imaginer cette conversation improbable entre Simone et lui. Il ôta le couvercle et me tendit le pot. Je plongeai un doigt dans le chocolat, puis le portai à ma bouche. Le chocolat recouvrit ma langue ; son goût divin, le plaisir démultiplié par la certitude que Blake allait bientôt mettre ses projets en œuvre.

– Je croyais que tu étais contre le sexe au bureau, dis-je.

– Là, il s'agit de ton bureau… Les règles sont différentes.

– Ah ! et tu les appliques déjà, je vois.

Je replongeai mon doigt dans le chocolat, mais avant qu'il remonte à ma bouche Blake l'intercepta délicatement et en lécha le bout de façon suggestive.

– Enlève ton débardeur et allonge-toi.

Je souris et me mis lentement à genoux, en faisant glisser mon haut.

– Tu es bien directif, aujourd'hui.

Il tira un bandeau de soie noire du sac puis m'en couvrit les yeux.

– Ce n'est pas une humeur, ma belle. C'est ce que je suis. Tu ferais mieux de t'en souvenir.

Son souffle était chaud sur ma poitrine. Je retins ma respiration, anticipant ses lèvres sur mon corps, mais je fus surprise de sentir sa main glisser le long de mon dos. Ses doigts dégrafèrent adroitement mon soutien-gorge. Les seins nus et saisie par la fraîcheur de la pièce, je pris conscience de ma vulnérabilité.

– Allonge-toi, et ne me force pas à me répéter.

Je laissai échapper le souffle que j'avais retenu, soudain affaiblie par l'ordre et le ton de sa voix. Résister à sa requête simple mais impérieuse n'était qu'une possibilité lointaine, vite dissipée par le désir de le voir prendre le contrôle de mon corps pour aussi longtemps qu'il le désirait.

J'obéis et m'étendis sur le dos, posant les paumes de mes mains sur la couverture, fraîche contre la chaleur qui picotait ma peau. Il déboutonna mon jean et le fit descendre le long de mes hanches, pour s'arrêter juste avant le pubis.

Il couvrit mon ventre de longs baisers chauds à pleine bouche, me coupant le souffle. Je me cambrai lorsqu'il caressa les os de mes hanches du bout de ses pouces.

– J'adore cette partie... murmura-t-il. Et beaucoup d'autres. Ton corps... Erica... Putain, que tu es sexy !

– Touche-moi.

– C'est ce que je vais faire, mais ce n'est pas pour tout de suite. Arrête de te tortiller.

– C'est de la torture, je gémis.

Il rit doucement.

– Vraiment pas.

Il se détacha de moi, créant une distance entre nous. La pièce me glaça de nouveau. Où était-il et que faisait-il ? Un frisson me parcourut lorsque la première goutte de liquide combla mon nombril. Puis les gouttes tombèrent une à une, traçant un dessin qui courut sur ma poitrine, encercla mes mamelons, chacun se durcissant à ce contact.

– Tu aimes les fraises ?

– Oui, répondis-je en souriant à cette idée.

– Bien. Je vais t'en donner une.

L'arôme frais de la fraise se mêla à celui du chocolat lorsqu'il en posa délicatement un morceau sur ma lèvre inférieure. J'ouvris la bouche, mais Blake gardait le fruit juste hors de ma portée. Je me cambrai pour l'attraper, jusqu'à ce qu'il me laisse enfin y mordre à pleines dents. Je le mâchai et l'avalai, savourant l'expérience nouvelle de combiner mon obsession pour Blake avec mon goût pour la nourriture. Bizarrement, je ne voyais aucune objection à abuser des bonnes choses ni à les mélanger, dans le cas présent.

Il déposa un baiser inattendu sur ma gorge, mordillant ma chair. Il descendit puis passa entre mes seins. Sa langue ralentit et s'attarda sur mes mamelons, l'un après l'autre. Il suça et lécha tout mon buste de sa langue de velours, sans négliger la moindre surface de peau. Je haletai de sentir sa langue me titiller en prenant tout son temps. Quand il eut fini, il glissa une main dans mon jean et en enveloppa mon sexe par-dessus ma culotte trempée.

– Je vais te baiser, maintenant, Erica. C'est ce que tu veux ?

Son souffle sur la chair humide de mes tétons me donna la chair de poule, ma peau électrisée par tout ce qu'il avait fait pour l'exciter.

Je gémis une bruyante confirmation, les mains presque engourdies de serrer si fort la couverture. Prête à exploser, je la lâchai et trouvai ses cheveux, empoignant les mèches soyeuses qui glissaient entre mes doigts tout en forçant sa bouche contre ma poitrine. Il me pinça du bout des lèvres et je glapis.

Il saisit mes poignets et les plaça au-dessus de ma tête.

– Ne bouge pas.

Le sac bruissa de nouveau, puis il entrava mes poignets avec un tissu soyeux et serra le nœud, ne me laissant aucune possibilité de m'en dégager.

Il m'ôta mes derniers vêtements, et j'entendis les siens tomber sur le sol à mes pieds avant que son corps recouvre le mien.

Je me tordis les poignets, un effort inutile puisque je n'avais aucune chance de me libérer toute seule. À mesure que je luttais, mon rythme cardiaque s'accélérait, comme en un début de panique.

Il m'avait déjà fait ça, me laisser sans défense, dans l'incapacité de le toucher, ou même de bouger. La dernière fois, les liens étaient plus lâches, mais ceux-là étaient serrés. Je ne pouvais pas le voir. J'étais immobilisée et dans le noir. Une peur glaçante s'insinua en moi, remplaçant Blake par un cauchemar, mon souvenir le plus sombre.

– Blake…

J'avais parlé d'une voix fragile, marquée par mon malaise croissant. Je n'étais pas certaine de pouvoir faire ça.

Sa main se posa sur mon cœur, ma poitrine soulevée par un souffle frénétique que je ne pouvais plus contrôler.

– Chut, ma belle. Je suis là, murmura-t-il.

Il couvrit mon corps de sa chaleur, ses lèvres s'emparant des miennes, tendre et plein d'amour, apaisant mes craintes. Il embrassa mon menton et sa bouche descendit vers les parties sensibles de mon cou, juste sous l'oreille.

– Tu te rends compte que c'est moi, ma belle ? Ce sera toujours moi.

À ces mots, mon corps se détendit sous lui. Je desserrai mes poings tétanisés, puis me concentrai sur son contact, semblable à aucun autre. Personne ne m'avait jamais touchée comme lui le faisait, comme s'il connaissait mon corps mieux que moi.

Peu à peu, la panique reflua, se dissipant à mesure qu'il se faisait reconnaître par mon corps, sa voix me ramenant à l'instant présent, à notre instant.

– J'ai bandé toute la journée en pensant à cette scène, à toi comme ça. Tu sais à quel point il peut être impossible de travailler dans ces conditions ? En pensant à ton petit corps tendu frémissant sous moi, prêt à me recevoir ?

Peu à peu, ma peau s'éveilla, s'échauffa à mesure que ses mains et ses lèvres me revendiquaient. Des caresses urgentes et des baisers passionnés. Sa voix m'accompagna dans chaque geste, chaque enchaînement. Mes hanches s'accordèrent au mouvement de ses doigts qui me pétrissaient, se glissaient entre mes lèvres moites et en moi, promesse de ce qui était à venir.

Je me concentrai sur le sens du toucher. Je haletais, me demandant parfois combien de temps j'allais pouvoir tenir ainsi. Bon sang, cet homme adorait me torturer !

– Ça va ?

Il effleura doucement mes poignets, puis parcourut de doigts légers comme une plume la partie sensible de l'intérieur de mes bras.

Je m'arrachai à mon désir, le temps de considérer la question. La panique était loin derrière. Je n'avais plus rien en tête que l'imminente perspective de son inéluctable pénétration.

– Mieux que ça. Ne t'arrête pas.

Il enroula mes jambes autour de ses reins. Il se posa à mon entrée et s'enfonça, assez lentement pour me faire sortir de mes gonds. Je retins mon souffle jusqu'à ce qu'il soit bien ancré à l'intérieur, me déployant pleinement.

Il enveloppa ma bouche dans un profond baiser, et j'inspirai à travers lui tandis qu'il confortait la position de ses hanches, me rappelant à quel point il pouvait me posséder, dans tous les sens du terme. Je gémis et mes veines s'emplirent de feu, enfiévrant tout mon corps tandis que je m'agrippais à lui de la seule façon possible. Je croisai mes chevilles dans son dos, l'attirant en moi, le besoin de le sentir me prendre devenant presque insoutenable.

Il passa un bras autour de ma taille et glissa sa main sous mon coccyx, me protégeant de la dureté du sol, tout en me pénétrant plus fort. Je haletai, délivrance et extase montant en moi.

Il me fouailla, sur un rythme régulier. Entre deux baisers, il me chuchota à l'oreille :

– Je t'adore, ma belle. Être en toi, comme ça. Contrôler ton plaisir. J'ai besoin de ça.

Il murmura ce qu'il voulait me faire, ce qu'il éprouvait chaque minute où il était en moi, qu'il serait toujours avec moi pour que je n'oublie pas qui m'aimait.

– Blake… Oh, mon Dieu…

Il n'y avait plus rien d'autre que le son de sa voix, et son membre si activement présent en moi. Aucune distraction, juste la féroce revendication de son corps sur le mien. Ma lèvre trembla tandis que la pression montait.

– On y est. Maintenant, tu vas jouir violemment et bruyamment, pour me faire connaître à tes voisins.

Il prit mes mains dans l'une des siennes, les serrant fort au-dessus de moi tandis que l'autre tenait ma hanche. Alors, me décollant du sol, il s'enfonça si puissamment que son gland frappa en moi le point qui fit tout virer au blanc dans mon obscurité.

Son prénom s'échappa de mes lèvres en un ahanement guttural. Des couleurs explosèrent au fond de mes yeux tandis que mon corps s'enroulait autour du sien, le tremblement se propageant jusqu'au plus profond.

– Bon sang, Erica… Continue de baiser comme ça !

Mes orteils se crispèrent durant les derniers coups de boutoir qui nous menèrent au septième ciel. Il agrippa sèchement mes hanches et s'enfonça une dernière fois en moi avec un « Han ! » rauque.

Il retomba sur moi, son corps moite et enfiévré. Je me tordis de nouveau les mains, d'envie de le toucher et de l'apaiser dans ses derniers frissons. Il dénoua adroitement mon entrave, me libéra. Je clignai des yeux sous l'effet de la luminosité lorsqu'il fit glisser mon bandeau.

Le visage de Blake était détendu, mais son regard restait sombre et sérieux. Il caressa mon visage avec tendresse, repoussa de petites mèches de cheveux pendant que nous reprenions notre respiration.

– Tes yeux m'ont manqué. La prochaine fois, je veux les voir durant tout le temps où nous ferons l'amour, jusqu'à la dernière seconde. Je veux que tu voies l'effet que tu as sur moi.

Chapitre deux

– J'adore la mode.

On ne pouvait pas en douter. Vêtue d'une élégante robe portefeuille noire de marque, assortie de talons sur lesquels je ne tiendrais pas dix secondes sans tomber, Risa Corvi était fort bien mise. Presque trop apprêtée. Elle n'avait pas la beauté naturelle d'Alli, mais il n'y avait pas la moindre faute de goût, depuis ses cheveux de jais mi-longs jusqu'à ses mains manucurées de frais.

Elle donnait l'impression de nécessiter un entretien contraignant. À coup sûr, elle se faisait aussi épiler les sourcils régulièrement. Cela dit, j'avais probablement aussi quelques leçons à en tirer. Je jetai un coup d'œil sur son CV. Pour une candidate à un premier poste, il était plutôt bluffant, mais je restais sceptique quant à l'idée d'embaucher l'amie d'une amie.

– Je vois ça. Dites-m'en plus sur les campagnes sur lesquelles vous avez travaillé.

Risa sortit un grand portfolio dont les pages étaient organisées par campagne. Chaque photo était parfaitement cadrée, et le texte, tout aussi clair et professionnel. De nombreux mannequins communs arborant des sourires faux et parfaits, heureux de savoir leur compte en banque bien garni. La technique était usée, et fort éloignée de ce que nous étions en tant que société.

– C'est très bien, Risa. Mais pour être honnête, c'est vraiment grand public. Bien sûr, nous voulons toucher le grand public, mais avec un aspect plus novateur pour notre marque, qui lui donne une image jeune, exclusive, branchée.

– Je comprends parfaitement. Tout ça est très conventionnel. À l'évidence, j'étais limitée par ce que demandaient les clients, mais je pourrais explorer bien d'autres directions avec Clozpin. On peut faire de la mode haute couture de façon claire et élégante, avec de l'audace. Simple et sexy.

Elle répondait au quart de tour, mais y avait-il ce qu'il fallait derrière ? Je feuilletai le reste du portfolio et la jaugeai un instant.

– Que pensez-vous du maillage et des ventes ? La multiplication des nouveaux comptes est probablement la composante la plus importante de ce poste. Il ne suffit pas d'aimer la mode, il faut savoir la vendre.

– C'est vrai, mais il est toujours difficile de vendre ce qu'on n'aime pas. Je peux vendre ce service, et si je dois m'impliquer en dehors de mes heures de travail pour développer le réseautage, ça me convient très bien.

Je m'enfonçai dans mon siège et soupesai ses paroles. Elle en voulait, c'était évident. Ces deux dernières semaines, je n'avais pas rencontré une seule candidate aussi passionnée.

Clozpin n'avait pas réellement de culture d'entreprise, alors je n'avais aucune idée de la façon dont Risa pourrait s'intégrer, avec Sid et sa toute nouvelle équipe d'informaticiens. Ni, par ailleurs, de la façon dont ça pouvait se passer avec moi. Mais il devenait franchement urgent de mettre en place notre projet nouvellement financé, et je devais prendre une décision. L'embaucher sur-le-champ pouvait paraître précipité, mais cette fille semblait parfaite.

Elle prit une longue inspiration.

– Écoutez, je sais que c'est votre bébé, Erica. Vous avez l'air de quelqu'un avec qui il serait génial de travailler, de qui je voudrais apprendre. La décision vous appartient, évidemment, mais j'aimerais vraiment faire partie de cette équipe.

Elle dirigea vers moi ses grands yeux bleu sombre, attendant à l'évidence la question suivante.

– Le salaire vous convient ?

– Absolument, affirma-t-elle.

Je fis cliqueter mon stylo, temporisant alors même que j'avais déjà pris ma décision.

– Bien.

– Bien ?

– On y va.

Un grand sourire se dessina sur son visage.

– Vraiment ? Oh, mon Dieu, vous ne le regretterez pas !

Je me levai, et quand on se serra la main, la sienne tremblait un peu. Elle était tendue à ce point ?

– Vous pouvez commencer lundi. On s'occupera de la paperasserie dans la foulée.

– Génial. Merci beaucoup.

Le sourire qui éclairait son visage n'allait pas disparaître de sitôt, ça me paraissait évident.

* * *

Alli s'étira sur la couverture à mon côté, tandis que je continuais de lancer des morceaux de pain aux canards de la mare. Le jardin public n'était qu'à quelques pâtés de maisons de mon appartement, et en une belle et chaude journée comme celle-ci le parc bruissait de familles, de touristes et de promeneurs comme nous. J'avais arrêté de travailler assez tôt pour aller la chercher, et on avait décidé qu'un peu de soleil serait le premier élément du programme de ce week-end prolongé qu'elle venait passer avec moi.

– J'avais oublié combien j'aime l'été ici.

Elle avait le regard vague et mélancolique, comme si une partie de ses pensées était ici, et une autre, ailleurs.

– Boston t'a manqué ?

Alli s'appuya sur ses coudes.

– Je crois. New York t'aspire dans son tourbillon. Parfois, j'ai du mal à imaginer ma vie hors de cette ville, mais je dois dire que je suis contente de changer un peu d'air. J'avais besoin d'une pause.

Ces dernières semaines avaient été une transition pour nous deux. Après avoir partagé la même chambre pendant trois ans, un éloignement de trois cents kilomètres avait mis notre amitié à l'épreuve. Mais je savais, au fond, que la distance ne suffirait pas à altérer notre lien.

– Sans aucun doute. Tu as des nouvelles de Heath ?

– Il va bien.

– Je m'étais dit que tu irais peut-être le voir, tu sais, au lieu de venir ici.

J'étais heureuse qu'elle n'ait pas fait ce choix, évidemment. Dès que je l'avais mise au courant de tout ce qui s'était passé entre Blake et moi, et de la réapparition inattendue de Mark, on avait décidé qu'il était temps de passer un moment ensemble.

– Les amies d'abord, ma poule.

Elle sourit et me donna un petit coup de coude.

Je répliquai en lançant quelques miettes vers les boucles brunes parfaitement ébouriffées qui se déversaient dans son dos.

– Tu crois que tu vas aller lui rendre visite à Los Angeles ?

– Non. Il a besoin de temps pour lui… et, franchement, moi aussi. J'ai enfin trouvé mon propre appart, et le déménagement a eu un effet étrangement libérateur. Avant, j'avais chaque jour l'impression de l'attendre. Maintenant, je fais ma vie à New York, sans que tout tourne autour de lui et moi.

J'acquiesçai, sachant très bien à quel point l'indépendance pouvait être importante dans une nouvelle relation. Maintenir Blake à distance était un combat de chaque jour, quand je ne désirais rien plus que m'abandonner à la quiétude et à la sécurité de son monde hyper-contrôlé. Le monde de Blake était sûr, mais ce n'était pas toujours la réalité.

– Ça me paraît raisonnable. Il revient quand, de désintox ?

– Dans un mois, peut-être. Ce n'est pas encore certain.

– Et ensuite ? Tu vas recoller les morceaux et réessayer ?

Je crois. On ne s'est fait aucune promesse, mais…

Elle se laissa aller en arrière et regarda les arbres au-dessus de nous.

– Qu'est-ce qu'il y a ?

– Rien… Il me manque, c'est tout.

Je restai muette, ne voulant influer ni dans un sens ni dans l'autre. Elle souffrait de leur séparation, mais je n'étais toujours pas convaincue que sa relation avec

Heath soit une bonne chose pour elle. Même si c'était le petit frère de Blake.

– Des fois, je ne peux plus me sortir les jugements de tous les autres de la tête.

Je grinçai un peu des dents, espérant qu'elle n'avait lu ni mon expression ni dans mes pensées.

– Genre : mais quelle conne je suis de perdre mon temps avec un type pareil… Tous mes proches, même toi, pensent que c'est une plaie. Et c'est vrai qu'il a des problèmes. Mais je ne peux pas le laisser tomber comme ça. Il mérite une deuxième chance.

Elle essuya une larme avant qu'elle ne coule.

Je m'étendis à côté d'elle sur la couverture, lui laissant le temps de se remettre. Apprendre que Heath avait un problème de drogue avait été un choc, mais je ne pouvais pas faire comme s'ils n'avaient pas été éperdument amoureux. Je n'avais jamais vu Alli dans un tel état de béatitude, et c'était à Heath qu'elle le devait. J'espérais qu'elle pourrait lui rendre la pareille, avec suffisamment de force pour l'éloigner de cette addiction qui pouvait détruire toutes leurs chances de trouver le bonheur ensemble.

– Alli, je tiens à toi et je veux que tu sois heureuse. Peut-être que je vais un peu trop loin, mais c'est parce que je m'inquiète pour toi, pas parce que je mets en doute la valeur humaine de Heath. Crois-moi, je sais très bien que personne n'est parfait, ni aucune relation. Heath a ses problèmes, c'est vrai, mais tout espoir n'est pas perdu, j'en suis sûre.

Elle tourna la tête vers moi et m'adressa un sourire fragile.

– Merci.

– S'il réussit à s'en sortir, vous pouvez encore y arriver. Essaie de rester lucide, c'est tout.

Elle rit.

– J'essaie. Mais j'ai du mal à garder la tête froide quand je suis amoureuse, je crois.

– Peut-être que cette interruption est une bonne chose. Parce qu'il a besoin d'affronter ses problèmes, évidemment, mais aussi parce que ça vous donne le temps à tous les deux de réfléchir à votre relation autrement que dans le feu de l'action.

– Tu as raison. J'ai déjà l'esprit plus clair, tu sais, depuis notre éloignement. (Elle prit une longue inspiration.) Bon, assez parlé de moi et de mes problèmes. Alors, et toi et Blake ? Il te rend toujours complètement folle ?

– Tu le sais bien.

– En bien ou en mal ?

– Les deux, mais on apprend à s'apprivoiser.

Elle sourit.

– Je crois que Blake a finalement trouvé à qui parler, avec toi, Erica.

– Oh ?

– Oui, je suis sûre que tu ne le laisses pas te faire son cinéma. Son excellence le milliardaire du logiciel ne doit même pas pouvoir imaginer comment répondre quand tu le remets à sa place.

Je souris du portrait qu'elle dressait de moi. Ils ne devaient pas être très nombreux, ceux qui comme moi tenaient tête à Blake. Même si je le faisais par instinct de conservation, et non par jeu. Mais ça n'empêchait pas nos bras de fer de nous rendre fous.

– Il ne laisse jamais retomber la tension, et il dirait sans doute la même chose de moi. On ne s'ennuie jamais, avec lui, c'est le moins qu'on puisse dire !

Je souris intérieurement, et mon cœur se pinça de penser à lui. Blake était un défi permanent. Avec lui, je ne savais jamais à quoi m'attendre, mais ce n'était qu'une composante de notre relation, dont je ne pouvais pas plus me passer que des autres. La précipitation, la négociation et, lorsque les circonstances l'exigeaient, la capitulation.

– Arrête, l'expression sur ton visage me donne la nausée.

Je m'esclaffai.

– Désolée !

– Aucune raison. Je suis juste amère et solitaire. En tout cas, ne lâche rien. Je sais que je peux te faire confiance, mais ces deux Landon peuvent se montrer très persuasifs.

Elle parut sérieuse un instant, puis ses lèvres s'incurvèrent, et on partit toutes les deux d'un grand éclat de rire.

* * *

Il m'arrivait encore d'être décontenancée, en arrivant au bureau. Le local était impressionnant, avec son éclairage subtil et ses stations de travail rutilantes. Sid était assis à côté de deux des nouveaux arrivants de l'équipe. Je m'appuyai sur le bureau autour duquel ils étaient rassemblés. Ils s'interrompirent et relevèrent les yeux.

– Quoi de neuf, les gars ?

Chris avait une dizaine d'années de plus que nous. Ce n'était pas la première fois qu'il travaillait dans une start-up, alors il nous apportait une expérience qui faisait défaut. Solidement bâti, il avait des cheveux d'un roux éclatant qui bouclaient sur ses épaules. À en juger par ce que j'avais pu en voir cette dernière semaine, il semblait avoir un goût marqué pour les chemises hawaïennes.

James était notre designer maison et concepteur produit. Un tout autre genre. Avec sa tignasse ondulée presque noire, sa peau bronzée et ses yeux bleus, il était de loin le plus extraverti de l'équipe. Trapu, avec un petit air de mauvais garçon dû aux tatouages que l'on pouvait apercevoir par l'échancrure de sa chemise, il n'était pas lui non plus déplaisant à regarder.

– Bonjour, Erica, dit-il avec un sourire qui me surprit.

Je le lui rendis, étonnée d'être accueillie avec autant d'enthousiasme de si bon matin. *Une bonne recrue*, pensai-je.

Sid laissa échapper un grand soupir. Il ne partageait apparemment pas l'entrain de James.

– On essaie de trouver un moyen d'implanter les mises à jour dont on a parlé, mais c'est un peu difficile, avec cette bande de paumés qui s'efforce de nous planter vingt-quatre heures sur vingt-quatre.

– Oh…

Je grinçai un peu des dents, n'ayant aucune idée du moyen de régler ce problème, sinon en demandant à Blake de jouer de sa magie. Il s'était montré désespérément vague quant à ses rapports avec le M89 ; mais quoi qu'il leur ait fait pour les rendre fous furieux, il était évident que les hackers n'allaient pas nous lâcher de sitôt.

– Enfin, on va y arriver, ne t'inquiète pas.

Il se rembrunit et se concentra sur son ordi, s'interrompant régulièrement pour prendre quelques notes.

– Je peux aider ?

– Nan.

Je ne fus pas surprise par sa réponse laconique. Pour le Sid que je connaissais, déjà naturellement bougon en raison de son sommeil erratique, devoir répondre à un tel défi à dix heures du matin était tout bonnement inacceptable. J'ouvris de grands yeux et vis la grimace de James.

– Tenez-moi au courant.

Je m'écartai et disparus derrière le paravent chinois qui séparait mon bureau du reste de la pièce. Au vu de la taille de la salle et de celle du budget, j'avais préféré abandonner l'intimité que m'aurait offerte un box en dur, et au bout du compte j'étais contente que Blake ait respecté ce choix lors de ses travaux surprises. J'étais suffisamment à l'écart pour faire mon travail en paix, tout en restant assez connectée pour intervenir dans tout ce que faisaient Sid et son équipe. De plus, Risa allait bientôt nous rejoindre, et on aurait besoin d'une communication beaucoup plus régulière. D'autant plus qu'on parlait la même langue.

Lorsque leur réunion informelle fut terminée, je passai un coup de Skype à Sid pour qu'il vienne me rejoindre. Il arriva, sa haute silhouette dominant mon bureau. Il s'assit dans un fauteuil en face de moi.

– Qu'est-ce que c'est que cette attitude, Sid ? On est sur le même bateau.

– Je sais, mais je commence à en avoir assez de colmater la coque d'un bateau qui s'enfonce.

– On coule ?

– Non, soupira-t-il. Mais perdre notre putain de temps à corriger les vulnérabilités et à réparer leurs dégâts tout en développant de nouvelles fonctionnalités pour le site, ça devient franchement pénible, Erica.

Je m'enfonçai dans mon siège, sidérée. Sid jurait rarement, donc il était vraiment sur les nerfs. Moi, dans ce cas, je pleurais dans mon coin ou je canalisais ma colère de façon à devenir obsessionnellement productive. Mais quand Sid était sur les nerfs, tout le monde souffrait.

– Que faut-il faire ? Je veux aider, Sid. Mais je ne sais pas comment.

– Parles-en à ton petit ami. Il a bien réponse à tout, non ?

– La plupart du temps, oui, mais il n'a pas de remède miracle pour ce cas-là. Je ne sais pas quoi dire.

Jusqu'ici, la stratégie de Blake avait simplement consisté à rendre le site absolument impénétrable. Comme j'avais refusé de laisser son équipe de programmateurs reprendre le site, la responsabilité en était évidemment retombée sur Sid. Maintenant, Chris et James partageaient son fardeau.

– En surface, je peux encore apporter au site des améliorations. Mais à un moment ou à un autre, il faudra de toute façon le redévelopper pour pouvoir répondre à une croissance à grande échelle. Je ne vois qu'une solution, nous y mettre directement plutôt que de continuer à faire des mises à jour. Au moins, on travaillera sur des bases plus solides, vu que les attaques ne risquent pas de cesser dans un avenir proche.

– Tu m'effraies, Sid. Reconstruire le site en totalité ? Il doit y avoir un meilleur moyen. On entre dans une phase commerciale critique.

– Je ne suis pas là pour te dire ce que tu as envie d'entendre. Et je te suggère de parler à Blake. Quoi qu'il ait fait pour s'attirer ça, il faudrait qu'il trouve le moyen de s'en sortir, parce que moi je n'ai pas signé pour ça.

La réponse de Sid me fit l'effet d'un coup de massue.

– D'accord. Finissez ce que vous avez en cours, et prenez le reste de la journée. Reviens demain en pleine forme et, avec un peu de chance, d'ici là j'aurai des réponses.

Je m'efforçais de parler d'un ton posé, malgré mon envie de lui dire de grandir un peu. L'entreprise était faite d'obstacles. J'avais pris en charge tout ce qui concernait la direction pour le laisser se concentrer sur la seule chose qui l'intéressait, la programmation. Et il agissait quand même comme si le monde entier complotait contre lui. D'accord, un petit groupe complotait effectivement contre nous, mais il ne fallait pas en faire tout un drame.

Il renâcla puis quitta mon pseudo-bureau. Il marmonna quelques mots aux gars, et s'enfonça dans son fauteuil.

Je souris. Au fond, Sid était aussi obstiné que moi face à l'adversité. On avait ça en commun.

Chapitre trois

Alli se mit un peu de fond de teint pendant qu'on se préparait dans ma salle de bains. Elle me laissa lui emprunter une jupe moulante à motif léopard qui m'allait comme un gant. Elle choisit un haut noir épaules nues. J'avais le sentiment que Blake allait m'enlever tout ça avec les dents d'ici peu. Et j'avais bien envie qu'il le fasse.

Après deux jours passés entre filles, Alli s'aventurait à sortir dîner avec des amis, nous permettant à Blake et moi de nous retrouver. Il m'avait tellement manqué que j'en avais la chair de poule.

On avait déjà survécu à de brèves périodes d'éloignement auparavant, pour la plupart marquées par le fait que j'étais furieuse contre lui, ce qui aidait à conjurer l'insoutenable attraction qu'il m'inspirait. Pour l'instant, il me manquait désespérément, tout particulièrement après la sensationnelle partie de jambes en l'air quelques jours plus tôt, au bureau.

J'adorais être avec Alli, et j'étais heureuse de laisser nos deux hommes à l'écart pour un temps si ça nous permettait de raviver l'amitié construite ces trois dernières années. Avec les frères Landon, on avait fort à faire. Je l'avais mise au courant de tout ce qui était arrivé, depuis Blake fichant en l'air mon accord avec

Max jusqu'au cauchemar de la réapparition hallucinante de Mark.

Heath revenait dans nos conversations avec une telle régularité que je me demandais si Alli appréciait réellement leur éloignement. Mais elle n'en avait pas beaucoup parlé, ce soir.

– Tout va bien ?

Elle fut trop prompte à sourire.

– Oui, vraiment.

J'achevai de me préparer et, lorsque je sortis, Blake était installé dans le nouveau mobilier de salon que je venais d'acheter.

Dans sa chemise blanche aux manches roulées jusqu'aux coudes et son jean bleu sombre, il me parut un tel ravissement que j'envisageai sérieusement de l'enfourcher ici et maintenant.

Lorsque nos regards se trouvèrent, il eut un léger mouvement de mâchoire. L'élan, l'envie étaient partagés.

– Tu es prête ?

Je souris. Alli nous rejoignit, interrompant le feu des lasers avec lesquels je dévorais du regard le corps incroyable de Blake. Il se leva pour la saluer et lui fit une bise rapide sur la joue.

– Tu es splendide, Alli. Je suis heureux de te voir.

– Moi aussi.

Son sourire était tendu, apparemment affecté par une émotion qui l'agitait.

Je la scrutai, cherchant à en savoir plus. Était-elle nerveuse, ou gênée de voir Blake après l'histoire de Heath à New York ?

– Eh bien, il est temps d'y aller, dis-je doucement, espérant chasser cet embarras auquel je paraissais heureusement être la seule en proie.

On se salua, puis Blake posa une main au bas de mes reins et me poussa discrètement vers la porte. L'autorité et l'intimité de son geste me firent frissonner, tous les nerfs en alerte. Je maudis soudain notre dîner au restaurant, alors que je ne voulais rien d'autre que le traîner à l'étage pour baiser jusqu'à l'aube.

* * *

En sortant de l'appartement, Blake me fit remonter les marches vers chez lui, nos doigts entrelacés.

– Tu as oublié quelque chose ?

Il n'avait pas eu le temps de répondre que nous avions déjà franchi sa porte. Là, les effluves d'un repas maison emplissaient l'air. Blake avait tout préparé sans mon aide.

– Ça alors !

La cuisine n'était plus qu'un chantier, mais la table de la salle à manger était impeccablement couverte de plats de grès assortis et pleins à ras bord de pâtes, de salade et de pain. L'éclairage était intime, l'ambiance, rehaussée par les flammes scintillantes des chandelles.

– Je me suis dit qu'on serait aussi bien ici, chuchota-t-il.

– Mais je me suis habillée…

Je m'abandonnai contre lui, laissant ses bras m'envelopper.

– Et j'en suis heureux. Tu es magnifique. On aura de la chance si on réussit à terminer le dîner.

Je me mordillai la lèvre et hésitai quant à mon appétit. Blake était de loin le plus alléchant du menu, mais il me fallait du carburant si je comptais le ravager toute la nuit comme je l'avais prémédité.

– Tout est parfait. Je n'arrive pas à croire que tu as fait tout ça toi-même.

– J'espère que ça te plaît.

On passa à table, et il remplit deux verres de vin pendant que je me servais une assiette des spaghettis bolognaise qui allaient bientôt le rendre célèbre, selon ses dires. J'en goûtai une bouchée, et fus agréablement surprise. Les spaghettis sont difficiles à rater, toutefois, compte tenu de son manque d'expérience, je m'étais préparée au pire. Un silence confortable s'installa pendant que nous mangions, mais je pensais encore à Alli.

– Comment ça se passe, avec Alli ? demanda Blake, comme s'il lisait dans mes pensées.

Je pris une bouchée de pain aillé avant de répondre. Alli se trouvait pour l'instant dans une bien mauvaise passe, à la fois éperdue et désespérée par les turbulences de sa relation avec Heath. Je me demandais jusqu'où je pouvais en parler.

– Elle a fort à faire, avec Heath, et son déménagement.

– Son déménagement ?

– Elle a quitté leur appart.

– J'espère que ce n'est pas à cause de moi.

Son regard chercha le mien.

Je secouai la tête. J'avais encore en mémoire l'insistance avec laquelle il m'avait demandé de maintenir mes distances avec Alli tant qu'elle restait liée à Heath. J'avais refusé d'emblée, puis ignoré son souhait, et la discussion n'avait heureusement pas eu de suite. Avec tout ce que je traversais à l'époque, me couper des rares personnes vers lesquelles je pouvais encore me tourner était bien la dernière chose à faire.

– Non. Je pense qu'elle a besoin d'un peu de recul pour faire le point, pendant l'absence de Heath. Je ne crois pas qu'elle ait eu beaucoup l'occasion d'être indépendante depuis son arrivée à New York.

Ce dernier point me fit hésiter. Je marchais sur des œufs. Blake et Heath avaient leurs dissensions, mais ils restaient frères. Je ne voulais pas créer de problèmes entre Alli et Heath si ce dernier n'était pas encore au courant de son déménagement.

Blake hocha la tête.

– Et ton boulot ?

– Il y a du bon et du mauvais.

– Ah ?

Je terminai mes spaghettis puis choisis soigneusement mes mots.

– J'ai embauché une directrice commerciale. Elle commence lundi, et Alli va m'aider à lui faire reprendre les choses là où elle les a laissées.

– Et le mauvais ?

– Je commence à vraiment m'inquiéter pour la sécurité du site. Sid s'arrache les cheveux. Je ne sais plus quoi lui dire.

Je tentai un regard interrogateur. J'approchais d'un sujet qu'il détestait aborder.

Il se recula dans son siège et jeta sa serviette sur la table.

– Tu refuses de me laisser accéder au code, Erica. Alors, qu'est-ce que tu veux que je fasse ?

– Ce n'est pas par manque de confiance, Blake. On doit garder le contrôle du code pour le long terme, et tu le sais bien. Mais on ne sait toujours pas pourquoi on est systématiquement attaqués par ce groupe.

Son regard se perdit dans le vague, évitant le mien. Un nœud déplaisant se forma dans mon estomac. Je détestais ses secrets. Ils me rongeaient comme les miens autrefois, avant que je me confie corps et âme à Blake. Lui révéler mon passé en avait allégé le fardeau, mais je ne savais pas comment l'inciter à la même franchise.

– Tu veux que je te fasse confiance, Blake. Mais tu me caches des choses, c'est pour ça que j'ai autant de mal.

– Si je ne suis pas très bavard, c'est surtout pour ton bien.

– Et ce ne serait pas à moi de décider ce qui est bon pour moi ? Bon sang, je ne suis plus une enfant !

Il marmonna un juron, partit vers le salon, et s'enfonça dans un canapé.

Je choisis de m'asseoir dans l'autre, incertaine de la façon dont allait évoluer la conversation. Une distance un peu plus grande améliorerait peut-être les chances d'un échange plus constructif.

– Tu m'as dit que tu réglerais le problème. Tu me l'as promis. Si ce n'est pas facile, d'accord… mais j'ai le droit de savoir ce qui se passe. Je pourrai peut-être aider.

Il souffla par le nez et laissa sa tête retomber en arrière.

– Tu sais déjà que j'ai appartenu au M89 dans ma jeunesse.

– Oui, acquiesçai-je doucement.

Il se pencha en avant et appuya ses coudes sur ses genoux, évitant mon regard.

– Ce que tu ne sais pas, c'est que je dirigeais le groupe, avec quelqu'un d'autre.

– Qui ça ?

Mon ton restait doux et circonspect. Je ne voulais pas lui donner une raison de ne pas me dire ce que je voulais, ce que je devais savoir.

– Cooper. Il se nommait Brian Cooper.

Je marquai une pause.

– Se nommait ?

Il tressaillit. Il ramena en arrière ses cheveux châtains, qui avaient poussé depuis notre rencontre et tombaient sur son front. Je brûlais de tendre la main pour les discipliner, mais je choisis de ne pas électriser l'ambiance.

– Il s'est suicidé.

– Oh mon Dieu !

Je portai ma main à ma bouche. Pas étonnant que Blake ne veuille pas en parler.

– Quand ça ?

– Quand le groupe s'est fait serrer pour avoir accédé aux comptes en banque, ils nous ont tous mis en cellule. Sauf que j'avais déjà quitté l'opération depuis des semaines. Cooper était un ami, et quand on a élaboré le plan original, j'étais d'accord pour qu'on s'attaque aux types de Wall Street. Mais après il a voulu s'en prendre aux comptes individuels. Ceux des particuliers qui investissaient l'argent de leur retraite chez ces salauds, mais qui, en dehors de ça, n'avaient aucun rapport avec leur foutue pyramide de Ponzi. Je n'ai pas réussi à le convaincre, alors j'ai quitté le groupe. Notre amitié n'y a pas résisté, et ça a laissé de profondes rancœurs. Quand les fédéraux m'ont interrogé…

Un silence pesant suivit, et mon cœur se serra. Blake était inextricablement lié aux circonstances qui avaient mené au suicide de son ami.

– Merde ! Je ne sais pas. J'étais jeune, en colère, et tout était allé trop vite.

Il se frotta les yeux de la paume de ses mains, comme pour conjurer les visions qu'il venait d'évoquer.

– Tout va bien. Raconte-moi.

Je me levai du canapé pour aller m'asseoir près de lui, désireuse d'être toute proche, inquiète de ce qu'il pouvait dire. Mais je voulais savoir.

– Je leur ai dit la vérité. Et comme je collaborais, les enquêteurs se sont désintéressés de moi, et ils ont mis la pression sur lui. Je n'essayais pas de sauver ma peau, Erica. Je voulais juste rétablir la vérité. Si je devais couler avec le bateau, je voulais qu'on connaisse mes motivations.

– Chéri…

Les mots restèrent bloqués dans ma gorge.

La douleur hantait son regard. Des années de remords l'avaient empêché de m'en parler après la première attaque du site.

– Son suicide a mis fin à l'enquête. Les fonds ont été restitués, et on a tous eu droit à une tape sur les doigts. Comme on était mineurs, les dossiers ont été mis sous scellés. C'est pour ça que presque tout ce qu'on lit n'est que rumeurs. Très peu de personnes savent ce qui s'est réellement passé.

– Comment le groupe a-t-il pu rester actif après ça ?

– Ça n'a pas été le cas, mais quelqu'un l'a relancé il y a quelques années.

– Un des membres d'origine ?

– J'en doute, mais en fait je n'en sais rien. Je ne fréquente plus ces cercles. Mais vu leur persistance à me faire souverainement chier, celui qui est derrière cette nouvelle incarnation du groupe doit vouer un véritable culte à Cooper. Ils l'idolâtrent probablement comme une sorte de putain de martyr de la cause. Quant à savoir de quelle cause il s'agit, ça reste un mystère pour moi.

– Tu as essayé de les joindre ?

– Non. Je ne négocie pas avec les terroristes.

La frustration indignée que j'avais appris à reconnaître dès qu'il parlait des hackers remplaça l'expression de douleur sur son visage. Blake était puissant et débordait de qualités, mais ces gars avaient réussi à l'affecter. Ça m'effraya, parce qu'il était peut-être mon dernier rempart contre eux.

– Ce n'est pas une décision un peu trop intransigeante, compte tenu de leur obsession à détruire tout ce que tu touches ?

– On connaît leurs méthodes. Ils sont prévisibles, et mes équipes ont trouvé des moyens efficaces de les maintenir hors de portée de mes affaires. Ce sont des vandales, mais quand on les a vus à l'œuvre, on peut les coincer. Toutefois je ne pourrai pas le faire pour toi tant que tu ne m'y autoriseras pas.

– Tu ne remontes pas à la source du problème.

Il soupira.

– Qui qu'ils soient, ils le voient comme un martyr, et moi, comme son Judas. Rien n'y changera tant qu'ils existeront.

– Là, tu éludes la question.

– Je parlerai à Sid demain matin, d'accord ? Fin de l'histoire.

Le ton de sa voix me fit réfléchir. Sa vulnérabilité avait disparu, soigneusement dissimulée derrière sa colère. Mais je le connaissais bien. Lui et Cooper avaient été amis. Sa mort avait bien dû l'affecter. Blake se sentait toujours personnellement responsable de tous ceux qui l'entouraient. J'avais vu l'étincelle dans son regard pendant qu'il parlait de Cooper, mais il s'était refermé aussi vite qu'il s'était ouvert.

Je voulais l'embrasser, cajoler l'homme que j'aimais, apaiser la douleur que je sentais encore en lui. Je tendis la main et pris son menton dans ma paume. Il prolongea mon mouvement, plaça sa main par-dessus la mienne et retourna ma paume pour y déposer un baiser avant de doucement la ramener vers le canapé entre nous.

– Ne sois pas en colère contre moi, chuchotai-je.

– Je ne suis pas en colère. C'est juste que je n'aime pas parler de ça.

– Tu te sentirais peut-être mieux si tu le faisais.

Il grommela et ouvrit de grands yeux. Je pouvais sentir cette suggestion l'écarter encore plus de moi. Je glissai ma main sous sa chemise, appréciant chaque saillie de ses abdos sous mes doigts. J'étais déterminée à le sortir de ce vague à l'âme dans lequel il s'était enfoncé. Rien ne m'éloignait plus de la cacophonie de mes pensées qu'être nue avec Blake. J'avais l'impression qu'il en était de même pour lui.

– Tu me manques, murmurai-je.

Ses traits se détendirent et je souris, soulagée. Il caressa révérencieusement mon visage, traçant un croissant de ma joue à mon menton. Avant que j'aie le temps de dire un mot de plus, il posa ses lèvres sur les miennes et m'embrassa. Doux et tendre au départ, le baiser se fit vite plus passionné. Il s'écarta d'un coup.

– Quoi ?

Son regard se perdit dans le lointain.

– Je ne peux pas faire ça maintenant.

– Qu'est-ce que tu veux dire ?

Je l'enfourchai comme j'avais voulu le faire, ma jupe se relevant à une hauteur indécente. Je l'entraînai dans un autre baiser. Je me plaquai sur sa poitrine, ne laissant plus aucun espace entre nous, avide de son contact. À peine avais-je plongé mes doigts dans ses cheveux qu'il recula, échappant à mes mains, qu'il ramena doucement le long de mon corps.

– Erica, arrête. J'ai besoin de… me calmer.

Avant que je dise un mot, il tapota gentiment ma cuisse, un signe pour que je le libère. Ce que je fis, lentement. Il se retira dans la cuisine, qu'il commença à nettoyer. Je le rejoignis et voulus l'aider, mais il m'interrompit dans mon élan.

– Ne t'inquiète pas, je vais m'en occuper.

Il se tut et me fit face. La hanche appuyée contre le comptoir, il était d'une apparence trompeusement désinvolte, si l'on considérait la tension qui émanait de lui.

– Écoute, j'ai du travail pour demain, et on dirait que toi aussi. Ça t'embête si on en reste là pour ce soir ?

Je cherchai des réponses dans son regard, mais il semblait plus froid et fermé que jamais. Je restai les yeux écarquillés, stupéfaite et sans voix, déglutissant tandis que j'encaissais son rejet. Étais-je allée trop loin ? N'avait-il pas compris mes raisons de vouloir savoir ?

Tous les mots qui me venaient me paraissaient dérisoires. Pourquoi ne voulait-il pas être avec moi ? Pourquoi ne pouvais-je pas rester ? La perspective de l'entendre répondre honnêtement à ces questions m'effrayait. Je n'étais pas certaine de vouloir savoir pourquoi il me rejetait ce soir.

* * *

Mon appartement était vide et blafard, sans Sid ou Alli pour me consoler de ma solitude, de mon abattement. Blake ne m'avait jamais rembarrée auparavant.

J'étais de la dynamite, et lui avait une puissance sexuelle marathonienne. On avait, on ne sait trop comment, survécu à quelques jours d'abstinence… et maintenant il me battait froid ?

Je laissai tomber mon sac sur le bar et restai plantée là dans la pénombre, à essayer de comprendre comment la confession de Blake avait pu creuser un tel fossé entre lui et moi. Je retournai dans ma chambre et me regardai dans le miroir. Je me sentais vraiment très mal. Blake ne m'avait pas simplement refusé une nuit dans son lit. Qu'il n'ait pas voulu de moi me touchait au plus profond, me désespérait.

Non, je ne pouvais pas accepter ça.

Je repartis, attrapant mes clefs au passage.

J'entrai chez Blake mais ne le vis nulle part. J'allai jusqu'à sa chambre, où j'entendis la douche. J'hésitai devant l'entrée de la salle de bains. À travers le verre, je voyais les mains de Blake plaquées sur la paroi, l'eau se déversant sur son corps sculptural immobile. Je le trouvai beau, malgré le désenchantement qui s'était insinué entre nous et avait contrarié notre nuit. J'avançai d'un pas. Il tourna la tête vers moi.

Je m'immobilisai, attendant sa réaction. Il arrêta l'eau. J'eus le souffle coupé quand il sortit de la douche. En temps normal, Blake était déjà spectaculaire. Là, nu et dégoulinant, il n'aurait pas pu être plus impressionnant. Le summum de la beauté masculine.

La chair de poule formait autant de petites perles sur sa peau, et son membre, aussi dur que de la pierre, saillait de sa formidable silhouette.

Qu'est-ce qui se passait ?

– Blake…

Ma voix n'était qu'un murmure.

– Qu'est-ce que tu veux, Erica ?

Son ton était neutre, son visage, inexpressif, comme si j'étais une étrangère. Il s'essuyait méthodiquement avec sa serviette.

– Je…

Les mots me manquèrent. Ma grande idée de retourner chez lui en douce pour le séduire fut réduite à néant : je compris soudain que la séduction n'était sans doute pas de mise en cet instant.

– Rentre chez toi, Erica. Je te l'ai dit, j'ai du travail.

– Tu te fiches de moi. Tu pourrais m'expliquer pourquoi, après dix minutes de douche froide, tu as encore la plus fabuleuse érection que j'aie jamais vue et tu me rembarres quand même ?

– Je ne veux pas me disputer avec toi. On ne peut pas en rester là pour ce soir ?

Il me dépassa et entra dans sa chambre. Je l'y suivis, déterminée à obtenir des réponses.

– C'est de ça qu'on parle. Si tu veux m'envoyer sur les roses, donne-moi au moins une putain de raison !

Ma voix se brisa. Je perdais mon sang-froid, et des idées folles me vinrent à l'esprit.

– Tu vois quelqu'un d'autre ? demandai-je, d'un ton incrédule.

Que s'était-il passé depuis la dernière fois au bureau ? Avais-je fait quelque chose de mal ?

Il grimaça et serra les poings.

– Bon Dieu, non ! Tu ne veux pas me laisser seul ?

Ses mots me blessèrent. Je le haïs, en cet instant. Comment pouvait-il me faire me sentir plus bas que terre quand je le suppliais quasiment de revenir à ce qu'on avait de plus intime ?

– Tu as raison. Je n'ai pas besoin de ces conneries.

– Chérie… soupira-t-il.

Je tournai les talons et me dirigeai vers la porte. Avant que je l'atteigne, il me prit de vitesse et la bloqua de la main. Il me saisit le coude et me fit pivoter pour lui faire face.

– Que veux-tu de moi, Erica ?

Mon souffle s'accéléra. Mon cœur se mit à battre violemment, d'une colère mêlée d'un désir toujours croissant. Je ne savais laquelle de ces deux émotions allait l'emporter, ni celle que je devais privilégier. Mais je n'étais pas là pour me battre avec Blake.

– Je veux que tu me baises.

Tout son corps se tendit et son emprise sur mon bras se resserra, à me faire mal.

– Pourquoi tu ne veux pas de moi ?

Ma voix était ténue, presque méconnaissable. Je mollis sous sa poigne, et ma colère fondit, laissant la place à une vulnérabilité primale que Blake avait mise au jour.

Ses mouvements furent alors si rapides que je pus à peine les distinguer. Il releva ma jupe et arracha ma culotte d'un seul geste violent, me cinglant le haut des cuisses là où le tissu me mordit la peau. La seconde suivante, il m'enroulait autour de sa taille et me plaquait contre la porte. Et il me pénétra. Plongeant si profondément que j'en hurlai. Je me cambrai contre la porte, la douleur me cuisant jusqu'au plus profond. Je gémis du soulagement qui s'ensuivit. Il était de nouveau avec moi, finalement.

Il s'enfonça encore, et je criai. La chaleur envahit mon corps, qui fondit contre lui.

Je me décontractai un peu lorsque je perçus son immobilité. Son corps était pétrifié contre le mien, étrangement calme. J'ouvris les yeux et croisai son regard, intense et interrogateur. Mon Dieu, qu'il était beau ! Et il était à moi – mais, de quelque façon, je l'avais perdu, ces deux dernières heures. Il me fallait le garder avec moi, et lui montrer combien j'avais désespérément besoin de lui.

– Par pitié, ne t'arrête pas… le suppliai-je.

J'enfonçai mes doigts dans ses cheveux moites. Resserrant mes jambes autour de sa taille, je tortillai des hanches pour l'inviter au mouvement. Je n'avais plus besoin que de la plus ténue des frictions pour atteindre l'orgasme. Il bougea à peine, et un gémissement rauque s'échappa de mes lèvres tremblantes. Une douce chaleur parcourut ma peau et je frissonnai, mon sexe suintant sur son membre, mon regard ne quittant pas le sien.

Ses lèvres s'entrouvrirent, ses yeux se voilèrent d'émotion.

– Tu veux ma mort, on dirait !

Je l'embrassai passionnément.

– Achève-moi, ne me force pas à te supplier, soufflai-je dans sa bouche.

– Bon sang, c'est ce que je veux le plus au monde. Toi, ça…

Il se retira et m'empala encore.

Je laissai échapper un juron, criai quand chaque énorme coup de boutoir projetait des sensations inimaginables dans tout mon corps. Un mélange aveuglant de plaisir, de douleur, de rage et d'amour m'envahit, me faisant dévaler d'un orgasme à un autre sans discontinuer. Incapable de contrôler la frénésie qui s'était emparée de moi, je m'accrochai désespérément à lui, ma bouche contre son épaule.

Chacun de ses muscles sous mes doigts était tendu, contracté, raide. Mes dents pressaient sa peau, et j'y enfonçai profondément mes ongles, marquant sa chair.

Ma chatte se contracta sur lui. Il gronda, accélérant le rythme.

– Regarde-moi ! ordonna-t-il d'une voix tendue par l'excitation. J'ai besoin de ton regard.

Je rassemblai toutes mes forces pour relever les yeux, soutenir son regard. Voir sa beauté me fit mollir dans ses bras, sous ses mains. Il pouvait bien parler de l'effet que je lui faisais : voilà l'effet qu'il me faisait, à moi.

Ses yeux restèrent fixés sur moi sans ciller, même quand son ultime envolée me cloua sur la porte.

J'inspirai violemment.

– Blake !

– Ressens-moi, Erica, je veux que tu ressentes tout mon corps, gronda-t-il d'une voix rauque.

Un curieux gémissement s'ensuivit, comme il se vidait en moi et libérait le dernier orgasme dont mon corps était capable.

On resta dressés là un instant, avant de se laisser glisser sur le sol. Il roula sur le dos, sur le tapis d'Orient. J'enroulai paresseusement mon corps autour du sien, épuisée par ce que nous venions de vivre, mais avec toujours le besoin impérieux de son contact, de savoir qu'on était liés, qu'on était ensemble.

Un moment passa ainsi, sans mouvements, sans paroles, puis il releva légèrement ma jupe, caressa du pouce ma chair tendre là où, grâce à lui, il n'y avait plus l'obstacle de ma culotte.

Je baissai les yeux, et il enveloppa mes fesses de ses mains.

– Et là aussi, tu vas avoir des bleus, demain matin.

Je relevai les yeux pour voir son expression se durcir.

– Certainement pas de quoi s'inquiéter.

– Peut-être que tu devrais…

Je fis glisser ma main sur sa poitrine.

– Je ne sais pas ce qui se passe dans ta tête, mais je serais heureuse que tu m'en parles. Si tu ne veux pas, ça me va aussi. Mais ne me rejette pas. Je ne pourrais pas le supporter.

– C'est ce que tu appelles te rejeter ? Quand j'utilise ton corps comme une brute ?

Je me renfrognai. D'accord, il était un peu rude et je le sentirais probablement le lendemain, mais tout ce que nous partagions avait du sens.

Je m'agenouillai, m'installai à califourchon sur ses hanches, et laissai retomber mes mains sur ses flancs. Je m'efforçai de lire dans ses yeux, mais il évita mon regard pénétrant, préférant se concentrer sur les chairs rougies du repli de mes cuisses.

J'ôtai mon haut et mon soutien-gorge.

– Qu'est-ce que tu fais ?

– J'attire ton attention.

Une lueur traversa son regard.

– Tu l'as.

– J'aime ça, quand tu perds le contrôle de cette manière, Blake. N'en fais pas quelque chose de sale et de mal.

Son membre durcit sous ma cuisse.

– Et si ça l'était ? Te meurtrir, te faire des bleus, t'effrayer…

– C'est pour ça que tu t'es fait débander toute la soirée ?

– Ce que je ressens pour toi, Erica… Avec tout ce qui se passe pour l'instant, parfois, c'est trop intense. J'ai l'impression que je vais nous faire imploser. Je voulais que cette soirée soit différente. Je le voulais vraiment. (Il ferma les yeux un instant.) Tu mérites d'être adorée. Aimée.

Je fronçai les sourcils, m'efforçant de comprendre comment mon amant habituellement dominant s'éloignait de moi.

– Mais j'ai l'impression d'être aimée. J'aime m'éveiller avec le souvenir de tes mains sur mon corps, même si je suis un peu endolorie. Et puis c'est la première fois…

– Il n'empêche que je t'ai déjà effrayée.

Il me regarda droit dans les yeux, me défiant de dire le contraire.

– Parfois, ça m'effraie, mais je te fais confiance… Et puis j'aime tout ce qu'on a fait.

– Tu réalises que je n'ai même pas commencé à effleurer les choses que j'ai envie de te faire ?

Je retins un bref instant ma respiration, mais je ne perdis pas de temps à m'arrêter aux peurs qui me nouaient l'estomac.

– Alors, continuons.

Je doutai de mes paroles alors même que je les prononçais, mon rythme cardiaque s'accélérant de nouveau. Blake repoussait déjà des limites que je ne savais même pas encore avoir. Jusqu'alors, j'étais restée dans la course, mais savoir maintenant que ses fantasmes étaient si vastes et mystérieux me fit un peu tourner la tête.

– Non, répondit-il d'une voix douce mais ferme.

– Pourquoi ?

J'espérai ne pas avoir laissé paraître mes doutes.

– Parce que ce n'est pas bien. Je ne devrais pas avoir envie de te faire mal, ou de te soumettre. C'est du délire, et surtout la dernière chose dont tu devrais avoir envie après tout ce que tu as vécu. J'ai compris ça, l'autre fois. J'étais allé trop loin. À la seconde où je t'ai attachée, je l'ai regretté.

– Alors, pourquoi ne t'es-tu pas arrêté ?

Il resta silencieux.

– Dis-le-moi.

Il soupira.

– Parce que je savais que je pouvais t'apaiser, te faire comprendre comment apprécier.

– Et ça a marché.

– Ça n'y change absolument rien. Je n'aurais pas dû te mettre à l'épreuve de cette façon.

– J'aime les défis, Blake. Et ce que tu veux, je le veux aussi.

– Non, on ne peut pas choisir cette voie-là, Erica. Sors-toi ça tout de suite de la tête. Tu ne prendras pas cette direction pour moi. Tu as été violée, bon sang ! Mon besoin de contrôle pendant qu'on baise est la dernière chose dont tu peux avoir besoin. Je ne peux pas te faire ça. Pas à toi.

Je fus parcourue d'un frisson. Et si je ne pouvais pas être ce qu'il voulait ? Ce dont il avait besoin ? Je pouvais toujours prétendre être aux commandes, mon addiction à Blake s'était enracinée au plus profond, hors de portée de tout effort de volonté conscient.

– Que veux-tu dire ?

Il s'assit, accolant sa poitrine à la mienne, me réchauffant de son corps. Il me caressa le dos.

– Je veux dire que j'ai besoin d'y réfléchir, pour toi, pour nous. À l'évidence, je n'ai pas la moindre idée de la façon de l'empêcher, sinon en t'évitant de temps en temps. Ce soir…

– Parler de Cooper t'a refroidi.

Il ferma les yeux, grimaçant aux souvenirs qui lui revenaient à l'esprit. Il rouvrit les yeux et m'embrassa tendrement.

– Tu es tout pour moi, ma belle. Je ne veux pas revenir en arrière et parler du passé. De toute cette merde sur laquelle je n'ai aucun contrôle.

– Mais me contrôler te fait du bien, chuchotai-je.

Il acquiesça.

– Il faut que je change ça.

– Et si je n'en avais pas envie ?

Chapitre quatre

Ma serveuse rousse préférée s'attela à la préparation de nos cafés au lait à emporter pendant qu'Alli tapotait des ongles sur le comptoir.

– Comment s'est passée ta soirée ? lui demandai-je.

– Bien. Juste quelques verres avec la vieille bande. Et la tienne ?

– Bien.

Je me concentrai sur mon café, évitant de croiser son regard.

Blake avait vaillamment tenté d'éviter le sujet qui fâche en me baisant comme un dingue. Même s'il se retenait, sa stratégie avait brillamment réussi. Je ne me souvenais même pas de m'être endormie, trop épuisée et béate pour penser à quoi que ce soit.

Je ne savais pas trop comment aborder cette distance qui s'instaurait entre nous. Blake avait toujours été d'une certaine façon un mystère pour moi, mais plus je le découvrais, plus je tombais éperdument amoureuse de lui. On allait devoir trouver une solution ensemble. Qu'il s'éloigne de moi n'en était pas une.

Mon regard revint vers Alli. Il lui manquait l'aura d'énergie qui soulignait habituellement sa beauté naturelle. Aujourd'hui, ses yeux étaient gonflés et fatigués.

– Tout va bien ?

Elle s'éclaira un peu.
– Oui, vraiment.
– Tu es rentrée tard ?
– Non, en fait, je suis rentrée tôt.
Je tournai la tête, interrogatrice, attendant qu'elle poursuive.
Elle laissa retomber ses épaules, reconnaissant sa défaite, les traits fatigués.
– Heath n'a pas appelé hier. Je suis inquiète.
– Je suis sûre que tout va bien.
– On n'est pas restés un jour sans se parler depuis son départ. J'ai attendu son coup de fil, mais rien.
– Il va t'appeler aujourd'hui. Ne t'inquiète pas.
Elle hocha la tête et se mordilla la lèvre.
– Tu veux que je repousse la réunion commerciale pour que tu puisses te reposer un peu ?
Je posai mes mains sur les siennes, rêvant de voir mon amie de nouveau exubérante et heureuse. Elle était méconnaissable.
– Non, ça va. Tu as raison, je suis sûre que ce n'est rien.
Elle se força à sourire.
Simone nous apporta nos cafés que je payai, en ajoutant un large pourboire. Elle nous salua de la main pendant qu'on sortait.
Les marches menant à l'étage furent vite franchies. Risa était déjà là. Je regardai l'heure. Arrivée en avance, elle nous accueillit avec la vivacité qui nous manquait à toutes les deux. Elle portait un pantacourt noir à motifs et un haut noir boutonné très professionnel. En jean sombre et chemise, je profitais du code vestimentaire franchement décontracté instauré par les garçons.

– Alli, je te présente Risa Corvi, notre nouvelle directrice commerciale.

Risa lui tendit la main.

– Heureuse de te rencontrer. Je suis ravie qu'on puisse faire le point ensemble.

– Moi aussi.

On s'installa autour de la petite table de conférence au bout de la salle, et je fis un point pour Alli et Risa.

On travaillait depuis près d'une heure quand Blake entra, deux mètres dc ravissement. Mes yeux se fixèrent sur lui comme si son arrivée avait vidé toute la pièce de son air et que j'attendais sa permission pour recommencer à respirer. Je détournai la tête de lui assez longtemps pour voir Alli et Risa elles aussi bouche bée.

– Je ne vous dérange pas ?

Il arbora un sourire en coin et marcha vers nous, les mains dans les poches. Il portait sa tenue de travail habituelle, un jean bleu et un tee-shirt lâche annonçant la conférence de Las Vegas à laquelle on avait assisté. Un voyage qui m'avait laissé un bon souvenir.

Risa faillit tomber de son siège en se levant d'un bond pour lui serrer la main, les yeux brillants d'une appréciation évidente.

– Vous devez être monsieur Landon. Je suis Risa Corvi.

– Appelez-moi Blake.

– On travaillait sur l'évolution du nombre des adhésions, si tu veux te joindre à nous, dis-je rapidement.

– D'accord, mais je dois d'abord voir Sid.

J'acquiesçai et le regardai repartir, appréciant pleinement le fantastique spectacle de son cul en jean, la façon dont la toile serrait ses cuisses. *Contrôle-toi,*

Erica, tu es au boulot. Tu n'en as pas eu assez hier soir ? Bon Dieu, que m'arrivait-il ?

J'agitai la tête pour revenir à la réalité. Le regard de Risa restait fixé là où s'était attardé le mien. Je m'éclaircis la voix pour attirer son attention.

Elle se retourna aussitôt vers moi.

– Désolée. Il est… Hum…

Elle soupira et se plongea dans ses notes.

Alli écarquilla les yeux. Mon corps se tendit immédiatement, passant en mode jalousie irrationnelle hyper-protectrice. Je fis anxieusement cliqueter mon stylo tout en considérant diverses remarques bien senties que je pouvais lancer à Risa. Malheureusement, mieux valait me taire. Je serrai les dents, ne voulant pas que la première réunion de travail de Risa concerne sa présidente faisant valoir ses prétentions sur leur investisseur, qui se trouvait être son amant.

J'inspirai lentement et m'efforçai de me concentrer sur les chiffres. Blake était splendide. Il faisait tourner les têtes partout où il allait, et ce n'était pas différent ici.

Alli interrompit le fil de mes pensées.

– Où en était-on ? demanda-t-elle, apparemment pressée d'en finir.

Avant que je revienne à notre sujet, mon téléphone sonna.

– Excusez-moi. Vous n'avez qu'à poursuivre, toutes les deux.

Je cherchai mon téléphone dans mon sac. Je me glaçai en voyant le numéro appelant mais réagis et répondis.

– Bonjour, Daniel, lançai-je, espérant qu'il n'avait pas déjà raccroché.

Je ne lui avais pas parlé depuis que j'avais quitté sa maison de Cap Cod deux semaines plus tôt, en des circonstances qui lui étaient passées complètement au-dessus de la tête. Je me demandai si ce délai lui avait paru aussi embarrassant qu'à moi.

– Erica, comment vas-tu ?

Je souris au son de sa voix grave et posée.

– Très bien, et vous ?

– Oh, tu sais... Débordé, avec la campagne. Mais je voulais te demander si tu es libre vendredi. Notre cabinet sponsorise le gala de bienfaisance, cette année, et il nous reste des places. Il y aura plein de gens importants, peut-être une célébrité ou deux. Ce pourrait être une bonne opportunité pour tes affaires.

– Formidable. Vous êtes sûr ?

– Absolument. J'aimerais te revoir.

– Merci, moi aussi. Je voulais appeler, mais...

Pour dire vrai, je ne savais pas vraiment ce qu'il pensait vraiment de l'idée de rester en contact avec moi. D'accord, c'était mon père biologique, mais nous ne l'avions appris que peu de temps auparavant. On se connaissait à peine. Hors le fait de m'être retrouvée face à son beau-fils Mark, par ailleurs mon cauchemar personnel, le moment passé ensemble avait été plaisant et passionnant. Je souhaitais développer ma relation avec lui, mais entre sa candidature pour le poste de gouverneur et sa vie de dirigeant d'entreprise, je n'étais pas certaine de pouvoir me faire une place. Quant au fait que je sois sa fille illégitime, cela resterait entre nous.

– Aucun problème. Je te fais transmettre les cartons par coursier. Invite Landon et qui tu le souhaites de ta société.

– Ça me semble génial. Merci beaucoup.

– Je suis impatient de t'y revoir, Erica.

L'affection que j'avais sentie dans sa voix s'évanouit brusquement quand je raccrochai. Je gardai un bref instant les yeux fixés sur le téléphone, puis Blake entra.

Il m'entoura de ses bras, son corps se courbant sur le mien.

– Tout va bien ? murmura-t-il en déposant un baiser chaud au creux de mon cou.

Je passai mes bras par-dessus les siens. Je voulais le garder tout contre moi, juste au cas où il aurait l'idée de partir soudain. Il n'avait aucune chance de me repousser.

– Qu'est-ce que tu fais vendredi soir ?

– Je te fais des choses.

Mon visage s'empourpra et je me tournai dans ses bras pour lui faire face.

– Ça doit pouvoir s'arranger. Cela dit, Daniel nous invite à un gala de bienfaisance organisé par son cabinet.

– Tu me proposes un rendez-vous ?

Je souris et envisageai une remarque sur le rendez-vous de la veille au soir, à propos de sa façon de cuisiner et de quelques pratiques sexuelles contrariées particulièrement intenses… mais je choisis de la garder pour moi.

– Tu es intéressé ? Sinon, je devrais pouvoir me trouver un autre cavalier sans trop de difficulté, le taquinai-je.

– Il faudra me passer sur le corps !

Il resserra son étreinte délicieuse, fondant mon corps dans le sien.

– Tenue de soirée exigée. Je suppose que tu sauras éviter les tee-shirts humoristiques et te mettre sur ton trente et un ?

– À ton avis ?

Mon cœur s'emballa à la seule évocation de Blake en smoking. L'effet que ça risquait de me faire m'effrayait presque.

– Je brûle d'impatience de voir ça.

– Je dois retourner bosser, mais on pourrait dîner avec Alli ce soir puisqu'elle repart demain.

– Ce serait bien.

– Je t'envoie un texto quand je quitte le bureau.

Il s'écarta, mais j'attrapai l'ourlet de son tee-shirt, comme si je pouvais le retenir par ce petit bout de tissu. Je ne voulais pas qu'il s'en aille. La nuit dernière avait été intense, et j'avais besoin de savoir qu'il était toujours avec moi. Malgré toute la proximité et la complicité émotionnelle que nous avions partagées, l'idée qu'il pouvait encore me repousser un jour me terrifiait. Je ne voulais plus jamais revivre ça.

– Quoi ?

– Je veux te garder un tout petit peu plus longtemps. C'est mal ?

– Je ne vais pas m'en plaindre.

Ses yeux s'assombrirent, et il se rapprocha. Laissant glisser sa main le long de mon bras, il se pencha pour m'embrasser.

Consciente de notre manque d'intimité, je m'immobilisai, me préparant à l'assaut de sensations qu'il promettait. Un moment volé. Ses lèvres trouvèrent les miennes, chaudes, maîtrisées. J'entrouvris la bouche, mais il s'écarta.

– Ça ne va pas recommencer, protestai-je.

Il répondit à l'écarquillement de mes yeux par une caresse du pouce sur ma lèvre inférieure.

– J'ai l'impression que tu es fétichiste du sexe au bureau, ma douce, chuchota-t-il.

– Je suis fétichiste de toi, Blake. Le décor m'importe peu.

Il s'esclaffa, ce son rauque résonnant en moi. Je me mordillai la lèvre un peu trop fort, le souvenir de sa caresse faisant place à un élan de douleur.

– Même chose pour moi. Mais ça ne change rien à la situation. J'ai envie de t'étaler sur ce bureau et de te bourrer à te faire hurler, mais comme tu me l'as un jour fait remarquer, certains d'entre nous doivent travailler.

– La ferme…

Je raffermis ma prise sur son tee-shirt et le ramenai vers moi, forçant sa bouche sur la mienne, avalant un doux grondement qui roula en lui. Il serra mes fesses, pressant nos corps l'un contre l'autre, me rappelant les exploits de la nuit dernière. Son corps, sa présence me submergeaient avec une telle facilité ! Un élan de désir m'envahit, me fit tout oublier hors la façon dont son corps m'enveloppait, ses mains sur moi, sa langue en moi. J'en voulais plus. J'en voulais toujours plus.

J'entendis vaguement le cliquetis de talons qui s'approchaient. Je m'arrachai à son embrassade et aperçus Risa qui nous regardait, bouche bée. Une vague d'assurance féminine me parcourut. *Tu peux aller te rhabiller, ma cocotte.* Blake était à moi, et je n'aurais pu l'exprimer plus clairement qu'en cet instant. S'il lui plaisait, elle n'avait qu'à faire la queue, avec toutes les autres.

Blake semblait attendre ma réaction. Je lui souris et lui donnai un rapide baiser avant de le repousser légèrement en arrière.

– À tout à l'heure, chéri.

Une petite lueur de compréhension traversa son visage. Extraordinairement calculateur, il savait à quel point je pouvais être jalouse. D'accord, ma réaction avait été quelque peu excessive, mais Risa avait saisi le message.

Il me rendit mon sourire entendu et s'éloigna lentement, la saluant d'un signe de tête au passage.

– Je suis désolée, je ne… tenta Risa, yeux écarquillés, toujours bouche bée.

Je regrettai immédiatement mon choix. C'était son premier jour, après tout.

– Ce n'est rien. Je voulais te demander quelque chose, en fait.

– Bien sûr. Quoi ?

– On a des invitations pour le gala de bienfaisance vendredi soir. Aurais-tu envie d'y aller et de représenter la société ? Tu peux venir accompagnée, bien sûr.

– Je ne préfère pas.

Je haussai les sourcils.

– Je veux dire, reprit-elle, je serai heureuse d'y aller. Mais je préfère venir seule. Ça simplifie le contact.

– Oh, d'accord. Très bien. Préviens-moi si tu changes d'avis.

– Je suis impatiente d'y être. (Elle afficha un large sourire, et baissa les yeux vers le bloc-notes qu'elle tenait à la main.) Alli et moi avons presque fait le tour de la question, mais elle souhaite que je revoie avec vous certains points pour lesquels elle n'est pas certaine. Vous avez une minute ?

– Bien sûr. Assieds-toi, je reviens dans un instant.

Je la quittai pour aller retrouver Alli, qui semblait aussi nerveuse qu'au matin et vérifiait son téléphone à la table de conférence.

– Vous avez fini ?

Elle hocha la tête.

– Je crois. Si ça ne t'ennuie pas, je voudrais retourner à l'appartement. J'ai besoin de faire mes bagages, et de vérifier quelques petites choses pour mon boulot.

– Tu es en vacances, tu sais.

– Pas avec tout ça, malheureusement.

– Très bien, on se voit ce soir. On peut dîner avec Blake après, si ça te tente.

– Ça me paraît très bien.

Elle se leva pour m'étreindre, fit un signe de la main à Sid puis sortit.

* * *

Alli et moi étions assises à une table ronde du bar en plein air, sirotant des poire martinis en attendant que Blake nous rejoigne. Le temps était parfaitement doux. Le soleil se couchait, et une brise tiède soufflait sur nous. De telles journées justifiaient que l'on endure l'hiver. Tout paraissait possible. J'aurais voulu qu'Alli ressente la même chose. Elle semblait un peu mieux, un peu plus reposée, mais quelque chose n'allait toujours pas.

– Je n'arrive pas à croire que tu repars déjà. J'ai l'impression que tu viens d'arriver.

Alli avait choisi d'aller travailler à New York, moi j'avais préféré rester à Boston. Maintenant, nos vies commençaient à s'enraciner. J'avais envie de la presser de revenir. Avec ma société financée, elle le pouvait. Elle le savait aussi bien que moi, mais je n'en dis rien. Elle n'avait pas besoin que l'on ajoute à son désarroi ni, pire, qu'on la culpabilise, en plus de tout ce qu'elle traversait déjà en ce moment.

– Je sais. Je n'ai pas l'impression d'être prête à rentrer non plus.

– Peut-être que je pourrais bientôt te rendre visite.

Son visage s'illumina.

– J'adorerais. Je veux que tu voies mon nouvel appart.

– Moi aussi. On verra bien comment les choses évoluent. Je vais encore être surchargée de boulot pendant un moment, jusqu'à ce que tout le monde ait trouvé sa place et que ça devienne plus routinier. Que penses-tu de Risa ?

On n'avait pas eu le temps de parler de sa remplaçante dans la société depuis la réunion du matin.

Elle sirota une autre gorgée.

– Elle est maligne. Elle a une force qui la porte, comme toi. Je crois qu'elle sera bien.

En entendant cette description un peu neutre, je me demandai si Alli n'était pas un peu jalouse. J'en avais anticipé la possibilité, mais Alli avait bon caractère, et au final elle soutenait tout ce qui pouvait profiter à la société.

– Je suis heureuse que tu le penses. Ce n'est pas Alli Malloy, mais elle est passionnée. J'espère qu'après la formation accélérée de ce matin elle va s'y mettre à fond et nous faire franchir un nouveau seuil.

– Croisons les doigts. Et toi, qu'est-ce que tu penses d'elle ?

Je vis son sourire et compris immédiatement ce qu'elle voulait dire.

– Je sais ce que tu penses… et, non, je ne vais pas flipper à cause de la façon dont elle déshabille Blake du regard. Je ne connaîtrais plus que l'enfer pour le reste de ma vie si je commençais à réagir comme ça. Je te jure que si j'avais touché un dollar chaque fois qu'une femme le regardait trop longtemps je n'aurais pas eu besoin d'un financement.

– Le reste de ta vie, hein ?

Je me rembrunis.

– Ouais. C'est une expression, Alli.

Elle commença à rire, mais s'arrêta soudain. Son regard s'était détourné de moi. Elle pâlit.

Que se passe-t-il ?

– Oh, mon Dieu… souffla-t-elle.

Je me tournai, et mon regard se fixa rapidement sur Blake qui marchait, en compagnie de rien moins que son frère.

Alli semblait avoir vu un fantôme, sauf que Heath paraissait plus en forme que jamais : bonne mine, les yeux brillants, fixés sur elle en permanence. Quelque chose dans l'air changea. Je fus aussi pétrifiée de les voir que ces deux-là de se voir.

Alli reprit des couleurs. Elle se leva et repoussa ses cheveux derrière ses oreilles d'une main tremblante. Elle avança de quelques pas précautionneux en direction de Heath, tandis que lui la rejoignait à grandes enjambées pour la prendre dans ses bras. Elle gloussa, et il la souleva du sol avec un grand sourire.

Elle passa ses bras autour de son cou, le câlinant tandis qu'il la serrait plus fort. Ils restèrent ainsi pendant quelques minutes. Lorsque Alli se recula, ses yeux brillaient de larmes retenues. Elle se rapprocha et l'embrassa, un baiser qu'il partagea avec frénésie, comme affamé.

On n'aurait pas dû être là – ou ils n'auraient pas dû être là –, mais le fait que nous y soyons tous ne semblait pas les déranger. Je fis un signe de tête à Blake et il acquiesça.

– Allons voir si notre table est prête, dit-il à voix basse.

On les laissa, et le maître d'hôtel nous fit rapidement asseoir. Je restais sous le choc.

– Qu'est-ce qui vient de se passer ?

Mon sang était gorgé d'adrénaline. J'étais ravie pour Alli, mais la tête me tournait et je me demandais encore comment ça avait pu arriver si vite.

– Il est revenu, dit simplement Blake.

– Pour de bon ?

– Tant qu'il se tient à carreau.

Je regardai, à travers la salle de restaurant, vers l'endroit où le couple se trouvait encore. Alli riait et chassait les larmes de ses yeux, tandis que Heath la couvrait de baisers. Ils paraissaient incroyablement heureux. En un instant, le nuage de tristesse et de doute qui flottait au-dessus de ma meilleure amie s'était évanoui. La joie que j'éprouvais pour elle submergea l'inquiétude que m'inspirait encore leur relation.

– Comment a-t-il pu sortir si tôt ?

– J'ai parlé au juge, et tout arrangé. Heath a pris le premier avion.

Ils nous rejoignirent alors, leur énergie tangible. Alli était transformée. Ils l'étaient tous les deux.

– Erica, c'est bon de te voir.

Je me levai et lui donnai l'accolade. Il me rendit mon étreinte, puissamment, puis recula et m'adressa un demi-sourire, comme s'il essayait de me communiquer silencieusement quelque chose. Peut-être qu'il était navré d'avoir émotionnellement détruit Alli ces dernières semaines. Je lui rendis son sourire, soudain incapable de pensées réservées devant leur bonheur contagieux.

– Comment vas-tu ?

Je grimaçai intérieurement. Était-ce vraiment la question à poser à quelqu'un qui sortait de désintox ?

– Super. Je ne me suis jamais mieux senti.

L'enthousiasme et l'assurance de sa réponse dissipèrent mon inquiétude, et on se mit tous à table. Il paraissait changé. Pas seulement en forme, mais plus réel, plus vrai, d'une certaine façon.

On commanda nos boissons et nos plats. Heath resta à l'eau. Je me sentis aussitôt coupable d'avoir envie d'un deuxième martini.

– Un toast ! annonça Heath dès que les verres arrivèrent.

– Absolument, renchéris-je.

– À quoi va-t-on boire ? demanda Alli.

– Aux nouveaux départs…

Son regard se tourna vers elle, et elle le lui rendit, les yeux pleins d'étoiles.

– Aux nouveaux départs, reprit-elle d'une petite voix.

Et voilà ! Toutes les questions qui avaient pu se poser sur leur statut post-désintox avaient trouvé leur réponse. Je ne connaissais que deux autres personnes aussi follement amoureuses, et je ne voulais même pas imaginer à quel point je serais détruite si je devais passer plusieurs semaines loin de Blake. Je serais réduite à une masse informe de romantisme décérébré, comme eux deux.

– Tu arrives juste au bon moment, dis-je. Alli repart demain pour New York. Vous allez peut-être pouvoir voyager ensemble.

Heath toussota et posa les coudes sur la table. Il eut un regard rapide vers Blake, puis vers moi.

– En fait, je vais rester un moment à Boston.

Alli pâlit de nouveau et le dévisagea.

– Quoi ? Pourquoi ?

– Le tribunal. Blake m'a fait sortir de façon anticipée, mais je dois rester à Boston le temps que j'aurais dû passer à Los Angeles et finir mon traitement ici.

– Mais…

Alli s'interrompit.

Il n'y avait pas de « mais » dans les options de Heath. Il avait déjà de la chance de s'être rapproché.

– Je n'avais pas réalisé…

Alli regarda droit devant elle, éloignant son corps de lui pour la première fois depuis qu'ils s'étaient assis.

– On trouvera quelque chose, d'accord ?

Il parlait d'une voix douce, et il lui prit la main pour la serrer dans les siennes.

Elle déglutit puis hocha la tête.

– D'accord, dit-elle, son visage se ranimant d'un petit sourire.

Le reste de la soirée se passa sans incident. On discuta, on échangea des nouvelles, on raconta des histoires. Heath me posa des questions sur ma société, révélatrices de tout ce que Blake lui en avait dit. Qu'il ait parlé de moi à son frère malgré la distance et les circonstances me parut significatif. Qu'il ait rendu cette réunion possible m'en disait plus encore.

Quelques semaines plus tôt, ça aurait paru impossible. Blake ne voulait plus, alors, que j'aie le moindre lien avec Alli, et encore moins avec Heath, vu tous les problèmes qu'il avait causés à mon amie. Maintenant, il œuvrait à leur réunion. Je n'étais pas certaine d'en comprendre la raison, mais je me sentais heureuse qu'il l'ait fait.

Alli et Heath marchèrent devant nous sur le chemin du retour. Alli riait et s'appuyait contre lui.

Je m'attendais à moitié à les voir piquer un sprint jusqu'au lit le plus proche. La dernière fois que j'avais été avec eux deux, c'était à peine supportable. Tout était différent, aujourd'hui. Je n'étais pas en manque de Blake comme je l'avais été à New York, et d'une certaine façon leur amour amplifiait le nôtre. Je me serrai contre Blake, et il passa un bras autour de mes épaules. Je glissai ma main sur sa taille, et mon pouce sous sa ceinture, heureuse de la manière dont on s'accordait.

– Merci, dis-je.

Tout n'était pas parfait, mais Alli était heureuse, j'étais heureuse, et Blake en était la raison.

* * *

Je m'enfonçai plus profondément dans la baignoire. Un centimètre de plus, et mon nez serait immergé. Dans l'eau chaude, je laissai échapper un râle de plaisir, tandis que des vagues de relaxation me parcouraient une à une. Les doigts de Blake pétrissaient la plante de mes pieds avec une délicatesse experte. Je n'étais pas certaine de ce que j'avais pu faire dans une vie antérieure pour mériter un moment aussi parfait, mais j'adorais ça.

Lorsqu'il eut terminé, je lui repris mes pieds. Je me mis à genoux, plaçant nonchalamment mes jambes des deux côtés de ses cuisses musclées.

Je parcourus le tracé franc de son menton du bout du doigt, appréciant chaque trait béni des dieux qui provoquait chez moi cette attraction surnaturelle.

– Tu es trop bon avec moi.

– Impossible, susurra-t-il en déposant un baiser sur mes lèvres.

– Mais tu me gâtes trop !

– Tu mérites d'être gâtée.

Ses paroles m'attendrirent. Son visage était détendu, heureux, en accord avec l'instant. J'avais presque l'impression de ne pas le mériter, sans trop savoir pourquoi.

Grâce à l'héritage de ma mère, j'avais eu des opportunités dont la plupart des gens ne peuvent que rêver. Mais je n'avais pas le souvenir de m'être sentie à ce point gâtée, adorée par quelqu'un qui avait tant d'affection pour moi, excepté Marie. Une petite part de moi ne savait pas l'accepter complètement.

– Comment sais-tu que je le mérite ?

Je m'efforçai de lire dans ses magnifiques yeux noisette. Il m'adressa un sourire d'un mégawatt, et mon cerveau se court-circuita.

– Je sais tout.

J'inclinai la tête et le dévisageai en souriant.

– Comment ai-je pu oublier ? Maître du monde !

Il embrassa ma gorge, profitant de la position.

– Là, tu commences à comprendre.

Son souffle chaud me donna la chair de poule.

– Tu crois que tout va bien se passer pour eux ?

J'enroulai une mèche de ses cheveux autour d'un de mes doigts.

Il hocha la tête.

On s'inquiétait tous les deux de l'avenir d'Alli et de Heath, même si à cet instant ils se livraient probablement à des activités coupables dans la chambre d'amis de Blake.

– Que va-t-il faire, maintenant ?

– Pour commencer, il va rester avec moi, le temps de décider de l'étape suivante. Je vais l'impliquer un peu plus, professionnellement. Il doit prendre nos affaires plus au sérieux. S'il a déconné aussi longtemps, c'est parce que je l'ai laissé faire. Mais là, il a probablement plus que tout besoin de responsabilités – d'être confronté à des impératifs autres que ceux de ses appétits artificiels.

– Je n'arrive pas à croire que tu as fait ça pour eux. Tu ne semblais pas très optimiste, jusque-là.

– Je ne l'étais pas.

– Qu'est-ce qui a changé ?

Il bougea sous moi et je me reculai un peu, sentant qu'il avait besoin d'espace pour ce qu'il voulait me dire. Il mouilla ses fines mèches de cheveux avec l'eau savonneuse du bain. Je passai une main sur les courbes dures de ses pectoraux. Il n'y avait rien de plus sexy que le corps de Blake, ruisselant.

Je m'arrachai à mon inventaire débridé des qualités sexuelles de Blake pour insister.

– Parle !

– Je ne sais pas… Je suppose que j'ai fini par éprouver un peu plus de compassion envers sa situation. Pas pour ses histoires de drogue – ça me dépasse totalement. Mais pour le désespoir dans sa voix quand il parlait d'Alli. Comme s'il ne pouvait pas respirer sans elle. Comme si tout ce qui restait de vivant en lui, tout ce qui le portait encore s'étiolait de ne pas être auprès d'elle.

Il se tut, plongea ses mains dans l'eau, et caressa mes hanches avec ses pouces, en les serrant de façon possessive.

– Il l'aime, je renchéris, encore plus convaincue qu'auparavant de ce qu'ils partageaient.

– Je le sais bien. Quand ils ne sont pas ensemble, le son de sa voix exprime ce que je ressens chaque fois que tu me fuis. Et je ne souhaiterais ça à personne.

Mon cœur se brisa. Je n'avais cessé de le repousser, par peur, instinct de conservation, ou poussée par une colère justifiée et sincère. Mais chaque fois que je l'avais fait, mon cœur m'avait torturée, accablée jusqu'au plus profond. Une part de moi voulait toujours garder cette ligne entre nous, le maintenir à bonne distance de ma vie professionnelle. Mais cette lutte acharnée me détruisait.

– Je suis désolée, dis-je d'une voix pleine d'émotion.

Il me fit signe de me taire et rapprocha nos corps enfiévrés. Trempés, on glissa l'un contre l'autre. Sa peau sur la mienne, ses bras autour de moi, on était si proches, si intimes. Tout mon être se recentra sur mon bas-ventre, se lova un peu plus douillettement à chaque câlinerie, mais nos mouvements restaient précautionneux et réfléchis, on se caressait avec un soin infini. J'étais submergée, tenaillée par la puissance des émotions qui m'envahissaient en sa présence.

Peut-être que Marie avait raison. On avait dépassé le stade où chacun était le meilleur de lui-même. Ce que nous étions ensemble était devenu tellement plus puissant, une force qui me tenait en haleine et rendait tout le reste secondaire. Même si je détestais le reconnaître, Blake Landon était en passe de devenir tout pour moi.

À chaque effleurement de langue, chaque frôlement de peau, mon cœur se gonflait d'amour. De confiance. Plus mes caresses se faisaient pressantes, plus la maîtrise de Blake allait croissant, plus il agissait avec douceur quand il aurait dû me posséder avec l'appétit féroce que nous avions l'un pour l'autre. Je me contins, déterminée à ce que cette nuit soit différente.

– Je veux que tu prennes le contrôle, cette nuit.

Il me regarda fixement, droit dans les yeux.

– Un contrôle total. Tout ce que tu veux.

J'avais parlé d'une voix égale, sans trahir mon inquiétude quant à ce dans quoi je m'engageais. Je sentis son corps se tendre sous moi.

– Erica, on ne fera pas ça, d'accord ?

– Je t'aime et je veux le faire pour toi. Je te fais confiance pour m'entraîner aussi loin que tu crois que je peux aller. Je… je ne peux rien te promettre, parce que je ne sais pas exactement ce que tu désires, mais je veux essayer.

– Arrête.

Il se décala, me repoussant un peu en arrière. Je sentis monter en moi un début de panique.

– Non, attends. S'il te plaît…

Je soupirai et me massai les tempes, détestant ce que je m'apprêtais à admettre.

– Une part de moi… Même quand je me bats bec et ongles pour te résister, une partie de moi veut te laisser complètement le contrôle, aspire à une soumission totale. (Je frémis intérieurement à mesure que ces mots sortaient de ma bouche.) L'idée de m'abandonner… Je mentirais si je disais que ce n'est pas une perspective attirante, grisante. Ça fait si longtemps que je porte le poids de tout ce qui est ma vie.

Il fit glisser ses phalanges sur ma joue, et une brusque chaleur m'envahit. Il m'entendait. Je voulais croire qu'il comprenait, qu'il sentait le lourd fardeau que je supportais avec si peu d'aide extérieure.

– Tu prends soin des autres, et je sais que je peux te faire confiance pour tout ce que je t'ai donné. Je reconnais que je combats ce sentiment parce qu'il me terrifie. Je ne peux pas t'offrir la maîtrise de la totalité de ma vie. C'est tout simplement impossible.

Mais pour ce qui est du sexe, je pense que je pourrais t'abandonner le contrôle dont tu as besoin.

– Et comment ferais-tu ça ? En appuyant sur un interrupteur ?

– Je m'en crois capable. Je…

– Après tout ce que tu as vécu ? Comment peux-tu imaginer que les choses que je désire pourraient être bonnes pour toi ?

– Je ne sais pas ce que tu veux. Montre-moi, et je te le dirai.

Il soupira profondément.

– Erica, tu es une femme forte et indépendante, comme je n'en ai jamais vu. Tu me le prouves chaque jour, malgré toutes les difficultés que je te crée. Et je ne veux pas t'ôter ça, te contraindre à faire des choses que tu ne veux pas réellement.

– Comment sais-tu que je ne le veux pas ?

Il secoua la tête et détourna les yeux.

– Et si j'allais trop loin, jusqu'à un point dont on ne pourrait pas revenir ?

– Je te fais confiance.

Je l'embrassai, me délectant de la friction soyeuse de nos corps sous l'eau. Il bandait. Peut-être qu'il avait déjà quelque chose en tête. J'allais lui montrer que j'étais celle qu'il fallait pour répondre à ses besoins. Mais une pensée glaçante s'imposa à mon esprit.

Sophia.

Je n'étais pas certaine d'avoir prononcé son nom à haute voix, jusqu'au moment où je vis le visage de Blake devenir de marbre. Ses lèvres n'étaient plus qu'une ligne.

– Non, ma belle. N'y pense même pas.

– Attends, elle était partante, elle, pour toutes ces histoires de soumission qui te branchent tant ?

Il hésita.

– Pas de faux-fuyants ! coupai-je.

Je n'avais pas envie de tourner autour du pot.

Il resta silencieux un long moment. Puis il acquiesça doucement, évitant mon regard.

À l'instant même où il répondit, je regrettai d'avoir posé la question. Putain de Sophia... Je la haïssais encore plus qu'avant, maintenant. La jalousie me paralysait presque. Il était déjà pénible de soutenir la comparaison physique avec le mannequin qu'était son ex. Alors, savoir qu'elle avait été ce qu'il désirait sexuellement était presque plus que je ne pouvais en supporter. Je me réfugiai dans mon côté de la baignoire. L'eau devenait désagréablement froide.

Blake me dévisagea.

– Ce n'était pas la question d'être partante. Elle voulait m'être soumise. C'était sa putain d'idée. Inutile de dire que s'imposer comme le dominant avec elle n'était pas vraiment un défi. Mais elle voulait toujours aller plus loin. Ce qu'elle me demandait de faire était presque dangereux, parfois. Ce n'est pas ce que je veux, avec toi. Mais après avoir vécu ce genre de relation aussi longtemps...

– ... on finit par en avoir besoin, achevai-je pour lui, sachant que j'avais raison avant même qu'il le confirme.

– Parfois, oui.

– Ce qu'on a fait, c'était pour me tester, pour voir ce que je pouvais accepter ?

– En un sens. Je suis allé aux limites. Je crois qu'on le sait tous les deux.

– Et les fois où j'ai pris le contrôle...

Il appuya sa tête en arrière, sur le bord de la baignoire.

– Ça a été difficile pour moi. J'ai été tellement prudent avec toi, Erica. Tu n'en as aucune idée.
– Dis-moi ce que tu veux, Blake.
– Ça n'a aucune importance, en l'occurrence.
– Je mérite de savoir.
Je retins mon souffle, attendant qu'il parle.
– Une soumission totale. Un contrôle total sur ton plaisir et ta douleur.
Sa voix était neutre, comme s'il négociait un accord commercial et qu'il énonçait ses conditions.
J'exhalai d'un coup, en réalisant ce qu'il venait de dire. Pouvais-je lui concéder cela ? Une tout autre forme de panique m'envahit. J'enroulai mes bras autour de mes genoux, essayant de chasser le froid qui avait empiré. Je ne pouvais pas perdre Blake.
– Très bien, je vais le faire, m'empressai-je de répondre, avant d'avoir réellement pris le temps d'y réfléchir.
Son front se plissa profondément et ses yeux s'écarquillèrent un peu, comme si mon assentiment l'effrayait vraiment. Il se releva pour s'accroupir au-dessus de l'eau, posa ses mains sur ses genoux.
– Et pourquoi ferais-tu ça ?
– Parce que tu importes plus pour moi que personne auparavant. J'ai besoin d'au moins essayer.
– Il ne s'agit pas de me satisfaire.
– Effectivement. Il s'agit de t'aimer assez pour se donner une chance. Je crois que je commence à m'y faire.
Je me levai et m'essuyai sur le chemin de la chambre. Je tremblais, maintenant – je frissonnais. L'eau n'était pas si froide… J'étais terrifiée. Pourquoi ? Blake ne m'avait jamais fait de mal. Il ne me ferait jamais de mal. Je restai debout près du lit, ne sachant trop que faire.

Blake approcha derrière moi. Je serrai les poings dans la serviette-éponge nouée en pagne au-dessus de mes seins. Je pris une profonde inspiration pour apaiser les tremblements qui parcouraient mon corps.

– Ce n'est pas ce que je veux, ce que tu ressens pour l'instant. On n'a encore rien fait, et tu es terrorisée.

Je me retournai vers lui.

– Dis-moi ce que je dois faire. Je suis nerveuse. J'ai peur de mal faire.

– Non. Tu as peur que je te fasse mal.

Je serrai les dents, détestant entendre l'expression de mes peurs, des peurs si profondément enfouies en moi. Elles me suivaient depuis bien des années. J'eus envie de pleurer à l'idée que je n'en serais jamais libérée.

– Je sais que tu ne me feras pas de mal.

– Alors, pourquoi as-tu peur ?

Je déglutis avec difficulté.

– Tu sais pourquoi.

Il releva mon menton, me forçant à soutenir son regard. Ses yeux brillaient d'émotion dans la lumière tamisée de la chambre. Il prenait sa décision. Je voyais les déductions s'enclencher. Il soupesait l'ardeur de son désir et la possibilité que je craque complètement s'il faisait quelque chose trop au-delà de ma zone de confort.

Je fis tomber ma serviette et serrai mon corps contre le sien. Mes nerfs commencèrent à se détendre au contact de sa chaleur.

Il saisit l'un de mes seins et prit le mamelon entre deux doigts, en pliant doucement le bout érigé.

– Et si je te jetais juste sur le lit pour te baiser comme une bête ? Sans fioriture. Position du missionnaire. Fort.

Je me mordis la lèvre. Ses mots m'avaient parcourue comme une vague d'air chaud. Ça paraissait bien tentant, mais il se dérobait.

– Je suis sûre que tu peux être un peu plus imaginatif.

Il me fit taire d'un puissant baiser.

– Doucement. On va y aller doucement. Je vais te faire l'amour, ma belle.

Ses paroles ressemblaient plus à une affirmation qu'à l'expression de ce qu'il voulait réellement. Ses mains s'agitaient, me serraient précautionneusement et me relâchaient, comme s'il était en guerre avec son propre corps. Sa fougue mit le feu en moi. Une flamme naquit au plus profond et parcourut tous mes membres jusqu'à ce que ma peau soit aussi enfiévrée que la sienne.

Je lui rendis son baiser, ravalant des déclarations qui n'auraient pas été à la hauteur de ce que l'on voulait, de ce dont on brûlait. J'attrapai ses épaules, glissai mes doigts dans ses cheveux. Je ne pouvais être assez près. Je voulais attirer l'animal, qui voulait venir à moi par tous les moyens. Je n'avais plus peur. J'avais besoin de lui.

– Prends-moi comme tu veux me prendre. Fais tout ce que tu veux. Mon Dieu, s'il te plaît… J'en ai besoin, j'ai besoin de toi, dis-je en me frottant contre lui.

– Non.

Il énonça son refus à travers ses dents serrées. Son corps était tendu, pétrifié, comme si le plus infime mouvement suffirait à rompre sa résolution.

Je m'humectai les lèvres, rendue presque bestiale par la sensation de son érection contre mon ventre. Je le désirais avec une telle ferveur que j'avais l'impression d'en devenir folle. Je ne pouvais plus attendre. D'un geste, je me mis à genoux et pris doucement son membre entre mes paumes. J'allais trouver comment être soumise, avec ou sans son aide. Je glissai ma bouche sur son gland et suçai, faisant tournoyer ma langue sur son sommet délicat. Je gémis, appréciant son goût, la subtile odeur de son corps.

Il laissa échapper un soupir, comme s'il avait retenu sa respiration trop longtemps. Je le léchai, le suçai, et le mordillai délicatement du bout des dents jusqu'à ce qu'il frémisse. Soumise ou pas, dans cette position, c'était moi qui avais toutes les cartes en main. Mais il pouvait peut-être en être autrement.

Je ralentis mes mouvements et détendis ma bouche. Je lui saisis les fesses et l'attirai vers moi jusqu'à ce qu'il s'enfonce et heurte le fond de ma gorge. Il exhala en sifflant entre ses dents. Il ressortit lentement de ma bouche, sa bite reposant sur mes lèvres. J'enfonçai mes ongles dans ses fesses, et il se propulsa dans ma bouche. Je l'engloutis, ma langue ondulant sur son gland.

– Oh merde… (Il glissa ses doigts dans mes cheveux, saisit mon crâne.) Mais qu'est-ce que tu me fais ?

– Je veux que tu baises ma bouche. Contrôle-moi avec tes mains. Montre-moi ce que tu veux.

Ma proposition s'était transformée en ordre, mais je n'avais pas pu m'en empêcher. Il devait comprendre que j'étais prête, maintenant.

– Tu n'écoutes pas un mot de ce que je te dis.

Je souris, parcourant langoureusement son membre de ma langue, au ralenti. Je l'attendais, en le poussant régulièrement en moi, encore et encore.

En laissant échapper un grondement rauque, il resserra ses mains sur mes cheveux, et ses reins tressaillirent. Je l'engloutis avidement à chaque entrée prudente. Puis il approfondit ses poussées, butant au fond de ma gorge, allant aussi loin que je pouvais le supporter.

– Tu es magnifique comme ça, ma belle… à genoux. Pour moi.

Il me caressa le menton et se retira le temps de me laisser reprendre mon souffle, puis il fit exactement ce que je lui avais demandé. Sa prise dans mes cheveux s'affirma, presque douloureuse, tandis qu'il me manœuvrait, baisant ma bouche à coups mesurés. Il inspira bruyamment, m'en donna plus.

Je gémis, adorant la peau satinée de son érection glissant contre ma langue, tout en m'efforçant de le prendre en entier.

Le son qu'il émit me confirma que ça le rendait fou. Une fine brume humecta toute ma peau comme je m'abandonnais au plaisir de l'instant. J'avais envie de me branler, de voir à quel point il m'avait déjà fait mouiller, mais je ne le fis pas. Je gardai mes mains posées sur les muscles de ses cuisses, devenus des blocs de pierre.

Je ne pouvais m'empêcher d'imaginer ce qu'il devait ressentir, à l'intérieur de moi, à pomper avec tant de ferveur et de passion. La puissance de son corps était évidente, dans cette position. Ma bouche n'aurait pas pu supporter les féroces coups de boutoir qu'il m'aurait assénés si on avait baisé. Il était plus limité par cette position, mais il gardait un contrôle total. J'étais si vulnérable, complètement à sa merci. Je lui faisais confiance, et le laisser prendre son plaisir en moi était exaltant.

J'enfonçai légèrement mes ongles dans ses cuisses, mon désir atteignant des sommets.

– Ça va ?

– Ne t'arrête pas.

– Je ne crois pas que j'y arriverais si j'essayais. C'est tellement bon. C'est génial, en fait.

Je refermai à nouveau ma bouche sur lui, remontai lentement mes mains jusqu'à ses abdos. Ils bougèrent et se durcirent à chaque nouvelle impulsion jusqu'à ce qu'il râle, lâchant des jets de sperme chaud dans ma gorge. J'en avalai jusqu'à la dernière goutte.

Il me libéra et nous entraîna tous deux vers le lit, sur lequel il s'effondra, me maintenant contre sa poitrine. Il plissa le front, les yeux fermés, pendant qu'il reprenait son souffle. Je déposai de chauds baisers sur sa poitrine, léchai ses clavicules. Il saisit mes poignets, les yeux maintenant ouverts, toujours lourds de désir.

– Si tu continues comme ça, il va y avoir des conséquences.

– Et ce sera une punition ou une récompense pour t'avoir épaté ?

Son visage s'adoucit quelque peu, et il rit.

– Je n'ai pas encore décidé. Je n'arrive pas à penser.

Je frissonnai par anticipation.

– Je suis impatiente de le découvrir.

Je savais qu'il ne pouvait pas recommencer tout de suite, mais je poursuivis le sabotage buccal de son torse. De lui, je n'avais jamais assez. Le satisfaire était addictif, et j'avais besoin d'une autre dose. Je parcourus avidement son corps. Je léchai le sel de sa peau, encore mouillée de sueur après son orgasme. Son odeur propre et masculine me grisait. Avant que j'aie fini de descendre, il me retourna sur le dos. Il me remonta sur le lit, et écarta largement mes jambes. Je frétillai d'impatience. Si une chose était meilleure que de sucer Blake, c'était d'être sucée par lui. Sa bouche était suprêmement douée.

Il se mit en position et me scruta du regard, encore haletant. Il me toucha doucement, caressant l'intérieur de mes cuisses. Je m'agitai anxieusement, trop consciente de la langueur de mon bas-ventre.

– Masturbe-toi.

– Pourquoi ?

– Contente-toi de le faire. Fais tout ce que tu ferais si je ne m'apprêtais pas à te sauter maintenant.

Timidement, ma main entreprit de lents mouvements sur mon clito. Blake déposa des baisers sur mes cuisses, mes mollets, mes chevilles, partout sauf là où je le voulais le plus.

– Tu penses à moi quand tu fais ça ?

Son souffle chaud me donnait le frisson. Mon corps se tendit par réflexe.

– Je n'ai pas eu à le faire depuis qu'on s'est rencontrés. Je préfère tes caresses aux miennes. Pourquoi ne me branles-tu pas ? S'il te plaît.

– Ne t'arrête pas. Je veux te regarder. Tu as un vibromasseur ?

J'ouvris de grands yeux, me sentant un peu insultée qu'il l'ait demandé.

– Je suis une femme moderne. Évidemment, j'ai un vibromasseur.

– Où est-il ?

J'hésitai, me sentant soudain aussi timide que moderne.

– Dans mon tiroir à sous-vêtements. Pourquoi ?

Il déposa sur l'intérieur de ma cuisse un langoureux baiser, qui me fit hoqueter.

– Je me demandais juste. Continue.

J'obéis, laissant mes doigts retrouver un rythme que mon corps connaissait bien. Les mouvements étaient aisés et réguliers, parce que j'étais déjà lubrifiée. Il pourrait me pénétrer si facilement, maintenant. Il n'y aurait pas la moindre résistance.

– Tu es très belle, en bas. Toute rose et toute jolie. Il faudra que je te rase, un de ces jours. Que je lèche toute cette peau douce. Tu as déjà fait ça ?

Je secouai la tête.

Je ne savais pas trop quoi penser de cet examen approfondi de mes parties intimes. Il m'embrouillait les idées. Je voulais juste qu'il me suce ou qu'il me saute.

– Je ne peux pas faire ça.

Pour la première fois de ma vie, me faire plaisir commençait à me gonfler. Je voulais ses doigts sur moi. J'avais l'impression de me contenter de demi-mesures, de m'embarquer dans une recherche solitaire de l'orgasme comme un simple moyen mécanique d'atteindre un objectif. Rien qui soit comparable aux échappées inattendues et incroyablement satisfaisantes dans lesquelles Blake m'entraînait.

– Tu es gênée ?

– Non… ou un peu, peut-être. Mais je n'ai pas envie de jouir comme ça.

– Ne t'inquiète pas. Tu m'offres ce que je désire, et crois-moi, rien ni personne sinon moi ne te fera jouir à partir de maintenant. Tu vas me montrer comment te masturber, et quand tu en seras presque à jouir, je te pénétrerai. Tu peux faire ça ?

– Tu ne veux pas te servir de ta bouche ? suppliai-je.

Il se redressa sur ses coudes et écarquilla les yeux.

– Tu sais, Erica, tu n'es pas exactement obéissante. Je t'ai expliqué le programme, lequel, heureusement pour toi, n'inclut pas d'accessoires, parce qu'ils sont dans mon appartement. Mais si tu continues de parler, je vais te prendre en travers de mes genoux, et te donner une fessée d'enfer. C'est compris ?

Je gloussai, mais mon hilarité s'évanouit. Son regard était mortellement sérieux. Oh, il ne plaisantait pas…

Je pris une profonde inspiration et fermai les yeux pour ne pas être tentée de rire. Mettre Blake au défi était trop amusant, mais je n'avais pas envie en cet instant d'être fessée comme une gamine capricieuse.

Je gardai les yeux fermés pour pouvoir me concentrer, m'efforçant d'oublier que Blake regardait tout. Je me tendis et bandai mes muscles vaginaux, me malaxant un sein, me cambrant de mon propre fait. J'y étais presque, mes gestes se faisaient plus urgents, moins gracieux. La tête me tourna. J'imaginai que c'était Blake qui œuvrait. Son prénom franchit mes lèvres, encore et encore. J'avais besoin de lui en moi. J'allais jouir quand il saisit mes poignets, les rabattit sur mes flancs.

– Il faut que je goûte une minute, ma belle.

Sa langue s'aplatit et se lâcha sur mon clito. Ma montée lente et régulière vers l'orgasme se fit abrupte. Je hurlai quand la sensation de sa bouche sur moi me projeta dangereusement près du gouffre. J'arquai les reins, pour avoir plus de lui, plus de ce délicieux contact. Il s'écarta mais, avant que je puisse protester, il enfonça sa bite en moi jusqu'aux couilles d'un seul élan, rapidement suivi d'un autre.

– Blake, mon Dieu, je vais jouir ! exultai-je, tout mon corps frissonnant du plaisir brûlant qui me subjuguait.

– C’est ça, je veux que tu pressures ma bite, tu es déjà tellement serrée !

Il poursuivit les coups de boutoir, tout en virevoltant du pouce autour de mon clito, jusqu’à ce que je jouisse dans un flot d’ahanements.

Je jurai, dans ma félicité mécanique, n’avoir jamais rien ressenti d’aussi bon. Jamais.

Blake prit son plaisir quelque part dans le brouillard de ma volupté, et retomba sur moi. On resta là comme des poupées de chiffon, le souffle court et irrégulier.

– Bonne fille, susurra Blake.

Chapitre cinq

Au matin, je décidai d'aller travailler un peu plus tard, pour rester avec Alli jusqu'à son départ. Heath et Blake, installés dans le salon, faisaient le point. Pour des gens qui tenaient autant les uns aux autres, on avait à s'informer de bien des choses, tous les quatre.

J'aidai Alli à faire ses bagages, parce qu'elle n'en avait pas eu le temps, ayant passé la nuit avec Heath. Je pouvais dire, à son air défait et fourbu, que leur nuit avait été intense. Probablement pas moins que celle de Blake et moi. Elle avait raison, sur ces frères Landon, ils nous donnaient fort à faire. Que les cieux aient pitié de nous…

Mais son teint et son humeur avaient retrouvé leur fraîcheur. Elle se battit avec la fermeture Éclair de sa valise, qui semblait toujours prendre de l'embonpoint en voyage, alors que nous n'avions même pas fait de shopping. Elle gagna la bataille puis recula, les mains sur les hanches. Je vérifiai l'heure. Plus que quelques minutes avant son départ pour l'aéroport.

– Je crois que ça y est, dis-je.

Je m'efforçai de ne pas penser au temps qui allait s'écouler avant que je revoie Alli.

Des larmes roulèrent sur ses joues. Elle me serra fort dans ses bras, renifla sur mon épaule. On avait passé un bon moment, mais je savais que ses larmes n'étaient pas toutes pour moi.

– Tout va bien se passer.

– Tu promets ?

Elle relâcha son étreinte, prit fermement mes mains dans les siennes.

– Je te le promets.

Reviens, et on pourrait tous être ensemble, pensai-je, mais je ne le dis pas. Je ne pouvais m'aventurer dans cette direction. Ce choix lui appartenait. Elle revenait quand elle le voulait, elle le savait.

– Heath t'aime et je t'aime.

– Et tu aimes Blake !

Elle gloussa dans ses sanglots.

Je l'étreignis de nouveau. Et on se sépara quand Blake passa la tête dans la chambre.

– C'est l'heure, bébé.

Elle me serra le bras et me fit au revoir d'un signe. Puis elle disparut avec Heath.

Blake vint me rejoindre tandis qu'une larme roulait sur ma joue. Alli allait tellement me manquer ! Il cueillit la perle d'eau du bout de son pouce, et me serra dans ses bras. Je passai les miens autour de sa taille, reconnaissante de ne pas avoir pour ma part à dire au revoir à Blake dans un quelconque avenir prévisible. Je ne pouvais ni ne voulais imaginer ça, jamais.

* * *

– Tu es sûre qu'elle va m'aller ?

J'attendis impatiemment, pendant que Marie ouvrait la housse et ôtait la protection de plastique de la teinturerie.

– Je crois. J'ai fait un peu élargir le haut.

Je ris sous cape en maintenant un bras modeste sur mes seins, qui avaient toujours été un peu trop pleins pour ma taille. J'étais debout dans ma chambre, en sous-vêtements, tandis que Marie déballait la robe du soir : de soie noire, rehaussée de motifs de velours bleu pastel.

J'enfilai la robe, et Marie l'attacha. Le bustier maintenait confortablement ma poitrine. Heureuse de ne pas déborder, je me tournai vers le miroir pour voir comment m'allait la robe. La coupe sirène soulignait parfaitement ma taille et mes hanches, et les larges pans du tissu vintage s'évasaient aux genoux.

Marie se tint à côté de moi, plus grande de près d'une tête, et aussi éclatante et superbe qu'à l'habitude. Elle avait été la meilleure amie de ma mère, mais, au fil des années, elle était véritablement devenue aussi l'une des miennes. Parfois, elle était la mère dont j'avais besoin, et à d'autres moments une amie à laquelle je pouvais dire des choses dont je n'aurais pas imaginé parler à ma mère. En de telles occasions, quoi qu'il en soit, elle me regardait comme ma mère l'aurait fait. Ses yeux s'embrumèrent un peu, tandis qu'on admirait ensemble cette magnifique robe du soir.

– Parfois, j'oublie à quel point tu lui ressembles.

Je souris et ravalai des larmes. Maintenant que je connaissais mon père, je voyais mieux tout ce que mes traits devaient à ma mère. Nous avions les mêmes boucles blondes et le teint clair, mais dans les miroirs, c'étaient les yeux de mon père qui me regardaient.

Je me sentis soudain tendue à l'idée de le voir ce soir. Rien dans cette relation n'était simple.

– Eh bien, elle avait vraiment beaucoup de goût.

Ses sourcils se haussèrent légèrement.

– En fait, c'est Daniel qui l'avait achetée pour elle. Elle l'a portée au bal de l'université.

– Mais elle te l'a laissée.

– Elle a laissé des choses, pour des raisons pratiques. Elle m'a dit de tout donner. Mais celle-là était trop belle pour que je ne la garde pas. Et je ne regrette pas de l'avoir fait. Regarde-toi.

Elle posa ses mains sur mes poignets et les serra un peu.

– Elle est parfaite.

Je passai les mains sur le tissu, adorant l'alternance de la douceur du velours et du toucher un peu rêche de la soie sauvage. La robe m'allait si bien. Ma mère avait réussi à me faire un magnifique cadeau, sans même le savoir.

Avant que les émotions n'aient le temps de s'emparer de nouveau de moi, on sonna à la porte. Je sortis de la chambre pour aller répondre. Un instant plus tard, je laissai entrer un coursier. Il tenait une boîte rose avec un nœud de tulle noir. Ses sourcils se haussèrent à la vue de ma tenue, un peu trop solennelle pour l'heure du déjeuner.

– Désolée, renouvellement de garde-robe, plaisantai-je.

– Il n'y a pas à s'excuser.

Il me toisa ostensiblement avant d'extraire une feuille de papier de sa poche.

– Hum… J'ai besoin d'une signature.

Je m'exécutai, puis pris le paquet. Je refermai la porte derrière lui et posai la boîte sur la table, impatiente de l'ouvrir. Je commençai par attraper la carte attachée au nœud, et la lus.

« Erica,
Gâte-moi et porte ceci ce soir.
Baisers, B »

Mon cœur se serra. Merde ! Et s'il
une robe ? Je ne pouvais pas remiser
ne commençait pas avant des heures,
lais déjà plus l'enlever.

À contrecœur, je tirai sur le bord du nœud et écartai les épaisseurs de papier toilé rose jusqu'à atteindre des sous-vêtements de dentelle noire délicatement pliés. Je sortis un soutien-gorge sans bretelles avec culotte assortie et des bas de soie à jarretière en dentelle. Cet homme avait des goûts de luxe, et la lingerie ne faisait pas exception.

Marie s'approcha derrière moi et laissa échapper un sifflement.

– OK, je crois que c'est le signal, mon travail ici est terminé.

Soudain gênée, je reposai les sous-vêtements dans la boîte.

– Tu es officiellement adoubée ma salvatrice en tenue de soirée. Un immense merci, Marie.

– Quand tu veux, mon bébé. Je suis heureuse de t'aider. Prends des photos ! Oh, d'ailleurs, sur ce point… J'ai oublié de te dire que Richard sera là, avec un photographe qui couvre l'événement. Peut-être que tu apparaîtras dans son article.

– Génial. Je regarderai si je le vois.

Il est grand, bronzé, et rétif aux engagements personnels. Tu ne peux pas le rater.

Je m'esclaffai.

– Plus sérieusement, il a vu des photos de toi partout dans mon appartement… Alors, je suis sûre qu'il viendra se présenter à un moment ou à un autre.

– D'accord. Je serai aux aguets.

Elle me donna une bise rapide et prit congé, me laissant seule, plongée dans une intense anticipation de la soirée à venir.

* * *

J'avais enfilé la lingerie que Blake m'avait offerte, et me fis un petit numéro devant le miroir pour me jauger. Mes cheveux étaient remontés en chignon, et quelques mèches rebelles encadraient mon visage. Je portais des boucles d'oreilles en diamant qui avaient appartenu à ma mère, et qui s'accordaient avec les deux bracelets manchette en diamant que Blake m'avait offerts.

Quelle chance j'ai ! pensai-je, euphorique. En revanche, œuvrer à étoffer ma vie sociale professionnelle malgré une telle anticipation sexuelle allait sûrement se révéler un effort intéressant.

Alli était repartie à New York, tandis que Heath vivait pour l'instant chez Blake. C'était peut-être une bonne chose.

Blake avait récemment fait mention d'accessoires, et la pensée d'être soumise à son arsenal de jouets de domination m'intimidait un peu. On pouvait en faire bien assez avec nos corps. On n'avait pas besoin d'aide.

La silhouette de Blake emplit alors l'encadrement de la porte. Le voir me coupa le souffle. Le vert de ses yeux brillait dans le strict noir et blanc de son smoking impeccablement ajusté.

Je regardai son reflet tandis qu'il s'avançait vers moi, me dévorant du regard.

– Tu es en avance.

Il s'arrêta derrière moi, croisa mon regard dans le miroir.

– J'ai peut-être sous-estimé à quel point tu serais tentante dans ce petit ensemble. Cette culotte moule fantastiquement tes fesses.

– Ça t'apprendra, plaisantai-je en reculant d'un pas pour pouvoir sentir la chaleur de son corps, dangereusement proche.

Il inspira bruyamment à travers ses dents. Il posa sa main sur ma hanche et m'attira à lui, nos corps entrant en contact.

– J'étais trop impatient de te voir le porter.

– Tu m'as manqué aussi.

Je souris et m'appuyai contre lui, laissant aller ma tête en arrière, soulagée de le savoir de nouveau avec moi. Chaque minute passée sans lui s'étirait en longueur. Pouvait-on être plus pitoyablement dépendante ? J'ignorai cette petite voix et, au moins pour l'instant, m'abandonnai au plaisir de sa présence.

Mon sourire disparut lorsqu'il fit courir ses lèvres sur mon cou, prit ma boucle en diamant dans sa bouche, me mordilla doucement le lobe de l'oreille. Mes lèvres laissèrent échapper un gémissement, et mon corps se tendit d'une brûlante impatience. Il caressa mes courbes. Glissant sa main sur mon ventre, il partit plein sud, s'insinua dans ma culotte, atteignit mon pubis. Il s'arrêta d'un coup, et ses yeux s'écarquillèrent.

– Que… ?

Il me fit faire volte-face, planta ses pouces sous les bords de la culotte, et la descendit sans plus de cérémonie, révélant le résultat de ma première épilation brésilienne.

Je me mordillai les lèvres, nerveuse et intimidée.

– Ça te plaît ? Je voulais te faire la surprise.

– Eh bien, tu as réussi ton coup !

Il me repoussa jusqu'à la commode, se mit à genoux, faisant glisser ma culotte à terre.

– Doux Jésus, tu m'aimes vraiment ! renchérit-il.

Mon gloussement vira au hoquet lorsqu'il balança ma jambe par-dessus son épaule et plongea en moi, me léchant, m'ouvrant avec ses doigts pour pouvoir titiller les chairs sensibles. Il avait une bouche exceptionnelle, et tout était soudain si... différent, en bas. Plus intense, comme si on me touchait pour la première fois. Un nerf à vif exposé à son seul usage. Je frissonnai de sentir son souffle sur moi. La sensation de ses lèvres et de sa langue flattant ma chair nue me faisait trembler tout entière.

Je jetai un coup d'œil sur le côté, saisis notre reflet dans le miroir en pied. Mon visage était écarlate, et mes seins s'agitaient, lourds et malléables dans mon soutien-gorge. Voir cet homme à la beauté parfaite dans son smoking parfait me dévorer la chatte avec une telle passion, œuvrant à me satisfaire comme si sa vie en dépendait, était probablement le spectacle le plus érotique que j'aie jamais vu. Mon cœur s'emplit de joie à cette vue. La chaleur m'envahit, se répandant comme une traînée de poudre, jusqu'à ce que je brûle d'amour et d'excitation.

Mes yeux se fermèrent lorsqu'il me suça le clito. Tout mon corps tendit vers l'orgasme imminent.

– Ne t'arrête pas, par pitié...

– Je ne bougerai plus jamais. C'est trop bon. Et maintenant...

Il tournoya autour de l'ouverture avec la langue, puis se fourra à l'intérieur, me baisant de ses petits plongeons.

Je m'agrippai au bord de la commode. J'allai bientôt ne plus avoir de force dans les jambes, et priais de pouvoir me retenir quand ça arriverait.

– Oui, comme ça, Blake. Oh, mon Dieu, je vais…

– Jouis pour moi, ma belle.

Le roulement rauque de ses paroles vibrant sur ma chatte me transporta. Une courte série de petits cris se mua en hululement, tandis qu'il me faisait décoller. Je m'agitai, affolée de tout le plaisir qu'il me donnait. Il tint mes hanches serrées, me maintenant en place tandis que les secousses refluaient. J'essayai de retrouver mon calme, de reprendre mon souffle.

Il se leva et me poussa gentiment vers le lit. Je m'y effondrai, la tête vide et le corps amorphe.

– C'était inattendu, dis-je d'une voix creuse, gavée de plaisir.

– Eh bien, tu détestes les mondanités, alors il fallait bien te détendre un peu.

Amusée, j'affichai un sourire, transportée et assouvie. Appuyé sur ses coudes, Blake était étendu auprès de moi, un sourire satisfait aux lèvres. Mon regard continua de descendre, et j'identifiai immédiatement le contour de son érection sous le pantalon de son smoking. Il était loin d'avoir eu sa part. Son sourire s'élargit et il arrêta la main que j'avançais vers lui.

Je fis la moue, déçue par son refus.

– Tu ne veux pas ?

– Ça peut attendre.

– Pourquoi ? On a le temps.

J'en avais l'impression, tout du moins : j'avais perdu tout sens de l'espace et du temps lors de mon récent court-circuit orgasmique.

– Un plaisir reporté est un plaisir augmenté, ma chère. Je vais m'ennuyer ferme à ce truc, alors je vais pouvoir passer la soirée à m'imaginer t'ôter ces bas avec les dents et te lécher tout le corps pendant toute la nuit. Le temps qu'on rentre à la maison, je serai prêt à te faire des choses vraiment honteuses.

Mes tétons se durcirent, frottant presque douloureusement contre le tissu du soutien-gorge, tandis que mes seins gonflaient à chaque respiration fébrile. Parfois, je le pensais capable de me faire jouir par ses seules paroles. J'adorais la façon dont il était franc et obscène quand il s'agissait de sexe. Et d'après ce que j'entendais, il s'habituait à mon acceptation de ses goûts. J'espérais seulement qu'il m'y amènerait petit à petit. Chaque fois, je ne découvrais mes limites que quand Blake les dépassait.

– Quel genre de choses honteuses ? demandai-je, à la fois curieuse et anxieuse.

– J'ai quelques petites choses en tête.

– Raconte-moi.

– Hum… Non, j'aime trop te surprendre. Eh puis, ça va t'occuper l'esprit. L'anticipation de l'inconnu.

– Donne-moi un indice.

Ses yeux brillèrent et son expression changea.

– Aucune chance. Allons t'enfiler cette robe splendide avant que je devienne fou à te regarder dans toutes ces dentelles.

Il voulut s'écarter, mais je le ramenai à moi, le tirant par ses revers noirs jusqu'à ce que nos lèvres se trouvent. Je vibrais encore de mon orgasme, et je ressentais le besoin inexplicable de sentir mon propre goût sur ses lèvres. Il m'embrassa tendrement, caressa ma joue d'un doigt. Je me perdis de nouveau, oubliant le temps et l'espace, jusqu'à ce qu'il recule doucement.

– Si tu ne me lâches pas, ma belle, je vais te faire jouir encore. Et alors, on ne partira plus, parce que je n'en aurai plus la force.

* * *

Des invités dans leurs élégantes toilettes traversaient les salles du musée. Blake et moi leur emboîtâmes le pas, pour finalement gagner une grande cour intérieure. La salle de réception en elle-même était à couper le souffle, avec un mur de baies vitrées de douze mètres de haut offrant une vue des murs de pierre du bâtiment d'origine, éclairés par des projecteurs contre le ciel de cette nuit d'été. J'avais déjà assisté à des soirées à Harvard, mais à aucune qui ressemble à ça.

Je m'arrêtai sur le balcon qui surplombait la réception, pour l'embrasser du regard.

– Splendide, me chuchota Blake à l'oreille.

Je buvais la scène comme une enfant émerveillée.

Il enserra ma taille, et me ramena tout contre son flanc. Je tournai la tête, pour croiser ses yeux. Ils brûlèrent en moi avec toute l'intensité tempétueuse que j'avais appris à aimer, à désirer.

– Je ne parlais pas de la vue.

Il passa un pouce sur mes lèvres, puis y déposa un chaste baiser.

Mon cœur fit un bond pendant que je le respirai. Les sons et les lumières autour de moi cessèrent un instant d'exister, pendant que je me délectais de l'œuvre d'art qu'était Blake.

Une voix s'insinua dans mes pensées. Quelqu'un m'appelait au loin. Daniel, bras dessus bras dessous avec Margo, s'avançait vers le balcon. Daniel, pimpant dans son smoking, et Margo portant une magnifique robe de satin vert émeraude qui soulignait sa silhouette gracile et mettait en valeur ses cheveux auburn.

J'hésitai, ne sachant trop comment les saluer en public, jusqu'à ce que Margo me fasse une bise sur la joue.

– Erica, je suis heureuse que vous soyez venus. Vous êtes superbe.

– Merci. Je suis ravie de vous voir.

Les hommes se serrèrent la main, et Daniel m'adressa un sourire chaleureux. Une émotion passa sur son visage, bientôt masquée par son sourire parfait, plus large encore maintenant.

– Tu es magnifique, Erica. Landon a bien de la chance.

Le compliment me fit monter le rouge aux joues.

– Elle est vintage ?

Margo passa ses doigts délicats sur les motifs de velours, manifestement à son goût.

– Euh… oui, répondis-je nerveusement, mon regard se tournant vers Daniel que ses yeux trahissaient.

Dans mon excitation puérile à la vue de cette robe, je n'avais pas pensé que Daniel la reconnaîtrait, et encore moins qu'il se souviendrait de son origine. Mais vu la lueur attristée dans son regard, c'était le cas. Il s'éclaircit la voix.

– Eh bien, pourquoi ne pas nous jeter dans la cage aux lions, et voir à qui nous pourrions te présenter ?

– Excellente idée, m'empressai-je de répondre, pour dissiper ce petit embarras que seuls Daniel et moi pouvions réellement comprendre.

Margo fronça les sourcils.

– Je peux faire faire un tour à Erica, mon cœur. Pourquoi ne prendriez-vous pas un verre, tous les deux ?

Quelque chose de l'ordre du non-dit passa entre eux. Je n'aurais su dire de quoi il s'agissait.

– Tout à fait. Permettez-moi de vous offrir un scotch, Landon. Je réussirai peut-être à vous convaincre de faire une donation pour ma campagne.

Les lèvres de Blake se relevèrent presque imperceptiblement.

– Je ne fais pas de politique, mais j'accepterai volontiers ce scotch.

Daniel s'esclaffa et tapa nonchalamment sur l'épaule de Blake. Margo glissa son bras sous le mien et nous entraîna dans l'escalier qui descendait vers la foule.

– Tout se passe bien ces temps-ci, ma chère ? me demanda-t-elle, en attrapant au passage deux flûtes de champagne sur le plateau d'un serveur, et en m'en tendant une.

– Très bien. Et pour vous ?

– Plutôt bien. La campagne est éprouvante, évidemment.

– Je ne m'imagine même pas. Mais Daniel laissait entendre que c'était plutôt prometteur.

– Les sondages varient, les projections évoluent. Nous sommes un peu en retrait, mais il me répète que tout peut changer à la dernière minute.

Elle haussa les épaules, avec un sourire en coin.

– Il reste encore du temps. Je suis certaine qu'il a à son service la meilleure équipe possible.

– C'est vrai, je le sais. Mais je m'inquiète. Il a besoin de pouvoir mettre toute son énergie pour l'emporter.

Elle me dévisagea comme si elle voulait m'en dire plus. J'attendis qu'elle poursuive.

– Il parle souvent de vous, Erica. Je sais qu'il veut développer ce lien, faire quelque chose de cette nouvelle situation. Mais si vous tenez à lui, il faudrait lui laisser les mains libres jusqu'à l'élection. Il a besoin de l'emporter, et si votre lien venait à être connu… l'effet en serait probablement dévastateur. Vous le comprenez, ma chère ?

J'avalai mon fond de champagne, en espérant qu'elle ne voyait pas à quel point ses paroles m'avaient blessée. C'était précisément pour cette raison que je n'avais pas cherché à le joindre depuis notre dernière rencontre. C'est lui qui m'avait invitée, et non le contraire, j'espérais qu'elle le savait. Elle ne pensait pas à mal, mais ça n'atténuait en rien la brûlure de savoir qu'elle éprouvait de tels sentiments quant à mon implication potentielle dans la vie de son mari.

– Évidemment. Je resterai à l'écart. Ça ne devrait pas être trop difficile, vu que nos vies sont assez éloignées.

Elle prit ma main, la pressa légèrement, et sourit.

– Merci.

Un peu oppressée, je regardais alentour, regrettant déjà de ne pas avoir suffisamment de relations pour connaître quelqu'un dans cette foule, lorsque mon regard s'arrêta sur deux visages familiers.

– Voulez-vous bien m'excuser, Margo ? Je vois une amie…

Elle hocha la tête. J'allai rejoindre Risa, vêtue d'une robe noire au dos nu échancré dangereusement bas.

– Erica ! Vous êtes superbe !

– Merci… toi aussi.

Elle me rendit mon sourire, puis on se tourna toutes les deux vers l'homme que j'avais interrompu en arrivant.

– Erica, je crois que vous connaissez Max.

– Bien sûr.

– Erica, vous êtes en beauté.

Il me toisa lentement et sourit en coin. J'avais oublié à quel point il pouvait être avenant, ses cheveux blonds courts et sa peau bronzée contrastant avec le blanc immaculé de sa chemise de smoking. En fait, j'étais surprise de ne pas avoir trouvé Risa fondant à ses pieds, si l'on considérait son goût avoué et immodéré pour tous les beaux hommes liés à mes affaires. D'ailleurs, si je la trouvais encore une fois flirtant autour du bureau de James, je devrais probablement lui en toucher un mot. Pour le bien de ce garçon.

– C'est réciproque.

– Risa me dit que le site se porte bien.

Je regardai Risa et réalisai avec soulagement qu'elle n'avait aucune idée de ce qui s'était passé entre nous. Je n'avais plus revu Max depuis que Blake avait fait capoter l'accord qu'on s'apprêtait à signer. J'avais claqué la porte de la salle de réunion d'Angelcom en pleurant de rage, sans réellement comprendre ce qui venait de se passer. Nous avions dès lors cessé toute relation professionnelle, Blake ne voulant plus avoir affaire à lui quant à ses investissements, et vice versa.

– Jusqu'ici, tout va bien. Nous avons d'excellentes perspectives de croissance, maintenant que Risa a rejoint l'équipe.

– Ça ne fait pas le moindre doute. Elle moissonne la salle comme une pro.

Elle lui donna une tape sur le bras et rit.

– En fait, c'est Max qui m'a présentée... Je ne peux pas m'en attribuer tout le mérite.

Risa exsudait un mélange d'exubérance et de pudeur qui devait plaire à la plupart des hommes. Elle était jolie et semblait gentille. Mais elle obtenait ce qu'elle voulait, et j'avais envie de voir comment elle allait s'en sortir. Si elle réussissait à manœuvrer ce play-boy influent, elle m'impressionnerait.

On parla de choses et d'autres, jusqu'à ce que l'attention de Max soit attirée ailleurs.

– MacLeod ! Je suis content de vous voir. La soirée vous plaît ? demanda Max en tendant la main à un autre invité en smoking, dont les yeux bruns brillèrent lorsqu'ils croisèrent les miens.

– J'y travaille.

– Erica, je vous...

– Comment allez-vous, Mark ? l'interrompis-je.

Je me forçai à soutenir son regard. Mais en moi, toutes les alarmes sonnaient, et mon cœur battait la chamade. Mais je refusai de faire montre de la moindre faiblesse.

– Bien mieux, maintenant, murmura-t-il.

Max sourit, faisant la paire avec le regard lascif que Mark posait sur moi. Je serrai plus fort mon sac et rassemblai toute mon énergie pour paraître polie et détachée, trop consciente que ma réaction à la proximité de Mark serait remarquée par ceux qui nous entouraient. Évidemment que les deux hommes devaient se connaître, vu leurs affaires avec le cabinet de Daniel ; mais Max était la dernière personne à avoir besoin de connaître mon noir passé avec Mark.

Je savais que je risquais de croiser Mark ici, et je m'étais juré de ne pas craquer si ça arrivait. Si Daniel devait faire partie de ma vie, alors Mark continuerait de réapparaître à l'occasion. Je ne pouvais pas subir un accès de panique chaque fois.

Mark n'était plus un fantôme, il était devenu réel. Beaucoup trop réel. Une créature tangible avec un nom, un passé, des failles et des faiblesses, aussi réels que les miens. Je m'efforçai de garder tout ça à l'esprit pendant qu'il buvait mon sang.

– Et si nous dansions ?

Je dissimulai mon dégoût devant cette suggestion. Max et Risa nous regardèrent avec intérêt.

– Peut-être plus tard. Je vais reprendre quelque chose.

Je tapotai mon verre vide. J'aurais besoin de bien plus d'un verre pour envisager une telle proposition.

– Je vais vous en chercher un, allez danser ! me dit Max en prenant mon verre et en me faisant un clin d'œil.

Max ne m'avait jamais donné de raison de le haïr. Malgré tous les avertissements de Blake, je m'étais souvent demandé si ses intentions étaient réellement aussi malveillantes qu'il l'avait laissé paraître. Maintenant, je le haïssais pour des raisons qu'il ne comprendrait jamais.

Mark saisit ma main, la serrant fort, et m'entraîna vers la piste de danse. Je le suivis mécaniquement, trop vite emportée par les événements pour trouver une échappatoire.

Il ralentit et me tira contre lui. Une vague de nausée me parcourut au soudain contact de nos corps. Je serrai les dents, convaincue que vomir sur la piste de danse ne correspondait pas à ce que j'avais envisagé d'accomplir professionnellement ce soir.

– Du calme, me susurra-t-il en se rapprochant tant que sa bouche touchait presque mon oreille, son souffle chaud et humide sur ma peau.

Chaque endroit où nos corps se touchaient hurlait sa douleur dans tout mon système nerveux. Des années de répugnance envers cet homme et les souvenirs qu'il m'avait laissés, inscrits dans mon cerveau et dans ma chair, ordonnaient à mon corps de le repousser. Je pris sur moi et inspirai à travers mes dents serrées, non parce qu'il le voulait mais parce que j'étais déterminée à traverser cette épreuve sans m'effondrer complètement.

– Pourquoi fais-tu ça ?

Ma voix était hésitante. J'aurais aimé avoir l'air plus assuré.

– Je ne peux pas me passer de toi. Je crois que tu m'as manqué. Je suis tellement content que Daniel t'ait invitée. Je me suis dit que tu allais venir, quand il te l'a proposé.

– Qu'est-ce que tu veux de moi ?

– Je crois que tu le sais.

– Laisse-moi tranquille, s'il te plaît.

Sa bouche effleura lentement mon cou, et mon corps entier se crispa, pris d'un début de panique. Je me concentrai sur les larmes qui menaçaient. Tout autour de nous, des couples souriaient et dansaient, mais je ne voyais Blake nulle part. Max et Risa discutaient au loin. Il n'y avait personne pour m'aider.

Il ne peut pas te faire de mal ici. La voix de la logique, très étouffée, fut facilement couverte par les pensées alarmantes qui envahirent mon esprit. Il m'avait déjà atteinte malgré un cercle d'amis et une foule. Je n'avais aucun obstacle à lui opposer.

– Tu sais, je me souviens encore de tous les détails de cette nuit-là.

Être aussi proches présentait un seul avantage : je ne voyais pas son visage. Son visage, et ce terrible sourire sarcastique définitivement imprimé dans ma mémoire. Je fermai les yeux, m'efforçant d'en chasser les images, mais je me souvenais de tout.

– C'était ta première fois ? Oui, ça devait l'être. Tu étais tellement tendue, tellement effrayée.

Je combattis l'envie de sangloter et voulus le repousser, quand il serra mon poignet comme dans un étau et de son autre bras rapprocha plus encore nos corps.

– J'aime bien une bonne bagarre, mais on ne va pas faire une scène pendant la soirée de papa, n'est-ce pas ?

– Lâche-moi, s'il te plaît, suppliai-je.

Je tremblais maintenant. Qu'il soit un homme ou un fantôme, il fallait que je m'en aille.

L'orchestre ralentit, signalant la fin du morceau.

Je crus que j'allais vraiment hurler, et à cet instant Mark desserra son emprise et me libéra.

– Jusqu'à la prochaine fois, Erica, grimaça-t-il.

Je m'éloignai, à peine soulagée par cette libération. Je m'efforçai de m'orienter sur la piste de danse. Où était Blake ? Je devais m'en aller. La musique reprit et des gens commencèrent à se mouvoir alentour, parlant et riant. Tout ne me semblait plus être que chaos autour de moi.

– Tout va bien ?

Daniel, arrivé par-derrière, venait se placer face à moi, avec Margo à son côté.

Le fait que Daniel était lié à Mark, cette horrible personne qui avait manqué me détruire, était plus que je n'en pouvais supporter. Je tournai les talons sans répondre et quittai la piste de danse, m'échappant par le couloir menant à la cour extérieure.

Celle-ci étincelait de petits lampions accrochés dans les arbres qui bordaient une allée dallée. Dès que je fus dehors, j'inspirai longuement l'air nocturne. La tête me tournait, le bout de mes doigts me picotait, et je savais d'expérience que j'étais au bord de l'hyperventilation. L'air frais baigna ma peau, couverte d'une fine couche de transpiration, vestige de ces quelques minutes de panique.

– Erica…

Daniel se précipita vers moi, le regard plein d'inquiétude.

– Tu vas bien ?

– Non.

Je secouai la tête puis réfléchis à la situation. La raison me revenait progressivement, maintenant que Mark n'était plus là.

– Oui, je vais bien. Désolée, j'avais juste besoin d'un peu d'air.

– Attends, viens par là.

Il me prit doucement par les épaules et me guida vers un coin désert de la cour. On s'assit sur un banc de fer forgé. Tout mon corps était lourd, mou. Seule me tenait la robe qui venait d'être indécemment serrée contre l'homme qui m'avait violée.

Je laissai tomber ma tête dans mes mains. Je haïssais Mark. Sincèrement, et de toutes les fibres de mon corps. J'avais passé des années à le craindre, à ne pas savoir quand et comment il pourrait réapparaître dans ma vie. Maintenant qu'il était là, la peur faisait place à une rage intense. Avant, la seule personne qu'il me restait à blâmer pour mon viol était moi-même. J'avais été trop ivre, trop naïve. Chaque scénario ramenait les événements de cette nuit-là à mes actes, et aux possibilités que j'aurais eu de tout éviter. C'était terminé. Mark était aussi malfaisant que je l'avais toujours imaginé, et ma colère et toute la douleur que j'avais ressentie depuis cette nuit-là lui étaient imputables.

Daniel replaça gentiment une mèche de cheveux derrière mon oreille.

– Mark t'a dit quelque chose ?

Sa voix me ramena à la réalité, et lorsque je levai le regard il avait les sourcils froncés par une évidente inquiétude. Je fermai les yeux, me massant les tempes. Les larmes menaçaient, et je ravalai un sanglot. Quelque chose chez Daniel, dans la façon dont il me regardait, me fit vouloir de lui plus que je n'en avais attendu du père que je n'avais jamais eu.

– Erica.

Sa voix s'était faite plus précise.

– Je connais Mark, maugréai-je, regrettant aussitôt de l'avoir dit.

– Je ne comprends pas.

Je déglutis avec difficulté, m'efforçant de dissimuler les émotions qui m'envahissaient tandis que je cherchais mes mots. Je n'étais pas préparée à ça. Tout s'était passé trop vite.

– La fac. Nous nous sommes déjà rencontrés. Je… je ne sais pas.

Je fouillais son regard, espérant que d'une façon ou d'une autre il pouvait déjà savoir – qu'il saurait comprendre, sans que j'aie besoin de lui dire. Son visage pâle et stoïque ne donnait aucune indication de ce qu'il pouvait penser de moi.

Je voulais que les lierres des murs de la cour m'attrapent et me ramènent dans ma chambre, loin de tous ces gens, de tous ceux qui ne pourraient jamais comprendre ce que j'avais vécu. Puis j'entendis la voix de Blake, comme une lueur dans l'obscurité. Il s'empressa de venir nous rejoindre.

– Erica, je t'ai cherchée partout.

Sans force, je hochai la tête en silence, me relevant pour aller me placer près de lui. Daniel se leva avec moi, en me soutenant d'une main placée sous mon coude.

– Blake, je crois qu'Erica ne se sent pas bien. Vous devriez la ramener.

Le front de Blake se plissa, et son regard alla de Daniel à moi.

– Bien sûr.

Aussitôt, Daniel s'écarta et retourna vers la foule.

– Ça va, ma belle ?

– Oui, murmurai-je. Ramène-moi à la maison.

Chapitre six

La musique, tonitruante, résonnait à travers les murs de la maison. Même depuis l'extérieur, le bruit était assourdissant. Je n'arrivais pas à respirer. Je n'arrivais pas à penser. Mes membres répondaient trop lentement, mon cerveau était embrumé par l'alcool. On était sortis. Je n'avais pas compris pourquoi, jusqu'à ce qu'il me jette sur l'herbe dans un coin obscur du jardin. Je n'arrivais pas à rassembler assez de force pour me dégager du poids de son corps, qui me collait au sol. Tout de suite, il fut en moi, me lacérant comme un couteau, en grinçant des dents.

J'ouvris la bouche pour hurler, mais rien ne vint, ma voix disparue. Je tremblais, me débattais, aveugle et muette, quand il appela mon nom.

Il me connaissait. Il connaissait mon nom.

– Erica !

La voix de Blake entra dans mon cauchemar. Mes yeux s'ouvrirent d'un coup.

– Tu faisais un mauvais rêve.

Ses mains parcoururent mes bras. Chaque contact était une torture.

– Non.

J'eus un geste de recul, m'efforçai de revenir à la réalité.

– S'il te plaît, non. Ne me touche pas. Je ne peux…

Je m'écartai, manquant tomber du lit dans mon empressement à me mettre hors de sa portée. Je m'enfuis dans la salle de bains, m'appuyai des deux mains au lavabo. La personne que je vis dans le miroir était quelqu'un que je connaissais, quelqu'un que je n'avais pas vu depuis longtemps. Mes yeux étaient cernés de noirs, et ma peau, empourprée par le cauchemar. Je m'aspergeai le visage d'eau, le froid me rafraîchissant et me ramenant au présent.

Lentement, les événements de la soirée me revinrent. La douleur m'envahit. J'avais bouclé la boucle. Après tout ce que je m'étais dit, la certitude que je pouvais assumer la réémergence de Mark dans ma vie, j'étais revenue au point de départ. J'allais regarder par-dessus mon épaule, m'attendre à le croiser à chaque coin de rue. Sauf que maintenant les risques d'être retrouvée étaient bien plus grands. Un sanglot m'échappa, et je tombai à genoux sur le sol froid et dur.

Blake entra et s'agenouilla à un bon mètre de moi.

– Je suis responsable, Blake. Je l'ai ramené. Tout ça est ma faute.

– Qui ça, ma belle ?

– Mark.

Ma voix n'était qu'un murmure, englouti par les sanglots qui suivirent. Je serrai mon corps entre mes bras, m'efforçant de chasser la douleur. Mon Dieu, elle était si intense, elle courait dans mes veines à chaque battement de mon cœur. Mon estomac se révulsait au souvenir du tourment physique et émotionnel que cet homme m'avait fait vivre. J'avais oublié ce qu'il pouvait me faire, après toutes ces années. J'essayai de reprendre mon souffle, et osai un regard vers Blake, inquiète de l'état dans lequel je me trouvais.

Il cilla, son expression lourde d'inquiétude et de retenue. Ses mains tombèrent sur ses genoux, ses poings se serrant nerveusement.

– Dis-moi quoi faire.

Le silence s'installa tandis que je réfléchissais à sa proposition. Je ne parvenais même pas à reprendre le contrôle de moi-même.

– Tu veux que je m'en aille ?

– Non, répondis-je aussitôt. S'il te plaît, ne pars pas. Je… je ne veux pas rester seule.

Je retins une nouvelle vague de larmes, qui menaçait à l'idée qu'il ne soit plus avec moi. Je voulais tendre les bras vers lui, lui rappeler combien j'avais besoin de lui ; mais j'étais fermement repliée en moi-même, rétive et inapte à laisser approcher quiconque, dans mon état d'esprit du moment.

Pourtant, l'idée de traverser seule cette épreuve m'était tout aussi insupportable.

– Alors je n'irai nulle part.

Il changea de position, s'adossa au mur de la salle de bains, me regarda intensément.

Le son de sa voix me détendit un peu. Je pris une profonde inspiration, et essuyai les larmes éparses.

– Parle-moi, demandai-je.

– De quoi ?

– De n'importe quoi. Dis-moi quelque chose… d'agréable. Je veux entendre ta voix.

Son visage se détendit, et son regard s'adoucit.

– L'histoire la plus agréable que je connaisse, c'est la nôtre. Je n'aurais jamais imaginé rencontrer une femme comme toi. Tu es belle, intelligente. Et forte. Bon sang, tu es tellement forte… Parfois, ça me renverse.

Les larmes me montèrent de nouveau aux yeux, comme si mon corps se purgeait de toutes les émotions qu'il avait accumulées. J'aimais tant Blake. Il ne pouvait pas comprendre à quel point. Sous mon fardeau, je n'avais vraiment pas l'impression d'être forte ; mais de savoir qu'il voyait de la force en moi me donnait un peu l'espoir que j'allais surmonter tout ça, d'une façon ou d'une autre.

– Ça me démolit de te voir comme ça, Erica. Dis-moi quoi faire. Comment puis-je arranger ça ?

Je ris faiblement.

– Tu ne peux pas, Blake, mais merci d'en avoir envie.

Je pris une profonde inspiration, déterminée à me relever de ce carrelage. Je me remis sur pied, consternée par le visage qui me regardait dans le miroir. Mes yeux étaient gonflés et rouges. Ce que je ressentais se lisait sur mes traits. Je m'aspergeai de nouveau le visage puis m'essuyai avant de retourner dans la chambre.

Je me laissai lourdement tomber sur le lit, m'enroulant dans une couverture tout à fait inutile par cette nuit chaude. J'avais besoin du rempart d'une enveloppe, parce que je ne pourrais pas encore supporter le contact des mains de Blake sur mon corps – je le savais. Mon cœur le voulait, mais j'étais trop à cran, trop à vif, trop effrayée de l'effet de n'importe quel contact. Il me rejoignit et on se fit face, plus éloignés l'un de l'autre que nous ne l'avions jamais été dans un lit commun.

– Je suis désolée, chuchotai-je.

– Tu n'as aucune raison de l'être.

– Tu ne devrais pas avoir à vivre ça.

– Toi non plus, mais on y est. Et je n'irai nulle part tant que tu ne m'auras pas demandé de partir.

Je tendis le bras pour trouver sa main. On s'endormit comme ça, main dans la main, ce seul contact suffisant à me rappeler que nous étions deux.

* * *

Je m'éveillai dans un lit vide, l'arôme du petit déjeuner emplissant la pièce. Mon sourire s'évanouit quand je me levai. Ma tête me lançait autant que si j'avais passé la nuit à boire plutôt qu'à pleurer.

J'enfilai mon pantalon de jogging hyper-confortable et allai rejoindre Blake dans la cuisine. Il se détourna de la cuisinière sur laquelle il préparait des œufs brouillés.

– Comment vas-tu ?

– Mieux.

Je m'installai sur l'un des sièges de l'îlot central.

Il me versa une tasse de café, y ajouta une bonne dose de sucre et de crème, juste comme j'aimais. Je le remerciai et bus une gorgée, et ma disposition à affronter la journée en fut aussitôt améliorée.

Il prépara deux assiettes et mangea le contenu de la sienne debout à l'autre bout de l'îlot. Il maintenait la distance dont j'avais eu besoin la veille au soir.

– Tu veux parler de ce qui s'est passé ? me demanda-t-il doucement.

J'avais été tellement prise par l'horreur la nuit dernière qu'il n'avait pas la moindre idée de ce qui s'était passé. Je n'avais pas voulu le lui dire, l'inquiéter, mais il avait affronté la nuit avec moi. Il avait été là pour moi comme personne ne l'avait jamais été. Il méritait des réponses autant que je n'avais pas envie d'en donner.

Je me reculai dans mon siège et regardai vers l'extérieur le ciel brillant du matin. Le soleil se déversait déjà dans l'appartement à travers les grandes baies du salon.

– Je suis tombée sur Mark, hier soir.

Je me retournai vers Blake.

Les muscles de son visage se tendirent, et la position de tout son corps changea, comme si Mark se trouvait là et que Blake était prêt à se battre.

– Qu'a-t-il dit ?

Je déglutis, cherchant les mots justes. Mark était resté vague, mais ses intentions étaient claires quand il m'avait tenue pendant la danse. Je le savais, maintenant.

– Il a laissé entendre qu'il me… désirait encore.

Blake laissa tomber son assiette et sa fourchette.

– Pourquoi ne me l'as-tu pas dit plus tôt ? Je n'en avais aucune idée.

– Je ne voulais pas te déranger. Je sais comment tu es. Tu te serais inquiété, tu aurais réagi à l'excès.

– Putain ! oui, je vais m'inquiéter. Bon sang, Erica, j'ai besoin de savoir ces choses. (Il prit une profonde inspiration et passa une main dans ses cheveux.) Je vais te trouver un agent de sécurité, dès aujourd'hui.

– Non, Blake. Sérieusement, c'est exactement ce que je disais. Tu en fais trop.

– Quand quelqu'un menace de violer ma petite amie, je réagis. Tu peux appeler ça comme tu veux, mais je vais m'assurer qu'il n'a aucune chance de t'approcher.

– Engager un garde du corps pour me protéger jour et nuit, c'est exagéré. Je ne vais pas vivre dans l'ombre de cette menace pour le reste de ma vie. Ce serait invivable. J'ai déjà vécu de cette manière, et je ne pourrais plus le faire.

– Et tu fais quoi de la nuit dernière ? Je ne t'avais jamais vue comme ça. En plein désarroi. (Ses poings se serrèrent sur le comptoir.) Je ne pouvais même pas te toucher.

– C'était exceptionnel.

Des mois avaient passé depuis que j'avais refait le même cauchemar. Être au contact de Mark avait ranimé les souvenirs, ravivé la plaie. Je frissonnai à cette évocation, jouai avec la nourriture dans mon assiette. Mon appétit avait disparu, remplacé par un nœud dans mon estomac, dû à la véracité des paroles de Blake. J'allais avoir besoin de me dégager la tête des peurs que Mark y avait implantées, et je ne savais pas encore trop comment faire. Mais j'étais certaine qu'employer un garde du corps à plein temps n'était pas la solution.

– Si on fait ça, c'est lui qui gagne. Peux-tu au moins essayer de comprendre ça ?

– Je crois qu'il gagne s'il trouve un moyen de se retrouver de nouveau seul avec toi. Dis-moi que ça, ça ne t'inquiète pas.

Je grimaçai à cette idée.

– J'étais une cible facile, avant. Bon Dieu, j'étais quasiment inconsciente. Il essaie juste de m'effrayer, maintenant, et je suis certaine que c'est ça qui le branche. Entre toi et Daniel, je ne vois pas comment il pourrait raisonnablement s'en prendre à moi.

Un argument tout à fait rationnel, mais auquel j'avais bien du mal à croire.

– Eh bien, je vais m'assurer qu'il n'y parvienne pas.

Il serra les mâchoires. Sa détermination se lisait sur son visage. Je ne lui avais pas vu cet air depuis le jour où il avait explosé mon accord avec Max.

– Qu'as-tu en tête ?

– Tu devrais rester ici aujourd'hui, Erica. La nuit a été longue. Tu as besoin de repos.

Sa bouche ne formait plus qu'une ligne.

J'attendais qu'il me regarde, mais il nettoyait et rangeait la cuisine.

– Arrête de changer de sujet.

– Ce n'est pas le cas. On dirait que tu as fait un passage en enfer. Tu devrais prendre ta journée.

– Merci, maugréai-je en m'écartant de la table.

Alors que je disparaissais dans ma chambre, je l'entendis m'appeler avant que je ferme la porte. J'aurais voulu effacer la distance instaurée entre nous la nuit dernière, mais j'étais physiquement trop épuisée et émotionnellement vidée pour me disputer avec lui à cet instant.

Le temps que je prenne une douche et que je m'habille, Blake avait disparu. J'en éprouvai un certain malaise, tout en me préparant pour le travail. Il n'allait pas lâcher l'affaire. Rien ne le faisait dévier quand il avait décidé quelque chose. Et puisqu'il s'agissait de ma sécurité, il ne laisserait aucune place au hasard.

Je me maudis pour m'être effondrée la nuit précédente, mais la perspective de revivre ça seule, comme je l'avais fait si souvent auparavant, me paraissait bien pire encore. Je m'étais habituée à me montrer vulnérable auprès de Blake, à lui laisser voir mes cicatrices, mon passé. Il ne me jugeait pas, et d'une certaine façon ça donnait à la douleur moins de pouvoir sur moi.

J'avais attrapé mes clefs et mon sac, et je me dirigeais vers la porte lorsque Sid entra. L'air aussi hagard que moi, pâle malgré son teint hâlé, avec des cernes sous les yeux.

– Tu rentres juste ?

– Oui. (Il se massa la nuque et laissa tomber son sac par terre.) Une nuit blanche, à maintenir le site en ligne. Génial.

– Tout va bien ?

– Pour l'instant. Chris a pris le relais, le temps que je me repose un peu.

– Je suis désolée, Sid. Je vais m'en occuper. Je te le jure.

Il haussa les épaules, trop épuisé pour tenir compte de ce que je venais de dire, et regagna sa chambre.

* * *

Je filai droit jusqu'à mon bureau, sans me préoccuper des salutations. Risa ne se le tint pas pour dit et passa la tête au coin de la séparation, les yeux brillants et impeccablement mise, comme d'habitude. Je n'avais pas l'énergie pour m'occuper des problèmes ou des questions de qui que ce soit, mais avant que j'aie pu lui demander de me laisser un moment elle s'assit dans le siège en face de moi.

– J'ai de grandes nouvelles.

Elle sourit, ses cheveux mi-longs encadrant son visage.

Je haussai un sourcil, me sentant déjà nerveuse. Seul un événement monumental aurait retenu mon attention ce matin.

– Lesquelles ?

– J'ai décroché un rendez-vous avec le directeur commercial de Bryant's pour discuter de l'éventualité d'un compte sponsorisé chez nous.

Bryant's était l'une des plus grandes chaînes de magasins de vêtements du Nord-Est. Obtenir un rendez-vous avec eux était effectivement assez exceptionnel pour mériter mon attention.

J'agitai la tête, doutant d'avoir bien compris.

– Et comment ça ?

– Grâce à Max. Il connaît tout le monde. Je lui ai dit avec qui on aimerait travailler, et il a proposé de me mettre en relation. J'ai parlé aux bonnes personnes de chez Bryant's ce matin, et une réunion est prévue demain matin.

– Eh bien, c'est du rapide.

– Je sais, mais je me suis dit qu'il valait mieux prendre ce qu'ils proposaient. Et puis, le plus tôt sera le mieux, n'est-ce pas ?

– Absolument. Transmets-moi les infos. On ira les voir toutes les deux.

– Vous voulez que l'on voie ensemble quelques options à leur exposer, et je préparerai une présentation à partir de ça ?

Je rassemblai mes idées et exhalai lentement. Ma mission de la matinée allait devoir attendre.

– Bien sûr. Qu'est-ce que tu as ?

Chapitre sept

À midi, Risa et moi avions plié la présentation, ce qui me laissait libre de revenir à mes projets initiaux pour la journée. Je descendis au Mocha pour une pause déjeuner caféinée. Je choisis une table et sortis mon ordinateur portable, histoire de profiter du changement de décor.

– Je peux me joindre à vous ?

Je levai les yeux, pour voir James tirer la chaise en face de moi. Il avait l'air fringant, en chemise noire retroussée aux manches et jean sombre, ses cheveux ondulés impeccablement en place. Pas étonnant que Risa en soit toute chose. Il était vraiment canon, dans le genre mauvais garçon. Bien charpenté, avec un sourire à tomber et des yeux bleus intenses comme deux aimants, il captait mon regard chaque fois. Il avait un petit quelque chose dans les yeux qui donnait l'impression qu'on se connaissait d'avant.

– Bien sûr.

– On dirait que ce que vous faites est vital.

– Je crois qu'on peut le dire, en fait, répondis-je avec un petit rire.

– Je peux aider ?

J'envisageai un instant sa proposition. Qu'avais-je à perdre à accepter un peu d'aide ? Je lui expliquai mon plan.

– Tu vois le M89, ce groupe de hackers qui attaque notre site ?

Il sourit. Il avait passé la semaine en première ligne avec Sid et Chris, alors il en savait probablement plus que moi sur eux.

– Bon. Ce groupe n'est pas le M89 original, mais il doit bien y avoir un lien entre le groupe de l'époque et ceux qui le dirigent maintenant. Ils étaient tous à Boston il y a une dizaine d'années de ça… Alors je me suis dit qu'il ne devait pas être trop difficile de trouver ce qu'ils sont devenus, et qu'on verrait à partir de là où ça pouvait nous mener.

Je ne fis pas mention de Cooper. Je n'avais pas la moindre envie de dévoiler les liens de Blake avec le groupe, ni avec le suicide de Cooper.

– Vous allez les traquer vous-même ?

Je me souvins de l'air défait de Sid ce matin.

– Est-ce que j'ai le choix ?

– Et si ça ne fait qu'empirer la situation ?

– J'ai du mal à imaginer comment ça pourrait être pire que maintenant.

Il pinça les lèvres et hocha la tête.

– C'est vrai. Comment puis-je aider ?

Je lui donnai les noms de tous les membres du M89 originel sur lesquels je voulais me renseigner. On se partagea la liste, et de retour au bureau on commença à rassembler tout ce qu'on pouvait dégotter sur eux.

À ma grande surprise, je trouvai un historique professionnel pour tous ceux figurant sur ma liste. Ils avaient tous fait carrière, et la plupart vivaient maintenant sur la côte Ouest, travaillant pour des sociétés de la Silicon Valley. Je scrutai leur photo, comme si leurs visages allaient me dire quelque chose que je ne savais pas. Lequel haïssait Blake au point de vouloir nous saboter ?

Je sursautai quand mon téléphone sonna.

– Bonjour Blake, dis-je.

– Comment ça va ?

Je jetai un coup d'œil sur les noms inscrits sur mon bloc-notes, et revins en pensée là où nous en étions restés ce matin.

– Bien.

– Écoute, j'ai besoin d'aller à San Francisco pour affaires. Je prends le vol de nuit ce soir.

J'en regrettai mon irritation du matin et m'efforçai de ne pas me renfrogner encore.

– C'est soudain.

– Ça vient d'arriver. Je sais, ce n'est vraiment pas le bon moment. Je n'ai pas envie de te laisser seule pour l'instant, Erica.

– Je survivrai, soupirai-je.

– J'en suis certain. As-tu déjà fait la connaissance de Clay ?

– Qui ça ?

Je fronçai les sourcils.

– Visiblement non. Ça ne s'oublie pas.

– Mais qui donc est ce Clay ?

– Je l'ai engagé pour te conduire entre le travail et la maison. Il sera devant ton bureau quand tu voudras rentrer ce soir.

– Merde, Blake, on en a parlé !

– Oui, et c'est ce qu'il faut faire, au moins jusqu'à mon retour.

Le café du déjeuner m'avait donné juste assez d'énergie pour m'en indigner.

– Fais bon voyage, Blake.

Je raccrochai et éteignis mon téléphone. Je n'avais vraiment pas la tête à m'occuper de ses conneries de contrôle maintenant.

James entra alors et s'immobilisa lorsqu'il me vit.

– Tout va bien ?

Je me maîtrisai et m'efforçai de chasser Blake de mon esprit.

– Oui. Qu'y a-t-il ?

– Vous avez trouvé quelque chose ?

Il prit un siège et parla plus bas.

Il n'y avait peut-être pas matière à faire mystère d'une recherche de renseignements sur le groupe de hackers qui nous était à tous devenu familier, mais je n'avais pas envie que tout le monde sache que je m'étais lancée dans une chasse au dahu pour les retrouver. Dieu merci, James semblait l'avoir saisi.

– Des profils LinkedIn enviables. On dirait qu'ils sont tous allés de l'avant et s'en sont bien sortis. Que des citoyens respectables, pour ce que j'ai pu voir. Et toi ?

– Même chose, mais il manquait deux personnes sur la liste.

J'hésitai mais le laissai poursuivre.

– Landon était impliqué, je suppose que vous le savez.

Je hochai silencieusement la tête.

– Bien. Et puis il y avait Brian Cooper.

– Il est mort, dis-je d'une voix neutre, avouant que je le savais déjà, sans l'en avoir informé.

Il hésita une seconde, enregistrant à l'évidence ce fait.

– Oui. Mais il a laissé derrière lui une mère et un frère, Trevor.

– Tu as trouvé quelque chose sur eux ?

– Sa mère vit à vingt minutes d'ici.

– Je ne suis pas certaine qu'elle dirige un groupe de hackers. Et son frère ?

– Je n'ai absolument rien trouvé sur son frère.

– Alors, en quoi c'est intéressant ?

Je regrettai immédiatement la façon dont j'avais répondu. J'étais épuisée et sur les nerfs, mais il était inutile de m'en prendre à James : il essayait seulement de m'aider.

– Vous ne trouvez pas un peu étrange qu'absolument tout le monde sur cette liste ait un CV de rêve, et qu'à vingt-cinq ans le frère cadet de leur ancien complice n'ait aucune relation professionnelle, aucune existence sur Internet, aucun profil, rien ?

– Peut-être que l'exemple de son frère a été une dure leçon, et qu'il a décidé de ne pas gâcher sa vie en ligne, contrairement à nous tous ?

Il inclina la tête sur le côté, apparemment aussi peu convaincu que moi.

– Bon. Donc, nous n'avons aucune idée d'où il se trouve ni de ce qu'il fait.

Je fis cliqueter mon stylo en réfléchissant à l'étape suivante. Une part de moi s'inquiétait de ce dans quoi je me lançais, mais les choses ne pouvaient guère aller plus mal. Alors ça pouvait valoir le coup de plonger.

– Donne-moi l'adresse de sa mère.

– Vous voulez aller la voir ?

– C'est l'idée, oui.

– Laissez-moi venir avec vous. Peut-être qu'il ne se passera rien, mais vous ne devriez pas y aller seule.

Son ton protecteur me surprit. Je me demandai si les mots « damoiselle en détresse » n'étaient pas tatoués sur mon front ; d'un autre côté, je n'étais pas pressée de me lancer comme ça dans ma grande aventure.

– Ça va aller. Je peux m'en charger.

Il n'en parut pas plus rassuré, et je ne pus m'empêcher de lui savoir gré d'être aussi attentionné. Pour autant, je n'allais pas l'impliquer plus encore dans ce gâchis, surtout si ça risquait de révéler le lien entre Blake et la mort de Cooper.

– Ne t'inquiète pas, James. Je ne serai pas seule.

* * *

Je sortis dans la rue et tombai nez à nez avec un géant qui montait la garde près d'un SUV Escalade noir garé dans le virage.

– Mademoiselle Hathaway…

Il avança d'un pas vers moi, et je résistai à l'envie de reculer. Sa seule taille m'impressionnait déjà. Cet homme avait été recruté pour me protéger.

– Bonjour, Clay.

Je lui serrai la main, qui engloutit la mienne. Il mesurait plus de deux mètres, et son tee-shirt noir se distendait sur ses bras incroyablement musclés. Il correspondait exactement à l'image qu'on pouvait se faire d'un garde du corps, sauf pour ses yeux gris pâle qui contrastaient superbement avec sa peau sombre.

– M. Landon m'a donné pour instruction de vous escorter où que vous vouliez aller.

Je me retins de passer mon énervement contre Blake sur lui, cela n'aurait pas été possible.

– Parfait. J'ai besoin d'aller à Revere.

Il acquiesça et ouvrit la portière arrière pour moi. Je montai et lui indiquai l'adresse, espérant contre toute logique qu'il n'avait pas pour ordre d'informer Blake de tous mes déplacements.

Peu après, Clay stoppa devant une maison d'inspiration coloniale dans un vaste lotissement. Mais, contrairement à leurs voisins, ceux qui vivaient là ne consacraient guère de temps et d'énergie à maintenir les apparences. La pelouse n'était pas tondue, et les mauvaises herbes poussaient entre les dalles de l'allée. Aucune fleur ne venait égayer le jardin, et le drapeau en berne était en lambeaux.

– Voulez-vous que je vienne avec vous, mademoiselle Hathaway ?

La profondeur de la voix de Clay me surprit.

– Non, je ne pense pas que ce serait une bonne idée. Attendez-moi là. Ça ne devrait pas être long.

Je marchai jusqu'à la porte, me préparant à une étrange confrontation avec la mère des frères Cooper. Je sonnai et attendis patiemment. Après avoir sonné une deuxième fois sans obtenir de réponse, je frappai bruyamment à la porte, au cas où la sonnette serait cassée.

Finalement, la porte s'ouvrit, et apparut devant moi un jeune homme dont les longs cheveux bruns lui tombaient sur les yeux. Il était d'une pâleur cadavérique, et pas beaucoup plus grand que moi. J'en eus le souffle coupé, mais dissimulai ma surprise.

– Mme Cooper est là ?

– Qu'est-ce que vous voulez ?

– C'est personnel. Je peux entrer ?

Il me scruta prudemment avant de s'écarter de la porte, m'ouvrant la voie. Je le suivis à l'intérieur, découvrant un salon sombre. Tous les rideaux étaient tirés. Seuls les rayons d'un soleil tenace passant par les fentes des persiennes éclairaient la pièce. Hormis le fouillis général, la maison semblait neuve.

Le jeune homme tournait vers un couloir au bout de la pièce lorsqu'il s'immobilisa pour me dévisager.

– Vous avez dit que vous étiez qui ?

– Je n'ai rien dit. (L'adrénaline m'envahit, me donnant le courage de continuer de parler.) Vous devez être Trevor.

Ses yeux se plissèrent.

– Qui êtes-vous ?

– Erica Hathaway. Vous savez, celle dont vous essayez de détruire l'entreprise ?

Je n'avais pas la moindre preuve que telle était son intention, mais il constituait ma meilleure piste, et s'il était impliqué je n'arriverais de toute façon pas à grand-chose en l'interrogeant poliment.

– Mais j'ai l'impression que ce n'est pas vraiment moi qui vous intéresse, poursuivis-je.

– Sortez, grinça-t-il.

Il s'avança vers moi.

Je ne reculai pas. Dans le pire des cas, il me semblait que je pourrais me défendre. Et puis, il y avait Clay. Je levai une main pour l'arrêter.

– Pas si vite. Il faut qu'on parle.

Il se planta juste devant moi.

– Je vais appeler la police, dit-il entre ses dents serrées.

Je ris, sincèrement amusée par sa menace.

– Vas-y. Je suis sûre qu'ils seront passionnés par le contenu de ton ordinateur.

Il ne cilla pas.

– Tu t'acharnes contre mon site depuis des semaines sans la moindre explication.

– Quel site ?

Je fronçai les sourcils.

– Clozpin.

Un coin de sa bouche se releva en un sourire satisfait qui confirma mes soupçons. Quelle petite merde !

Je n'avais pas prévu de me retrouver face à la personne qui attaquait notre site, alors la moutarde me monta au nez.

– Putain, mais qu'est-ce que tu veux ? dis-je, soudain incapable de me contrôler.

Je devais être la pire négociatrice que la Terre ait jamais portée.

Son mince sourire fit place à une expression aussi sérieuse que hantée.

– Dites à Landon que je veux qu'on me rende mon frère.

Je me calmai, ne sachant plus trop que dire. Je ne m'étais pas préparée à ça. J'étais venue en pensant que j'allais parler à la mère endeuillée de Brian, et m'enquérir de Trevor. Je n'avais rien prévu au-delà de ça.

– Tu dois trouver la paix face à ce qui s'est passé, dis-je d'un ton plus maîtrisé.

– Vous devez partir.

Bon. Peut-être que je ne pourrais pas le convaincre en faisant appel à ses bons sentiments, mais ce qu'il faisait était foncièrement illégal.

– J'ai de quoi faire ouvrir une enquête. Tout ce que tu fais sera rendu public. (J'hésitai avant de poursuivre.) Tu finiras comme ton frère si tu ne t'arrêtes pas maintenant.

Il renâcla et s'avança d'un pas, son visage désormais à quelques centimètres du mien, quand on appela son nom de derrière la maison. Comme un animal surpris, il bondit en arrière et se tourna dans la direction de la voix.

– Sortez.

Je tins bon.

– Je n'irai nulle part tant que nous n'aurons pas trouvé une solution.

Il leva les yeux au ciel et, quand retentit un fracas dans le couloir, il s'y précipita.

– M'man, ça va ?

– Ouais. Merde, qui c'est qu'est là ?

« M'man » donnait l'impression d'avoir avalé du papier de verre trempé dans de la vodka. Sa voix bruyante et rocailleuse me fit reconsidérer ma détermination à ne pas bouger d'ici.

Je parcourus rapidement la pièce des yeux, espérant vraiment trouver quelque chose, n'importe quoi, qui pourrait me donner un avantage. La table de la salle à manger était couverte de papiers et de courriers. Je les poussai ici et là jusqu'au moment où j'aperçus une enveloppe déjà ouverte. Il en dépassait un chèque de plus de dix mille dollars à l'ordre de Trevor. L'enveloppe indiquait qu'il provenait d'un fonds d'investissements, au Texas, dont je ne connaissais pas le nom.

J'entendis « M'man » tituber dans le couloir, leurs deux voix se faisant plus fortes et plus proches.

– Je veux pas de putains de gens que j'connais pas dans ma maison, combien de fois y faudra que j'te l'dise ?

– Je ne l'ai pas invitée, elle est juste entrée. Elle connaît Blake.

Je me pétrifiai. Ce putain de Trevor m'avait donné à sa cinglée de mère ! Je laissai le chèque sur la table et empochai l'enveloppe juste avant qu'ils entrent dans la pièce. « M'man » était une femme solidement charpentée, dans la quarantaine, habillée d'un survêtement. Ses cheveux étaient teints en blond avec des racines apparentes, et un peu emmêlés. Ses yeux étaient grands ouverts et injectés de sang, et elle s'arracha à l'emprise de Trevor. Je reculai de quelques pas comme elle approchait en agitant le poing dans ma direction.

– Petite pute, tu crois que tu peux venir ici et rentrer chez moi ? Va plutôt dire à Blake de venir me voir en face !

Ses yeux brillaient, pleins d'émotion.

Elle fit un brusque mouvement dans ma direction, et je reculai précipitamment. Trevor se précipita sur elle qui jura de plus belle, tournant son poing vers lui.

Je ne pouvais parler ni à l'un ni à l'autre, et la situation échappait à mon contrôle. Alors je ressortis et dévalai l'allée vers l'Escalade.

Clay en jaillit et m'ouvrit la portière.

– Roulez, ordonnai-je, en regardant la mère de Trevor descendre l'allée, son fils à sa suite.

Elle me hurla des insultes incompréhensibles, tandis que Clay démarrait… et ils disparurent dans le rétroviseur.

* * *

– Tu veux bien me dire ce que tu es allée inventer ?

Je pouvais dire à la qualité de la communication que Blake m'appelait de l'avion. Qu'il n'ait pas attendu d'atterrir montrait à quel point il s'inquiétait de mon sort. Je me hérissai néanmoins à m'entendre réprimander par celui-là même qui nous avait mis dans ce pétrin.

– Blake, une fois dans ta vie, tais-toi et laisse-moi parler !

– Je ne suis dans les airs que depuis quelques heures et Clay me dit qu'on t'a poursuivie hors d'une maison ?

– Je me charge d'une situation que tu as laissée se détériorer bien trop longtemps, coupai-je. Tu pourrais m'écouter avant de commencer à flipper.

Encore sous l'effet de l'adrénaline, je me sentais prête à affronter quiconque me défierait. Si Clay n'était pas déjà parti, j'aurais fortement envisagé de lui dire le fond de ma pensée pour m'avoir mouchardée à Blake. Ça ressemblerait à un chihuahua qui aboie devant un bouledogue, réalisai-je soudain : alors je rangeai ce scénario dans la catégorie « n'arrivera jamais ».

– Le frère de Brian Cooper, Trevor, est à la tête du M89.

Il marqua une pause.

– Comment le sais-tu ?

– Avant que sa cinglée de mère entre en scène, il me l'a quasiment avoué. Ça, et le fait qu'ils rêvent de voir ta ruine. Tu as probablement raison quand tu parles de ne pas négocier avec les terroristes. Il ne semblait pas disposé à faire la paix.

– En clair, tu les as surtout énervés encore plus.

– Ce qu'il fait est illégal. On ne peut pas simplement appeler la police et faire tout confisquer ?

– Il mène une opération virtuelle. Tu serais naïve de croire qu'il n'a pas intégré des sécurités pour se couvrir, surtout après ce qui est arrivé à Brian. Maintenant qu'il sait que tu le traques, il est peu probable que les autorités puissent faire quoi que ce soit d'utile pour toi.

Je lâchai un juron, avant de me souvenir de l'enveloppe. Je la sortis de ma poche pour l'examiner de nouveau.

– Tu as déjà entendu parler d'AcuTech Investments ?

– Non, pourquoi ?

– Ils lui envoient des chèques. Des gros chèques.

– Fais-moi passer ce que tu as. Je vérifierai pendant que je suis là-bas.

– OK.

Je me calmai un peu, et commençai à regretter que Blake soit si loin. Les quarante-huit dernières heures avaient été particulièrement intenses, et nous n'avions quasiment pas cessé de nous disputer.

– Tu seras parti combien de temps ? demandai-je.

– Juste deux ou trois jours, heureusement. Selon comment ça se passe.

– Tu me manques.

Je me mordillai les lèvres et m'efforçai de garder une voix égale. Laisser paraître mon énervement ne ferait qu'ajouter à sa frustration de ne pas être là.

Il soupira à l'autre bout de la ligne.

– Je sais, ma belle. Tu me manques aussi. (Sa voix s'était faite plus basse, plus douce.) Je peux te demander quelque chose ?

– Évidemment, répondis-je aussitôt.

Tout ce qui pouvait me permettre de me changer les idées était le bienvenu.

– Tu peux passer voir Heath, pendant que je ne suis pas là ? Peut-être déjeuner avec lui, ou un truc comme ça. Je suis sûr qu'il n'y aura pas de problème, mais il vient juste de rentrer. Je veux être certain qu'il se tient à carreau.

– Bien sûr.

– Merci. Je te rappelle plus tard, d'accord ?

– D'accord.

– Et plus de coups de folie ?

– Han han, marmonnai-je.

Je raccrochai, m'effondrai sur le lit, et m'abandonnai au sommeil avant même que le soleil soit couché.

Chapitre huit

Risa parut médusée quand on monta à l'arrière de l'Escalade. On portait toutes les deux des tailleurs noirs et des chaussures à talon. Pour une fois, j'avais l'impression d'avoir fait autant d'efforts qu'elle pour me préparer ce matin.

– Qui est-ce ? chuchota-t-elle pendant que Clay se glissait derrière le volant.

J'avais négligé de l'informer que nous serions conduites à notre rendez-vous par mon agent de sécurité.

– C'est Clay. Mon garde du corps, et ma baby-sitter. (Je pris bien soin de parler assez fort pour qu'il m'entende.) Il m'évite les problèmes. N'est-ce pas, Clay ?

– Oui, madame.

Il s'engagea en douceur dans la circulation et prit la direction de notre destination.

Je surpris l'esquisse d'un sourire dans le rétroviseur. Je répondis d'une grimace réprobatrice, sans savoir s'il l'avait vue. Ça allait être ma seule réprimande. Les bureaux de Bryant's se trouvant à l'extérieur de la ville, je m'installai confortablement et survolai mes mails sur mon téléphone pour passer le temps.

– Oh non !

Risa, les yeux rivés sur son téléphone, avait porté une main devant sa bouche. Mon cœur se serra, et j'espérai soudain que s'il s'agissait d'une mauvaise nouvelle, elle ne concernait pas le site.

– Quoi ?

– L'information vient de tomber. Mark MacLeod a été trouvé mort dans son appartement ce matin. C'est bien l'homme avec lequel vous avez dansé au gala, n'est-ce pas ? L'ami de Max ?

Je la fixai d'un air absent, la bouche ouverte sans qu'aucun son n'en sorte. Que pouvais-je dire ? Je fermai la bouche et m'efforçai de dissimuler ma panique. La tête me tourna, tant j'essayais de donner un sens à cette nouvelle.

– Que s'est-il passé ? bafouillai-je.

Je déglutis, pressant mes paumes moites sur le siège.

Elle parcourut l'article quelques secondes de plus. Je brûlais de lui arracher le téléphone des mains pour lire l'article moi-même, mais je me retins.

– Un suicide, apparemment, mais ils ne disent pas comment. Ils attendraient un rapport de toxicologie.

Mark était mort. Mort. Je me répétai mentalement la nouvelle encore et encore, en m'imposant de la croire.

Le pire cauchemar de ma vie avait maintenant disparu.

Je regardai par la fenêtre, m'efforçant d'appréhender toute la mesure de la nouvelle que Risa venait de m'annoncer. J'analysai mes émotions qui se télescopaient. Le soulagement était flagrant. Je n'aurais plus à vivre dans la peur constante de cet homme, la crainte incessante qu'il n'affecte la façon dont j'essayais de faire connaissance avec mon père.

À mesure que la réalité s'imposait, un fardeau s'allégeait. Comme si on venait de me faire un cadeau, comme si une prière avait été exaucée. Les larmes me montèrent aux yeux, et je pinçai les lèvres pour ne pas sangloter.

– Vous le connaissiez bien ?

Le ton posé de Risa exprimait toute la compassion que l'on peut attendre en un tel instant. Ce qu'elle ne savait pas de la situation véritable aurait rempli plusieurs volumes.

Je m'éclaircis la voix et me redressai.

– Non, je ne l'avais rencontré que brièvement, par le fonds d'investissements de Blake. Je crois que je lui plaisais, mais je le connaissais à peine. Mais c'est choquant, c'est… triste.

Vraiment ? Il ne s'agissait pas d'un tragique accident. Et, aussi soulagée que je puisse l'être, j'éprouvais tout de même une certaine gêne. Mark s'était suicidé, mais pourquoi ? Il avait tout. Je ne comprenais pas. Il semblait particulièrement apprécier de me torturer émotionnellement depuis qu'il était revenu dans ma vie. Y avait-il autre chose ? Je ne savais rien de lui, hors l'enfer qu'il avait créé pour moi.

Clay nous laissa peu après à l'entrée de l'immeuble. Je trouvai la force de me ressaisir pendant que nous marchions vers les ascenseurs, Risa et moi.

– Tout va bien ? Je peux assurer la présentation en solo, si vous avez besoin d'un peu de temps.

J'appelai l'ascenseur.

– Ça va. Allons-y.

Elle prit une profonde inspiration et sourit. J'aurais dû être nerveuse, mais rien ne pouvait me paraître important en comparaison de la nouvelle que je venais d'apprendre.

Par bonheur, notre réunion avec le directeur commercial de Bryant's fut rapide – une bonne chose, parce que je peinais à me concentrer sur ce qu'il disait. Il ne nous avait pas réservé beaucoup de temps, alors je laissai Risa énoncer les détails de notre offre. Elle le fit avec la concision appropriée et se montra efficace. Dès qu'elle hésitait, j'intervenais. À nous deux, on fit une présentation plutôt convaincante. Le directeur parut satisfait et nous dit qu'il allait consulter son équipe puis nous préviendrait dès que le projet serait approuvé.

Dans la voiture, Risa poussa un soupir de soulagement, et se laissa aller en arrière contre l'appui-tête.

– Tu étais nerveuse à ce point ?

– Un peu, sourit-elle. Je suis contente que vous soyez venue.

– Moi aussi. On fait une bonne équipe.

J'ouvris la main pour qu'elle la tape, ce qu'elle fit en riant. Je préférai rester d'humeur légère et parler seulement boulot. Je n'aurais pas voulu répondre à d'autres questions sur Mark en cet instant.

– Vraiment. Et que l'on signe ou non, je crois que c'est un bon tremplin pour contacter d'autres chaînes. Peut-être que Max a d'autres relations…

– Peut-être.

Je n'étais pas très chaude à l'idée d'abuser des ressources de Max, mais il semblait le faire de bon cœur. Je n'avais rien à perdre à laisser Risa user de sa magie sur lui.

Dès notre retour au bureau, je m'esquivai et filai au Mocha. Je sortis mon ordinateur portable et explorai les infos. Les détails de l'histoire étaient rendus publics au compte-gouttes. J'en étais à la moitié de l'article quand mon téléphone sonna, le visage d'Alli s'affichant sur l'écran.

– Salut, répondis-je.

– Oh, mon Dieu ! Tu as entendu la nouvelle ?

– Oui.

– Je suis encore sous le choc. Tu trouves que ça lui ressemble, de mettre fin à ses jours comme ça ?

Je cillai et regardai la photo de Mark sur l'écran de l'ordinateur. Un portrait pris pour le cabinet d'avocats, l'air professionnel et prêt à ne faire qu'une bouchée du monde des affaires. Le sourire qui me retournait l'estomac s'affichait partout dans les pages d'infos.

– Je ne sais pas, admis-je. Je l'ai vu au gala de bienfaisance, il y a deux jours. Il m'a complètement fait flipper. Je n'aurais jamais imaginé qu'une chose pareille puisse arriver.

– Bah ! Ce n'est pas comme si tu le connaissais bien.

– Tu ne crois pas que ça a quelque chose à voir avec moi, n'est-ce pas ?

– Bon sang, ne me dis pas que tu culpabilises, Erica ?

– Non, mais…

– Attends, tu vas arrêter ça tout de suite. Mark était un monstre. Tu devrais être heureuse qu'il soit parti et qu'il ait disparu de ta vie. Bon débarras.

– Peut-être. Je suppose que je n'ai pas encore réalisé.

Il m'était difficile de me réjouir de la mort de quelqu'un, même quelqu'un que j'abominais autant que Mark. Daniel et Margo devaient être accablés de chagrin.

– Ils disent qu'il n'a même pas laissé de message, dis-je. Ça n'a aucun sens.

– Qu'est-ce qu'il aurait pu écrire ? La confession de toutes les choses horribles qu'il a faites ?

Simone m'apporta mon café au lait habituel, sans que je le lui aie demandé. J'articulai un « Merci » silencieux et commençai à le tourner lentement en réfléchissant aux paroles d'Alli.

– Je suppose que tu as raison. J'essaie encore de me faire à cette idée.

– Essaie de voir ça comme un chapitre de ta vie qui se clôt. Tu es enfin libre de passer à autre chose.

Je secouai la tête : sa mort n'effacerait pas ce qu'il m'avait fait, je le savais bien.

* * *

Je me forçais à finir le contrat avec Bryant's, même si la mort de Mark ne quittait pas mon esprit. J'allais faire une pause et vérifier une fois de plus les infos quand Risa fit son apparition.

– Comment allez-vous ?

Elle rayonnait, là, devant moi.

– J'ai presque fini. Et toi ?

– J'ai décroché deux autres rendez-vous avec des chaînes de détaillants, pour la semaine prochaine.

– Eh bien, on ne t'arrête plus !

Je haussai les sourcils, sincèrement impressionnée.

Elle eut un grand sourire puis redevint plus sérieuse.

– Vous avez suivi les nouvelles ?

Je restai concentrée sur mon écran.

– Non. Qu'y a-t-il de neuf ? ne puis-je m'empêcher de demander.

– Ils disent qu'il s'est tiré une balle. Il avait plus de deux grammes dans le sang.

Je fermai les yeux, m'interdisant d'imaginer ce qu'avait dû être la scène. De toutes les façons de tenter de mettre fin à sa vie, il avait choisi celle qui ne lui laissait aucune chance d'en réchapper.

– Les obsèques auront lieu dimanche. Vous croyez que vous irez ?

– Risa, je t'ai dit que je le connaissais à peine, rétorquai-je d'un ton brusque.

Malédiction… Pourquoi ne s'occupait-elle pas plutôt de ses propres affaires ? J'avais juste envie de rester seule avec mes pensées, et elle était au premier rang, à essayer de les déchiffrer.

– Désolée, je croyais que vous voudriez savoir.

– Maintenant je sais, merci.

Je me mis à taper la dernière clause dans mon document, espérant qu'elle comprendrait que j'étais occupée.

Elle partit sans un bruit. Je me détendis enfin, pour aussitôt regretter d'avoir été aussi désagréable. Je me sentais dans le coton, et la seule personne dont j'avais réellement besoin n'était pas vraiment tout près.

J'attendis jusqu'après cinq heures, et que tout le monde soit parti, pour appeler Blake. J'entendis qu'il parlait à quelqu'un quand il décrocha.

– Blake.

– Salut.

– Mark est mort, dis-je, contrainte de faire un effort pour croire à mes propres mots.

Je n'y croyais toujours pas.

Il y eut un silence sur la ligne, et j'attendis qu'il réponde, qu'il me demande quand et comment. Il devait avoir autant de questions que moi. Si quelqu'un haïssait Mark autant que moi, c'était bien Blake.

– Je sais.

– Qu'est-ce que tu veux dire ?

– Je l'ai vu dans mon flux. Je voulais t'appeler, mais les réunions se sont succédé toute la matinée. Donne-moi une seconde.

– OK.

Ma voix était calme, ma gorge, serrée par l'émotion. J'aurais voulu être en colère contre lui pour n'avoir pas appelé, mais tout ce que je pouvais penser, c'était à quel point il me manquait.

Le son fut assourdi, puis les voix à l'arrière-plan disparurent.

– Tu vas bien ?

Il parlait d'une voix plus douce.

Je tapotai du bout des doigts sur le bureau, en me demandant comment exprimer avec des mots à quel point tout n'allait pas bien.

– Tu rentres bientôt ?

Il soupira à l'autre bout du fil. J'accusai le coup. Je devenais la petite amie émotionnellement dépendante dont il n'avait sans doute vraiment pas besoin en cet instant. Sans compter que ce n'était pas exactement ce que j'avais envie d'être.

– Désolée, fais ce que tu dois faire là-bas, Blake. Ne t'inquiète pas pour moi, d'accord ? Je vais bien.

Je ravalai les larmes qui menaçaient, m'efforçant de conserver un ton aussi neutre que possible.

– Je reviens dès que je peux.

– Je vais bien, répétai-je, espérant qu'on le croirait tous les deux, tout en essuyant la larme qui roulait sur ma joue. J'ai un peu la tête ailleurs, mais ça va aller.

J'entendis de nouveau des voix à l'arrière-plan, et il laissa échapper un juron à voix basse.

– Je te rappelle ce soir, d'accord ?

– Bien sûr.

Je raccrochai et laissai ma tête tomber dans mes mains. Pourquoi avais-je besoin de Blake pour reprendre pied ? Qu'est-ce qui avait changé ces dernières semaines pour que j'aie autant besoin de lui que d'oxygène ? Je n'arrivais pas à comprendre, ni ça ni mon envie insensée de prendre le premier vol de nuit à destination de San Francisco pour aller le retrouver.

– On dirait que vous avez besoin d'un verre.

James se tenait devant mon bureau. Aussi avenant qu'à l'habitude, avec son tee-shirt noir imprimé et son jean sombre, mais son air préoccupé attira mon attention. Je m'essuyai rapidement les yeux, soudain inquiète de l'état de mon mascara après une telle journée.

– Je croyais tout le monde parti.

– J'avais un truc à finir. Je me suis dit qu'on pourrait faire le point.

Je me redressai, espérant qu'il n'avait pas entendu ma conversation avec Blake.

– Peut-être plus tard. Je dois rentrer.

Je fis une pile des papiers qui s'étaient accumulés sur mon bureau au fil de la journée.

– Un vendredi soir ? Je pensais que vous fêteriez le nouveau grand compte.

– Ce n'est pas encore signé. Et puis il me reste du travail. Je dois définir les grandes lignes de la campagne de pub que nous préparons.

– Et si vous me confiiez une partie de ce boulot et que vous me laissiez vous inviter à prendre un verre ? Je reviendrai demain, si nécessaire.

Je secouai la tête.

– Ça ne fait pas partie de ton travail.

– Si ça me va... Allez ! Il y a un bar sympa juste en bas de la rue. À moins que vous ne préfériez un bar à cocktail plus huppé ?

Je fis la moue. Il avait raison au moins sur un point. J'avais bien besoin d'un verre. Et pouvoir parler à quelqu'un, même si ce n'était pas de ma journée franchement atroce, c'était plutôt tentant aussi.

– D'accord. Juste un verre.

* * *

Le bar correspondait bien à ce que James avait laissé entendre. Sombre et à la décoration austère, l'endroit recevait une clientèle de quartier. Les gens étaient dans l'ensemble habillés de façon décontractée, alors je me distinguais, dans mon tailleur. Peut-être un bar à cocktail aurait-il été un meilleur choix, vu la façon dont on me regardait.

On trouva deux sièges au bar malgré la foule, et on commanda chacun un verre. Je m'efforçai d'ignorer les informations qui défilaient sur l'écran du poste de télévision accroché au mur.

– Y a-t-il eu du nouveau ?

Je paniquai légèrement.

– Qu'est-ce que tu veux dire ?

– Pour le fils Cooper ?

– Ah oui, effectivement c'est lui…

Je me remémorai la scène dans la maison, regrettant de ne pas pouvoir lui dire toute la vérité. James avait fait du bon boulot en se renseignant sur la famille de Brian, et je me demandai s'il pouvait avoir d'autres idées sur la façon de régler ce problème.

– Vous plaisantez… Vous l'avez rencontré ?

– Je suis passée chez sa mère, hier. Il vit chez elle, alors en fait j'ai rencontré les deux.

– Il va arrêter ?

Je fis non de la tête puis remerciai la barmaid blonde et maigre qui nous avait apporté nos verres.

– Et comment Landon se relie à tout ça ?

Je bus une gorgée, savourant la morsure de l'alcool.

– Disons que le groupe originel ne s'est pas vraiment séparé en bons termes. Trevor a gardé une dent contre Blake, et si j'en crois la façon dont ça s'est passé hier, ce n'est pas près de changer. Sa rancune s'est étendue à notre société en raison de l'implication de Blake chez nous. Donc, me voilà dans une impasse, sauf si je réussis à trouver un moyen de raisonner Trevor.

James appuya ses coudes sur le comptoir, faisant tourner sa main autour de sa bière, exhibant ainsi ses bras puissants et ses tatouages.

– Peut-être que moi, je pourrais le raisonner.

Je ris.

– Je suis sûre que tu n'aurais pas de problème pour le secouer, et au point où on en est, je tenterais probablement n'importe quoi si je pensais que ça pouvait fonctionner… Malheureusement, je ne crois pas que ce serait efficace. Blake semble penser que Trevor ne va pas facilement changer d'avis.

– Et quel est le lien entre Blake et vous, en fait ?

Il but une gorgée de bière et jeta un œil vers la télévision, comme s'il n'était pas trop intéressé par la réponse. Avant que je puisse dire un mot, on cria mon nom depuis l'autre bout de la salle. Vêtue d'un haut noir dos nu et d'un jean pour homme déchiré, Simone marchait vers nous.

– Femme, je ne te savais pas une habituée !

– Ce n'est pas le cas, répondis-je, heureuse de la croiser hors de son café.

Elle avait l'air insouciante, sa chevelure rousse libre tombant sur ses épaules.

– C'est mon bar !

– Cet endroit t'appartient aussi ?

Elle s'esclaffa, attirant immédiatement l'attention de presque tous les hommes au sang chaud autour de nous.

– Non, c'est, genre, l'endroit où je suis quand je ne travaille pas et que je ne dors pas.

– Super. Il me plaît aussi.

Elle passa son bras autour de mes épaules et s'immobilisa en voyant James.

– Bonjour, vous, dit-elle, plissant les yeux de manière suggestive.

Il sourit.

– Bonjour.

– Simone, je te présente James.

– Enchantée. Vous voulez faire un billard, tous les deux ?

James me regarda pour deviner ma réponse, et je haussai les épaules.

– Je ne suis pas très bonne, mais je peux essayer.

– Ouais, t'es plus probablement une putain de pro !

L'accent bostonien de Simone était plus marqué qu'à l'habitude. Elle avait visiblement pris de l'avance sur moi au rayon boisson, mais elle était indéniablement de bonne compagnie. Si elle m'avait semblé jusqu'alors être un personnage, là c'était une star.

James nous inscrivit pour la prochaine table libre et entama la conversation avec les joueurs, tandis que Simone et moi restions au bar.

Simone se hissa sur le tabouret de James.

– Passons aux choses sérieuses.

– Je bois du bourbon, on ne fait pas beaucoup plus sérieux que ça.

– Je parlais d'y aller cul sec.

– Euh, là, je ne suis pas sûre…

– Juste une fois.

Elle pinça les lèvres et fit signe à la blonde qui ne s'occupait plus de nous.

– Hé, blondinette, mets-nous deux poules rousses.

J'ouvris de grands yeux.

– Quelle subtilité, Simone !

– Quoi ? Je serais la rousse, et tu serais la poule.

– Pardon ?

Je regardai discrètement alentour, espérant que personne n'avait entendu.

Elle descendit sa dose sans me répondre, et je fis de même. Elle en commanda immédiatement deux autres. Je n'avais presque rien mangé de la journée, j'avais carburé au café et aux biscuits planqués dans le tiroir de mon bureau. Je devais ralentir, ou je le paierais plus tard.

– Qu'est-ce qu'il y a, avec celui-là ? demanda Simone en indiquant James d'un mouvement du menton. Je pensais que tu étais avec ton investisseur.

– Il ne se passe rien avec James. Nous prenions juste un verre. Et je suis avec mon investisseur. Alors, ne te fais pas de fausses idées.

– Ne t'inquiète pas, ce n'est pas mon type. Celui-ci, par contre, me convient mieux. J'aimerais bien étudier ses tatouages de plus près.

Elle se mordilla une lèvre.

– N'hésite pas, il est vraiment sympa.

Je descendis l'un des deux verres que la barmaid avait posés devant moi. Blake était à des milliers de kilomètres, et ma journée avait été un enfer. J'avais peut-être besoin de quelques verres pour me détendre.

– J'aimerais bien, chérie, mais il n'a pas détaché son regard de toi depuis que je suis arrivée. Je sais reconnaître ça quand je le vois.

Je fronçai les sourcils et me tournai ouvertement vers James. Nos regards se croisèrent, et il détourna rapidement le sien pour s'appuyer contre la table de billard et contempler la partie.

Merde…

– C'est ridicule.

Je me retournai vers le comptoir et avalai ma troisième dose.

* * *

Je n'étais pas aussi mauvaise au billard que je l'aurais cru. Malgré une griserie certaine, je réussissais parfois de jolis coups. Simone faisait équipe avec l'un des gagnants de la partie précédente, et James et moi menions après quelques tours. Je me penchais pour mon coup suivant, mais avant que j'aie pu le décocher, une main glissa au bas de mon dos, chaude à travers la toile fine de la veste que je portais. James s'était penché près de moi, son corps trop proche. D'une proximité fort peu professionnelle.

– Visez la poche gauche.

Son souffle courut sur ma nuque, et tout mon corps se tendit. Je fermai les yeux une seconde, regrettant que ce ne soit pas Blake. Bon Dieu ! juste pour quelques minutes. Il me manquait tant. Lorsque je les rouvris, je vis Simone qui me regardait, fière d'elle, avec un petit air de « Je te l'avais bien dit ». Je changeai d'angle, tirai, et la boule alla se ficher dans le trou. Je reculai, vacillant légèrement sur mes talons. James, toujours là, me retint par la taille.

– Ça va ?

– Tout à fait.

Je souris et préférai m'écarter d'un pas. Je devais reprendre le contrôle de la situation avant que James ne se fasse des idées. J'étais sur le point de me morigéner pour avoir pris un verre avec un employé quand un visage familier émergea des autres, entre les tables de billard.

– Oh oh… murmurai-je.

– Qu'est-ce qui ne va pas ? demanda James.

Heath s'avança lentement, les mains dans les poches, et s'arrêta devant nous. Il toisa James, avant de se tourner vers moi. Mes yeux s'écarquillèrent, tandis que je revoyais mentalement les dernières minutes, y compris la leçon brève et suggestive de James sur la façon de jouer au billard.

– J'ai un problème, n'est-ce pas ?

Heath répondit par un petit sourire. J'attrapai mon sac et y pêchai mon téléphone, pour découvrir que Blake avait appelé une bonne douzaine de fois. Aïe !

– Il faut que j'y aille, dis-je avec un regard rapide vers Simone et James, impatiente d'appeler Blake et de tout lui expliquer.

– Vous avez besoin d'une voiture ? demanda James en s'avançant.

– Elle n'en a pas besoin.

Heath l'écrasa presque du regard, sa mâchoire se contractant d'une façon qui me fit sérieusement envisager que Blake l'habitait en cet instant.

– Viens, sortons d'ici, me dit-il d'un ton nettement plus affable.

Mon impatience disparut soudain. Mon visage s'enfiévra. Heath ne pouvait être là que sur de strictes instructions données par son frère. L'idée d'être escortée hors d'un bar à la demande de Blake était humiliante, et ma fierté ne l'acceptait pas.

– Je te rejoins dans une minute.

Je haussai les sourcils à son adresse, le défiant d'insister.

Après un bref regard, il accepta d'un léger hochement de tête.

– Bon sang, c'était qui ? grimaça James en indiquant de la tête la porte par laquelle Heath venait de sortir.

– Le frère de Blake.

– Un peu protecteur, non ? commenta Simone en venant s'appuyer contre la table de billard, à côté de moi.

– Parfois, mentis-je.

– Tu vas vraiment me quitter ? demanda Simone en faisant la moue.

– Oui, je souris. Je suis bourrée, de toute façon. Il faut que je rentre m'évanouir avant de faire n'importe quoi.

– C'est nul.

– Tais-toi. James va s'occuper de toi, n'est-ce pas ?

James sourit poliment, mais la déception se lisait dans son regard. Simone se pencha vers moi et m'étreignit. Quand elle me relâcha, James m'attira à lui et déposa un baiser rapide sur ma joue.

– Bonne nuit.

Je me détournai de lui si vite que je faillis en perdre de nouveau l'équilibre. Je sortis du bar sans dire un mot.

Clay nous ramena à l'appartement, Heath et moi, en silence. J'aurais bien voulu leur remonter les bretelles, mais ça n'aurait servi à rien puisque Blake tirait toutes les ficelles. Ils n'étaient pas différents de moi.

J'entrai dans mon appartement et claquai la porte avant que Heath ait pu me souhaiter bonne nuit.

Cady, notre voisine du dessous et assistante personnelle de Blake, assise sur le canapé à côté de Sid, regardait un film. Ils étaient bien plus proches que la dernière fois. Je les saluai d'un geste et d'un mot avant de disparaître dans ma chambre.

Je me laissai tomber sur le lit, en espérant que les murs allaient cesser de s'agiter avant que je lui téléphone. Je jurai et sélectionnai son numéro.

– Erica.

Sa voix était un puissant mélange de panique et d'exaspération.

– Tu m'as appelée ?

Je décidai de rester légère et de continuer comme ça.

– Je commence à ressembler à un disque rayé, mais qu'est-ce qui se passe ?

Blake n'était vraiment pas d'humeur légère.

– J'ai pris un verre avec un ami dans un endroit bruyant. Je n'ai pas entendu mon téléphone. Pas la peine de dramatiser.

– Ton ami, c'est celui qui te pelotait, ou encore un autre ?

Je serrai les dents et inspirai en retenant la bordée de jurons qui me montait aux lèvres. Heath allait m'entendre.

– Tu dois parler de James, un collègue, et, non, il ne me pelotait pas. On jouait au billard. Il me montrait un coup. Un tir. Il me montrait comment tirer.

Je gémis bruyamment. Mon élocution embrouillée ne parlait pas pour moi.

– C'est une superbe image que tu me laisses imaginer là.

– Arrête d'être jaloux comme ça, maugréai-je, trop épuisée pour me disputer.

– Tu es chez toi ?

– Ouais. Dans mon lit. Et je crois que je vais me déshabiller, le narguai-je, espérant qu'il mordrait à l'hameçon et que nous allions arrêter de nous prendre la tête.

– Tu es toute chaude, hein ?

– En visioconférence, ça te dirait ? Tu as le WiFi ?

Il s'esclaffa et je souris, soulagée de le sentir moins furieux qu'il l'avait paru.

– Je dois dîner avec l'un de mes partenaires sur le projet pour lequel je suis ici. J'adorerais remettre ça pour m'éclater par téléphone avec toi, ma belle, mais ça repousserait mon retour d'autant. Et on ne peut se permettre ça ni l'un ni l'autre, tu ne crois pas ?

Je fis la moue et m'affalai sur le lit.

– Tout à fait d'accord.

– J'ai besoin que tu fasses deux choses.

– Génial. Qu'a décrété le maître de l'univers ?

– Bois une bouteille d'eau. Bois-la en entier, et prends quatre ibuprofènes. On dirait que tu vas en avoir besoin.

– Oui, maître, grommelai-je, prête à raccrocher et à aller dans la cuisine.

– Hé !

– Quoi ?

– Je t'aime, Erica.

– Je t'aime aussi.

Chapitre neuf

Quelqu'un frappait à ma porte.

– Qu'est-ce que vous voulez ?

– Debout, c'est l'heure ! Je me suis dit qu'un petit déjeuner te ferait du bien.

Je sortis la tête de la couette. Heath, l'air frais et dispos, portait un grand café glacé et ce que j'espérais être une boîte de donuts. Seule la caféine pourrait me faire passer à la verticale, ce matin.

Je m'assis lentement. Je ne me sentais pas aussi mal que je l'aurais dû, grâce aux conseils de prévention anti-gueule de bois de Blake de la veille au soir. Je pris le café tendu et m'adossai à la tête de lit. Heath s'assit au pied du lit, me regardant du coin de l'œil. Il attendait probablement que je lui passe un savon. Si je m'étais sentie mieux, peut-être l'aurais-je fait.

– Je te hais, tu sais ? dis-je d'une voix rauque, ce qui émoussait singulièrement le message.

– Je sais. J'espérais un peu que ceci serait pris comme un gage de réconciliation.

Je grimaçai au souvenir des avances subtiles de James et, pire, à l'idée que Heath en avait probablement été témoin.

– Pour info, il n'y a rien entre James et moi. Il devenait peut-être trop familier, mais il travaille pour moi. Si quelqu'un doit le rappeler à l'ordre, je préférerais que ce soit moi.

– Honnêtement, ce n'est pas mes oignons. Blake me harcelait pour savoir avec qui tu étais, et je n'allais pas lui mentir. Pour ce que ça vaut, je suis désolé. Blake m'a sorti de plus de bars que je ne saurais le dire. Ce ne sont pas non plus mes meilleurs souvenirs.

Je baissai les yeux vers la couette, attrapai une petite plume qui avait percé la toile blanche.

– Je suis désolée qu'il t'ait mis dans cette position. Je suppose que si j'étais restée joignable, même si Blake est complètement cinglé, toute cette histoire aurait pu être évitée. Un bar était probablement le dernier endroit où tu avais besoin d'être hier soir.

– Ne t'inquiète pas pour ça. Ma sobriété n'est pas fragile à ce point. Si c'était le cas, je ne crois pas que Blake m'y aurait envoyé. Je pense qu'il s'est dit que j'étais une option plus judicieuse que Clay.

Ses lèvres se courbèrent en un sourire.

L'idée de Clay, l'un des hommes les plus grands que j'aie jamais vus, négociant avec James pour savoir qui des deux allait me ramener en voiture me fit rire. Tant qu'à parler humiliation…

– Bien vu.

Je sirotai une longue gorgée de café, sentant mon cerveau reprendre vie peu à peu.

– Heath, comment t'y prends-tu avec Blake ?

– Tu veux dire, comment il s'y prend avec moi ?

Je ris doucement. J'aurais facilement pu dire la même chose, il y a fort peu de temps. Mais Heath avait changé, d'une certaine façon. Il semblait être devenu le plus raisonnable des deux, et Blake, le plus impulsif.

– Je ne sais pas, dis-je d'un ton songeur. C'est un peu comme ce qu'on disait, cette nuit-là, à Vegas. Comme quoi tout tourne autour de lui. Je ne sais pas comment il fait ce qu'il fait, ni même pourquoi il a envie de le faire, parfois.

– Erica, je lui dois la vie. Avec tout ce qu'il a fait pour moi, je suis disposé à me conformer à tout ce qu'il croit être le mieux. À m'installer ici si c'est bon pour nos affaires, tout ce qu'il lui faut. Dieu sait que je n'ai pas à me vanter de mes propres décisions !

– Tu envisages de t'installer ici pour de bon ?

Nos regards se croisèrent. Il n'avait visiblement pas prévu de me parler de ça.

– On en a parlé. J'ai rechuté si souvent à New York, alors que j'ai énormément de soutien ici, entre Blake et ma famille. Il faut que j'en parle à Alli, par contre. C'est la personne la plus importante de ma vie, aujourd'hui. Je veux être certain qu'on trouvera une solution, avant de faire mon choix.

Je ne pensais pas qu'Alli le prendrait bien, mais je n'allais pas éprouver leur relation déjà compliquée en m'en mêlant.

– Ne t'inquiète pas, je ne dirai rien. Je suis sûre qu'elle viendra me voir quand elle aura envie d'en parler.

Il parut soulagé.

– Merci.

– Vos parents habitent près d'ici ?

La mention qu'il en avait faite avait attisé ma curiosité.

– À une demi-heure au nord de la ville. Ils ne viennent pas souvent dans le centre, mais quand je suis là on essaie de dîner ensemble une fois par semaine.

– Oh…

Je m'efforçai de dissimuler ma surprise. Malgré tout le temps que j'avais passé avec Blake, je n'avais pas idée que ses parents habitaient aussi près. Le fait qu'il ne m'en avait jamais parlé me contrariait un peu. Naïvement, je n'avais pas envisagé une famille, hors Heath et Fiona. La mienne était atypique, et quasiment absente. Heath laissait penser qu'eux avaient quelque chose d'un peu plus stable.

– Qu'est-ce que tu penses faire aujourd'hui ? demanda-t-il, me ramenant à la réalité.

– Qui le demande ? ironisai-je.

– Eh, je ne suis plus en service. Je disais juste ça comme ça.

– Prouve-moi que c'est vrai, passe-moi ces donuts.

* * *

En parfaite adéquation avec ma gueule de bois, le ciel était couvert et maussade. Histoire de ne pas me laisser surprendre par le mauvais temps, je laissai Clay me conduire au bureau. Il commençait à me faire pitié, parce qu'il n'avait pas eu une minute de repos depuis que Blake l'avait chargé de me surveiller.

Je sautai mon arrêt habituel au Mocha. J'avais déjà fait le plein, et je n'étais pas certaine d'être parée pour un débriefing avec Simone. Je m'installai à mon bureau. Un texto tinta sur mon téléphone.

James : Vivante ? J'arrive au bureau sous peu.

Moi : Ai officiellement quitté le monde des morts. Déjà arrivée. Pas d'urgence.

Il fallait probablement que je parle à James de la veille au soir. Ou peut-être que je pouvais simplement éviter le sujet. Après tout, on avait bu tous les deux.

Les gens font toute sorte de mauvais choix dans de telles circonstances. Au bout du compte, rester professionnel au bureau lui importait probablement autant qu'à moi. Il voulait garder son boulot, après tout.

Je vérifiai mes mails puis jetai un coup d'œil aux infos. Les titres concernant la mort de Mark me fascinaient trop pour que je puisse résister. J'avais l'impression d'être un conducteur qui passe devant un terrible accident et ne peut s'empêcher de regarder. Il y avait de nouvelles photos de Daniel et de Margo, aussi affligés qu'on pouvait l'imaginer, s'efforçant d'éviter les appareils photo des paparazzi. J'eus du chagrin pour eux, malgré l'ambivalence de mes sentiments. Mon empathie était devenue partiale et conditionnelle.

Sur un coup de tête, je pris mon téléphone et déroulai les numéros jusqu'à celui de Daniel. Je pris une grande inspiration et appelai, m'attendant à tomber sur sa messagerie. Je voulais juste lui dire que je pensais à eux, ce qui me semblait être la chose à faire en de telles circonstances. J'étais sa fille, après tout. Je ne voulais pas qu'il pense que ça m'était indifférent, même si Margo préférait que je garde mes distances.

Ce fut un choc d'entendre Daniel répondre.

– Oui…

Je me demandai à toute vitesse quoi dire. Le « Comment ça va ? » habituel n'était pas de mise.

– Je sais que ce n'est probablement pas un bon moment pour appeler. Je voulais juste que vous sachiez que je pense à vous et à Margo. Je suis désolée.

Il resta silencieux pendant ce qui me parut être un long moment.

– Tu crois qu'on pourrait se voir, aujourd'hui ?

Je résistai à l'envie d'accepter immédiatement. J'avais encore à l'esprit les paroles de Margo.

– Aujourd'hui ?

– Tu peux me retrouver à Castle Island dans une heure ?

Son ton paraissait un peu différent d'une certaine façon, moins maîtrisé et bienséant. Ce manque de formalisme aurait peut-être dû me paraître bienvenu, mais il m'inquiéta un peu. Je me mordillai la lèvre inférieure, regrettant de ne pas savoir ce qu'il pensait.

– D'accord.

– Tu veux qu'une voiture passe te prendre ?

– Non, ça ira. On se voit là-bas.

Je raccrochai et envoyai un texto à James pour dire que je serais sortie un moment. Je ressentis comme une urgence déplaisante en franchissant la porte de derrière pour rejoindre une rue adjacente, et prendre un taxi. Blake serait furieux s'il apprenait que j'essayais d'échapper aux écrans radars, mais je ne voulais pas devoir expliquer à Daniel pourquoi je me déplaçais avec mon imposant garde du corps.

La pluie avait cessé, mais un brouillard épais avait envahi la baie lorsque le taxi s'arrêta. Je payai et sortis. Une Lincoln noire solitaire était garée un peu plus loin. La plage habituellement animée qui se déployait sur toute l'anse était déserte, à cause du mauvais temps.

Comme je m'approchais, un géant aux cheveux orange émergea du côté conducteur. Ses yeux étaient incroyablement pâles, à peine bleus, et son visage, couvert de taches de rousseur.

– Il est là-bas, me dit-il en indiquant un petit chemin qui partait de la promenade longeant toute la baie, et qui disparaissait plus loin dans le brouillard.

Je descendis le chemin, cherchant la silhouette de Daniel à mesure que je gagnais en visibilité. Il m'apparut, finalement. En pantalon de treillis et blouson de bombardier, il regardait la surface vitreuse de la baie et l'horizon fragmentaire des gratte-ciel de la ville, plus loin devant.

Il sourit légèrement à mon approche. Malgré sa tenue décontractée, il paraissait plus vieux que dans mon souvenir. Le gris de ses cheveux était plus évident, les rides de son visage, plus marquées.

– Merci d'être venue.

– C'est bien normal.

J'éprouvais un certain malaise, sans trop savoir pourquoi. Peut-être que j'avais sous-estimé la délicatesse de la situation.

Il fouilla dans son blouson et en tira une flasque de métal gravée. Il dévissa le bouchon et me la tendit. Je refusai d'un signe de tête. Il la porta à ses lèvres et en prit une bonne lampée. Il souffla à travers ses dents, chargeant l'air de l'odeur tourbeuse du scotch. Du bon scotch.

– Je suis désolée, Daniel.

Je tendis la main et la posai sur son épaule. Il rangea la flasque dans son blouson et recouvrit ma main de la sienne. Il se tourna et s'assit sur un des blocs de granit qui formaient une barrière entre le chemin et l'eau en contrebas. Il n'avait pas lâché ma main et la tira, de façon à ce que je vienne m'asseoir à côté de lui.

– Tu n'as pas besoin de faire ça.

– Qu'est-ce que vous voulez dire ?

– Tu n'as pas besoin de dire que tu es désolée, Erica.

Je fronçai les sourcils. Essayait-il de se montrer fort ?

– Daniel, je suis vraiment désolée. Je n'aime pas vous voir souffrir. Je n'imagine même pas ce que vous devez endurer. J'aimerais pouvoir faire quelque chose.

Une onde de culpabilité me traversa. Est-ce que je ramènerais Mark, si j'en avais la possibilité ? J'étais affectée par le deuil de Daniel, mais je n'en éprouvais pas moins un soulagement manifeste. Je ne pouvais pas compatir comme je l'aurais fait dans un tout autre cas. J'étais une contradiction ambulante. Mais Daniel était mon père. Notre histoire n'était pas celle d'une famille modèle, mais il avait besoin de tout le soutien que je pouvais lui offrir, pour le moment.

Il secoua la tête et lâcha ma main, replongeant dans son blouson et vers sa flasque. Après l'avoir vidée, il se tourna vers moi. Ses yeux étaient injectés de sang, et son regard, brûlant. Je ne savais pas si c'était dû à l'alcool ou à l'émotion, mais, vu son expression, il paraissait possédé, hanté.

– Je ne sais pas comment c'est arrivé, mais quasiment depuis l'instant où tu es entrée dans ma vie, tu es devenue la prunelle de mes yeux, Erica. Je n'avais jamais ressenti ça, avant toi. C'est plutôt déprimant, n'est-ce pas ?

Ses mots me coupèrent le sifflet. Je déglutis douloureusement et repris difficilement mon souffle. Il écarta doucement mes cheveux de mon visage. La tendresse de son geste me serra le cœur.

– Et Mark ?

Il tourna de nouveau son regard vers l'horizon, les îles vides dans la distance.

– Aucune forme d'éducation n'aurait pu aider Mark. Je ne sais pas. Son père est décédé inopinément, et le temps que Margo et moi soyons mariés, il était déjà parti trop loin pour que je puisse l'aider. Il y avait une noirceur au fond de ce garçon, et longtemps j'ai cru que je pourrais la canaliser. Bon sang, le monde des affaires est rempli de salauds froids et cruels… mais même ces règles-là ne lui convenaient pas. Avec tout ce qu'on lui a donné… (Il soupira et agita la tête.) Il n'a manqué de rien. De *rien*.

À la façon dont il avait appuyé le dernier mot, je n'en doutais pas.

Son expression s'éclaircit légèrement.

– Et puis, il y a toi. Tu n'as disposé ni de mon argent ni de mon influence. D'aucune de ces opportunités, et pourtant tu es là, pleine de fougue, tout ce dont j'aurais pu rêver. Ma fille à moi. (Il eut un doux sourire.) C'est ce qu'il y a de bien.

Je luttai pour maîtriser mon émotion, mais je me délectais de ses mots. Pensait-il vraiment ce qu'il disait, ou était-ce l'alcool qui parlait ? Il m'offrait tout ce que j'avais toujours rêvé d'entendre. Tout ce que j'avais voulu entendre mon père me dire, avant même que je sache qui il était, ou ce qu'il avait signifié pour ma mère.

– Alors, savoir que le fils auquel j'avais tout donné t'a… fait du mal…

– Vous saviez ? demandai-je d'une voix trop fluette, presque avalée par la brise océane qui soufflait sur nous.

– Tu as paru si choquée, le soir du gala. Ton émotion se lisait sur ton visage. J'ai interrogé Mark, je lui ai demandé comment il t'avait connue, et il m'a tout raconté. Il était même fier de lui, en fait. Il m'a annoncé que si j'essayais de l'empêcher de te poursuivre de ses assiduités, il rendrait notre lien public. Après tout ce que j'avais investi dans la campagne, il voulait marchander avec moi. Me forcer à choisir entre toi et l'élection. (Son visage se crispa en une grimace amère.) Il ne pourra plus te faire de mal.

Je me figeai, paralysée par les paroles avec lesquelles j'avais essayé de me réconforter la dernière fois que Mark m'avait retenue de force dans ses bras.

– Je ne comprends pas. Il… il s'est suicidé.

Mon affirmation ressemblait surtout à une question, maintenant que plus rien n'était certain.

– Ça y ressemblait sacrément, n'est-ce pas ?

Un silence sinistre plana entre nous. Je secouai la tête, refusant de croire ce que cette phrase impliquait. Daniel ne pouvait pas avoir fait ça. Je me levai et m'éloignai en quelques pas incertains avant de me retourner vers lui.

– Daniel, qu'est-ce que vous essayez de dire ?

– Je crois que tu le sais.

– Non… Mon Dieu. Vous ne pouvez pas… Pas pour moi.

Il se rembrunit.

– Si, pour toi. J'ai fait ce qui devait être fait, putain de merde. Il te menaçait. Blake me menaçait. Nous nous portons tous mieux sans lui, crois-moi.

Il se leva et sortit un paquet de cigarettes de son blouson. Il en alluma une et en tira une longue bouffée.

– Comment ça, Blake vous menaçait ?

Il laissa échapper un petit rire.

– J'aurais dû m'en douter quand tu nous as présentés. On ne cache pas grand-chose à un homme comme Landon. On dirait qu'avoir une élection à gagner est une vulnérabilité que mes ennemis sont disposés à exploiter.

– Blake n'est pas votre ennemi.

Je n'avais aucune idée de ce qui s'était passé entre eux, mais Blake savait à quel point ma relation avec Daniel comptait pour moi. Il ne lui ferait pas volontairement du mal, même s'il estimait que c'était pour mon bien. Du moins, je ne le pensais pas.

La gravité de son expression assombrit le regard de Daniel, et il avança d'un pas, pointant son doigt sur moi.

– Quiconque me menace, Erica, est un ennemi, quelles que soient ses intentions. Il est venu me voir le lendemain du gala et m'a fait savoir, en des termes tout à fait précis, que je devais sortir Mark de ta vie. L'envoyer ailleurs, dans nos bureaux de New York ou sur une île déserte. Peu lui importait, du moment que Mark partait loin de toi. Il m'a dit que si je ne le faisais pas, il compromettrait ma campagne. Je ne suis pas le genre d'homme que l'on menace à la légère, mais je dois reconnaître que j'ai pesé les options. (Il souffla la fumée par un coin de sa bouche.) Maintenant tu es hors de danger, la campagne est sauvée, et Blake est satisfait, pour le moment. Tout le monde est gagnant.

– Vous… vous l'avez tué ?

– J'ai fait ce qui devait être fait. (Il haussa le ton, distillant son venin dans ma direction.) Ne fais pas comme si tu n'étais pas ravie d'être débarrassée de lui. (Il se frotta le front et prit une longue inspiration.) Margo, Dieu la protège, est la seule à souffrir vraiment, en cet instant, mais elle voulait cette victoire plus que quiconque. Et maintenant, on va l'emporter.

– Qu'est-ce que vous voulez dire ?

Il haussa les épaules et tira une autre bouffée.

– Les sondages le disent déjà. La mort de Mark a fait de moi un candidat éminemment humain. Dès que l'enquête sera terminée, et ça ne devrait pas prendre longtemps, l'élection sera dans la poche. On ne peut plus perdre.

Je ne pouvais en supporter plus. La chaleur que j'avais vue en lui auparavant avait disparu, laissant la place à un homme hautain et égoïste ne s'inquiétant que du plus court chemin vers le succès. Je n'avais aucune idée de la façon dont son amour ou sa fierté pour moi s'intégraient dans ce scénario, mais je n'avais pas envie de le savoir.

Je commençai à remonter vers la promenade. Daniel m'appela, mais je continuai à progresser à pas vifs dans l'épais brouillard. J'approchai enfin du bout du chemin.

Je n'arrivais plus à penser normalement. Mark était mort. Daniel l'avait tué. Pour moi, ou pour sa campagne ? Qui pouvait faire une telle chose, quelle qu'en soit la raison ? Mais j'avais dû perdre la tête, puisque ça paraissait logique aux yeux de Daniel.

L'homme aux cheveux orange, au bout du chemin, bloquait quasiment le passage, étant donné la largeur de ses épaules. Ce n'était pas Clay, mais il ne fallait pas le prendre à la légère. Je ralentis en l'approchant.

– M. Fitzgerald a besoin de vous parler. Attendez ici.

Je me tournai. Daniel émergea du brouillard derrière moi, le regard peu amène. Je me faufilai autour de son homme de main et fis quelques pas avant que ce dernier m'attrape par la manche et m'entraîne vers la voiture, pendant que Daniel nous rejoignait.

– Lâche-la, Connor.

Ce dernier obéit, et je reculai vers la voiture, m'efforçant de mettre autant de distance que possible entre eux et moi.

– Tu ne m'as pas laissé terminer.

– Qu'y a-t-il d'autre à dire ? Vous avez tué votre fils. Vous voulez que je vous félicite ?

– Ce n'était pas mon fils. Mais, par Dieu, tu es ma fille. Tu es une Hathaway sur le papier, Erica, mais en ce qui me concerne, tu es une Fitzgerald.

– Que voulez-vous dire ?

– Plus que quelques mois, et je serai dans le fauteuil du gouverneur. Avant même que tu t'en sois rendu compte, on sera à Washington à poursuivre notre ascension, et tu vas m'aider à y arriver.

– Comment pourrais-je faire une telle chose ? Je ne connais rien à la politique.

– Mets ta société sur les rails et vends-la. Ou pas. Ça m'importe peu, mais je te prends pour diriger le département Internet de ma campagne. Tu vaux bien mieux que tous ceux que j'ai.

J'en restai bouche bée. Il ne pouvait pas être sérieux. Il ne pouvait pas avoir conçu tout ce plan en croyant que j'allais m'en réjouir avec lui. J'agitai la main, écartant sa proposition.

– Non, non, je ne veux rien avoir à voir avec tout ça. J'aime bien ma vie telle qu'elle est, merci beaucoup.

Son expression vira à une grimace déplaisante.

– C'est vrai, j'oubliais presque notre ami Landon. Il ne va pas te laisser abandonner aussi facilement, n'est-ce pas ?

– J'en doute, vu qu'il a investi quatre millions de dollars dans l'affaire.

– Rembourse-le.

– Qu'est-ce que vous voulez dire ? Je n'en ai pas les moyens pour l'instant, même si je le voulais. J'ai déjà commencé à investir les fonds.

– Je t'aiderai à rembourser.

– C'est de la folie, Daniel. On devrait peut-être en reparler un autre jour, quand la situation sera moins compliquée. Vous me demandez d'abandonner tout ce pour quoi j'ai travaillé.

– Ce n'est pas tout ce que tu devras abandonner.

– Que voulez-vous dire ?

– Landon. Il doit disparaître.

Je blêmis.

– Non ! s'esclaffa-t-il, pas complètement. Tant que tu travailles avec moi, Erica, il me suffira que tu le chasses de ta vie. Comme ça, je n'aurai pas besoin de le faire disparaître d'une façon plus définitive.

Je serrai les poings, retenant la colère qui m'envahissait. Il ne pouvait pas parler sérieusement.

– Blake n'est pas une menace. Il m'aime. Vous êtes fou si vous pensez que je vais le quitter juste parce que…

Ses narines se dilatèrent. Sans aucun avertissement, il leva le bras et me gifla d'un revers de main, m'envoyant rebondir contre la voiture. Je m'y raccrochai à temps pour ne pas tomber. Je portai une main tremblante là où il m'avait frappée. La douleur n'était rien en comparaison de ce qu'il y avait de choquant à considérer son geste, accompli sans aucune hésitation. Je me redressai lentement, trop effrayée pour le regarder. Il fallait que je m'en aille d'ici, mais avant que j'aie eu le temps de réfléchir à ce que je pouvais faire, il approcha son visage à quelques centimètres du mien. Je déglutis avec difficulté, me collai contre la voiture, m'efforçant de reprendre mon souffle.

– C'est un avertissement.

Son ton implacable me fit frémir.

– Cette putain de ville est à moi. Je me fous de la quantité de pognon que peut avoir Landon, personne ne me menace impunément. Tu vas faire ce que je dis, ou je le tue. Ce ne serait pas le premier obstacle que j'écarterais, et je doute que ce soit le dernier. Je protège ce qui m'appartient à n'importe quel prix, et là, il s'est mis sur mon putain de chemin.

Je m'émus de tout ce venin dans sa voix. J'étais trop médusée, trop effrayée pour parler. Je jetai un coup d'œil vers Connor, qui se tenait quelques pas derrière Daniel, apathique et impassible. Mes chances de me sortir de cette situation s'amenuisaient à grande vitesse. Je combattis le tremblement qui menaçait de gagner tout mon corps. J'étais piégée.

Précautionneusement, je relevai la tête vers Daniel, essayant de lire en lui. Il me rendit mon regard d'un air hautain.

– Vous ne feriez pas ça, le défiai-je d'un air résolu.

Il leva la main, et j'eus un geste de recul. Je rouvris les yeux lorsqu'il passa ses doigts sur la chair endolorie de ma joue, un geste de tendresse surprenant après ce qu'il venait de faire et de dire.

– Oh si, je le ferais, Erica. N'en doute pas une seconde. (Sa voix était grave, il parlait lentement, de façon délibérée, son haleine chargée d'alcool.) Tu es maligne, alors tu n'auras pas besoin de beaucoup de temps pour apprendre comment les choses fonctionnent dans cette famille. Si tu tiens à lui, tu resteras loin de lui. Nous n'avons pas besoin d'un autre accident. Tu comprends ?

La peur me transperça, ses paroles me glacèrent le sang. On ne pouvait être plus clair. J'avalai ma salive avant de répondre, m'efforçant de maîtriser ma voix.

– Je comprends.

Chapitre dix

– Laissez-moi ici.

Connor s'arrêta à un stop à quelques pâtés de maisons de mon bureau. J'attrapai la poignée de la portière. Daniel me saisit le poignet, m'empêchant de descendre de voiture, ce que j'espérais faire depuis vingt bonnes minutes. J'avais vaguement envisagé de sauter en marche mais m'étais ravisée.

– Je sais que tu vas penser que j'ai fait ça pour ma campagne, mais je l'ai fait pour toi. Pour nous. J'ai fait un sacrifice, et maintenant c'est à toi d'en faire un.

Je me tournai vers la fenêtre, le regard vide. Après tout ça, il espérait ma bénédiction, mon pardon ? C'en était presque risible.

– Regarde-moi.

Je fermai les yeux une seconde avant de me tourner vers lui.

– Il est trop impliqué dans tout ça, et je ne peux plus prendre de risques. Essaie de comprendre ce qui est en jeu avant de décider de me haïr.

Je crus discerner une lueur de regret dans ses yeux. Peut-être les effets du whisky s'atténuaient-ils, mais ce qui en moi aurait pu s'attendrir à ses paroles avait été réduit au silence. Il y a de ça quelques jours seulement, je rêvais de mieux le connaître. Aujourd'hui, j'avais eu un aperçu de ce qu'il était vraiment – un homme violent et ténébreux, derrière la puissance et les apparences. J'en avais trop vu pour pouvoir revenir en arrière.

– Je peux partir, maintenant ?

Je ne savais pas combien de temps je pourrais encore survivre à sa présence. Je me languissais de l'air lourd et humide de l'été à l'extérieur de la voiture, d'être libérée de lui comme de son putain d'homme de main. Ses menaces et sa version dégénérée de l'amour paternel m'étouffaient. L'envie de hurler montait toujours plus fort en moi. Si je ne descendais pas rapidement, j'allais exploser.

Enfin, il me libéra. Je quittai le véhicule le plus gracieusement possible, vu mon envie d'en bondir et de courir aussi vite que me le permettraient mes jambes. Mais je marchai simplement vers le bureau, sans regarder en arrière.

Lorsque j'entrai, James était là. Le regard vissé sur son écran d'ordinateur. Il se leva et en me voyant il s'approcha.

– Bon sang ! Ça va ?

Je n'avais pas pleuré, mais mon visage était chaud et gonflé. Je gardai les yeux fixés au sol, embarrassée et trop consciente de l'échauffement de ma peau là où Daniel m'avait giflée. J'espérai que ce n'était pas aussi terrible à l'extérieur – physiquement – qu'à l'intérieur. Parce que rien ne pouvait paraître aussi terrible que ce que je ressentais.

– Je vais bien, insistai-je.

J'envisageai de rester, de travailler sur ce qu'il avait pu préparer, mais je n'avais plus les pensées claires. Aucune chance.

– On va devoir reprendre ça lundi, annonçai-je. Merci tout de même d'être venu.

Il resta un instant silencieux. Il releva mon menton, pour que mes yeux se trouvent à la hauteur des siens. Son regard était étonnamment intense. Je ne m'étais jamais trouvée assez près pour voir ses yeux dans la lumière, mais ils étaient d'un bleu insondable, avec des touches de gris. Il effleura ma peau endolorie du dos de la main, avec sur le visage une expression indéchiffrable.

– Qui a fait ça ?

Je reculai, soudain affolée par ce contact.

– Personne. Ce n'est rien. Je vais bien.

Je battis en retraite dans mon bureau. Mes mains tremblaient tant que je pouvais à peine ramasser mes affaires pour les mettre dans mon sac à bandoulière. James apparut à la seconde où je terminais.

– Erica…

– À lundi, dis-je simplement en le contournant, sortant avant qu'il ait pu en dire plus.

* * *

Je franchis quatre pâtés de maisons, mais mes jambes ne me portèrent pas plus loin. Je m'assis sur un banc, dans un parc niché au cœur de la ville. Les rues étaient paisibles. Les nuages avaient commencé à disparaître, et le soleil envisageait de se montrer de nouveau. Malheureusement, tout ça n'eut que peu d'effet sur mon moral.

La menace de Daniel repassait en boucle dans ma mémoire. Si une vie n'avait pas été en jeu, j'aurais été tentée de considérer qu'il bluffait, mais il avait tué Mark. Il était allé jusqu'à camoufler ça en suicide, et la police, même sans pots-de-vin, allait probablement y croire. C'était bien son style. Une vie effacée, affaire classée. Même si celle de Mark n'était franchement pas des plus honorables, de quel droit Daniel pouvait-il en décider ? Il avait tué son propre beau-fils.

Qu'est-ce qui pouvait l'empêcher de s'en prendre à Blake ? Il disait vrai. Même si la fortune de Daniel n'était que de la petite monnaie pour Blake, il était puissant et disposait d'un réseau de relations développé durant des générations. Je ne doutais pas de sa capacité à éliminer quelqu'un s'il le jugeait nécessaire. Je doutais d'une seule chose : pourrait-il le faire en sachant à quel point Blake était important pour moi ? Ça dépendait principalement de mon importance à ses yeux. Il m'avait assuré que je faisais sa fierté et sa joie. Cela dit, il m'avait giflée à m'en décoller la tête, semblant tirer un malin plaisir au fait d'exercer un tel pouvoir sur moi. Je n'appellerais pas ça de l'amour.

Mais je devais trouver un moyen de sortir de ce pétrin tout en restant avec Blake. Si je réussissais à gagner du temps, je pourrais me rapprocher de Daniel et lui faire comprendre que Blake n'était pas une menace, et pas plus son ennemi. Si j'y parvenais, alors nous avions un avenir, Blake et moi. Je devais donc convaincre Blake de m'accorder ce délai, et je ne me voyais pas avoir une telle discussion avec lui. Notre relation était pleine d'oppositions, de disputes et d'interactions, mais nous voulions être ensemble. Aujourd'hui, nous étions plus proches que jamais. Et j'avais besoin d'une distance entre nous. Si je n'y parvenais pas… Je préférais ne pas penser à ce qui arriverait si je n'y parvenais pas.

Et à qui en parler, maintenant ? Je ne pouvais pas faire confiance à Alli, trop proche de Heath.

Marie s'inquiéterait trop ou, pire, irait voir la police. Quiconque saurait que Daniel avait tué Mark, même soi-disant pour mon bien, serait une personne de plus dont la vie serait en danger. Je devais porter seule le fardeau de cette terrible vérité, au moins pour l'instant.

Je ne savais pas trop quand Blake allait rentrer de Californie. La première chose à faire était donc de quitter l'appartement au plus tôt. J'appelai Marie.

– Tout va bien ? demanda-t-elle.

– J'ai besoin de parler de Daniel avec toi.

Elle resta silencieuse.

– À quel sujet ?

– Je veux savoir ce qui s'est passé entre lui et ma mère. Tout ce que tu sais.

Je l'entendis soupirer, et je sus aussitôt qu'elle n'allait pas me faciliter la tâche.

– Erica, tu ne t'adresses pas à la bonne personne. C'est ta mère qui le connaissait, pas moi.

– Mais tu la connaissais, elle. Personne n'était plus proche d'elle que toi, pendant qu'ils étaient ensemble.

– Et alors ? Ils ont eu une histoire d'amour brève et intense, puis ils sont partis chacun de leur côté. C'est tout. Sincèrement, je ne vois pas ce que je peux te dire de plus.

Je fermai les yeux et évoquai ma mère. Son visage. Ses jolis cheveux blonds et son sourire, la façon dont elle me tenait quand j'avais vraiment besoin de réconfort. J'avais besoin d'elle, maintenant, plus que jamais. Ma gorge se serra, et je pris une profonde inspiration pour couper court à l'émotion. Pleurer ne me mènerait nulle part. Ma mère était morte, et mon père se révélait être un sociopathe. Toute l'histoire de ma vie.

– Je peux venir m'installer quelque temps chez toi ? Une quinzaine de jours, peut-être, le temps de trouver un nouvel appart ? lui demandai-je finalement.

– Évidemment. Tu veux que je passe te prendre ? Tu m'inquiètes.

Le ton de sa voix était passé de défensif à maternel. Néanmoins, lui faire croire que j'allais bien serait plus facile que de convaincre Blake de la nécessité de mettre fin à notre relation.

– Non, je vais me débrouiller. Ne t'inquiète pas, d'accord ?

– OK, on se voit chez moi.

Je raccrochai et m'engageai sur le long chemin du retour.

* * *

Je passai une dernière nuit dans l'appartement. J'étais épuisée par les événements de la journée, et j'avais besoin de mettre de l'ordre dans mes pensées avant de pouvoir traiter avec quiconque.

Mais la nuit ne me fut d'aucun réconfort après une telle journée. Dans mon sommeil, j'étais aussi torturée que je l'avais été quelques heures plus tôt. Je me réveillai en sursaut, terrifiée à l'idée qu'il ait pu se passer quelque chose. Une sueur froide me glaçait la peau. Je serrai la couette contre moi. La nuit avait donné corps à mes pires cauchemars. Daniel avait mis ses menaces à exécution. Blake avait disparu. Il était parti, irrévocablement. Je repliai mes genoux contre ma poitrine et m'imposai de revenir à la réalité. Blake était en sécurité, mais seulement si je faisais en sorte qu'il en reste ainsi.

L'idée que j'étais d'une certaine façon responsable de ce qui m'arrivait, de ce qui nous arrivait à nous, s'imposa à moi. C'était bien le cas, n'est-ce pas ? De quelque façon que j'envisage le problème, tout se ramenait à moi. Mark était mort, et sa pauvre mère ne saurait jamais ce qui s'était vraiment passé. Blake avait tout fait pour me protéger, d'abord de Mark puis de la vérité, et il se trouvait maintenant dans le collimateur de Daniel. Et mon avenir prenait une direction inconnue, que je ne parvenais même pas à envisager. Une vie au côté de Daniel, s'il réussissait à imposer son choix. Je ne pouvais imaginer ce que pouvait être son monde de lutte de pouvoir, de cupidité et de manipulation. Un monde que Mark n'avait que trop bien connu, à l'évidence.

Je me raccrochai à la vie dont j'avais rêvé. Je ne la voyais pas clairement, jusqu'ici – peut-être par peur de ce qu'elle signifiait réellement. Une existence dans laquelle Blake et moi avions une vraie vie ensemble, un avenir, et où personne ne nous menaçait de nous le reprendre. J'osai envisager le mariage, une famille. Puis vinrent les larmes, qui épuisèrent ce qui restait de moi, et un nouveau sommeil sans repos.

Daniel émergea du brouillard. Il m'avait traquée, et trouvée. Ça lui était possible, puisque Blake avait disparu à jamais. La scène se répétait encore et encore, jusqu'à me convaincre que je ne pourrais jamais m'échapper. Je reprenais conscience par intermittence, et m'efforçais de chasser ces horreurs de mon esprit. Puis le froid fit place à une soudaine chaleur. Épuisée par le soulagement, je me détendis. Je sentis Blake partout autour de moi, qui apaisait mes peurs. Mon amant. La force de notre amour allait bien suffire à déjouer les menaces de Daniel, et l'incertitude à laquelle je me trouvais confrontée. Il allait trouver un moyen de chasser tout ça... Dans mon rêve, je m'acharnais à y croire. Je me raccrochais à cette promesse.

Mais ce n'était pas un rêve. Blake était avec moi, m'aimant de ses caresses, balayant mes craintes de ses baisers. Dans la pénombre de la chambre, j'ouvris les yeux pour plonger dans les siens. Si familiers et si étrangers, les yeux qui me rendaient mon regard étaient pleins d'amour, et d'inquiétude. Me serrant dans ses bras, Blake m'embrassa, profondément et passionnément. Je lui rendis son baiser, ayant grand besoin de le sentir de nouveau avec moi. Je respirais son odeur, incapable de le croire bien réel.

– Encore un cauchemar ? murmura-t-il.

Je secouai la tête. Non. C'était ma vie le cauchemar, maintenant. Je gardai une lèvre pincée entre mes dents pour l'empêcher de trembler. Il ne savait pas. Il ne pouvait pas savoir.

Il la libéra du pouce et abaissa de nouveau ses lèvres vers les miennes. Je le sentais tout chaud contre mon flanc, encore habillé, juste arrivé de l'aéroport. Mes pensées se bousculaient, tandis que je m'efforçais de distinguer le rêve de la réalité. Le soulagement de le savoir revenu auprès de moi fut bientôt balayé par ce que ça signifiait. Je me pendis à lui, enveloppant ses épaules comme s'il allait repartir. Je voulais le garder contre moi.

– Tu m'as tellement manqué, dit-il en embrassant mon cou, mon menton, puis de nouveau mes lèvres, comme s'il voulait tout mais ne savait par où commencer. Je ne peux plus partir loin de toi, comme ça.

L'amour perceptible dans sa voix, tendue par l'émotion, me brisa le cœur. Si seulement il ne m'aimait pas, tout serait plus facile. Je pourrais m'occuper de mon cœur brisé et me reconstruire, comme je l'avais toujours fait auparavant. Mais l'idée de le quitter, imaginer qu'il pourrait ressentir même une part infime de la peine que me causerait cette séparation, m'était insoutenable.

Il glissa sa main sous mon débardeur, en enveloppa un sein, l'arrondit tout en jouant du pouce avec le mamelon. Il en pinça l'extrémité durcie et je sursautai, me cambrant sur le lit.

– Fais-moi l'amour, Blake, s'il te plaît. Je ne peux plus attendre.

Je laissai mes mains vagabonder… Elles connaissaient chaque partie de son corps, la dure masse de muscles menant jusqu'en dessous de la ceinture de son jean. Je pressai mes lèvres sur les siennes et enroulai mon corps autour du sien de toutes les façons possibles. L'intensité de mes sentiments pour lui me déchaîna et m'entraîna à lui ôter toutes les épaisseurs de tissu qui nous séparaient. Plus rien n'avait de sens. Il fallait que je l'aime cette nuit, que nous ayons au moins ça.

Il acheva de se déshabiller, et quelques secondes plus tard il couvrait mon corps de la chaleur du sien. Le contact de sa peau m'envoûta. Je ne l'avais jamais autant désiré, autant aimé.

Je fis glisser ma main sur sa poitrine puis jusqu'à son érection, la peau de satin brûlante sous mes doigts. Je ne pouvais attendre une minute de plus. Je le guidai en moi, et il s'enfonça puissamment d'un coup.

Un cri rauque s'échappa de mes lèvres comme je le sentais m'emplir. Rien ne pouvait être plus parfait. On resta longtemps comme ça, se serrant dans nos bras, comme si l'autre pouvait disparaître à tout instant.

– Là, je suis vraiment rentré chez moi.

Il plongca en moi et je m'arquai à chaque mouvement, adorant chaque envolée de nos corps mêlés. J'enroulai mes bras et mes jambes autour de lui afin que notre contact soit complet, que nos corps soient pleinement unis.

Il saisit mon menton dans sa paume, me capturant dans son regard. Impossible. Je fermai les yeux et détournai la tête. J'avais trop peur de ce qu'il pourrait voir s'il regardait assez fort. Il ramena mon visage vers lui et m'embrassa, tout en s'enfonçant encore plus profondément en moi. Je tressaillis et frémis, me délectant de ces vagues de chaleur familières qui saturaient chaque cellule de mon être. Tout mon corps vibrait.

Je m'efforçais de ne pas penser à la suite, la longue dégringolade depuis l'extase vertigineuse que Blake me faisait partager jusqu'aux ténèbres d'une vie sans lui. J'essayais de ne pas y penser, mais l'implacable réalité reprenait ses droits. Le temps passait, et mon corps refusait de s'envoler, résistait à cette attraction addictive. Si seulement je pouvais suspendre cet instant – nos corps si proches, luisants de la chaleur de notre passion, une éternité immuable. Ça ne me gênerait pas de ne jamais atteindre le sommet, si ça signifiait ne jamais redescendre.

Je tournai la tête, mon regard se perdant dans la pénombre de la pièce, mes pensées trop loin de nous. Il ramena mon visage vers lui, sa propre expression crispée, sa peau tendue et rougie.

– Putain, qu'est-ce qui se passe ?

Je bafouillai, cherchant mes mots.

– Rien. Ça va. Je suis désolée.

– À quoi penses-tu ?

– À rien. Je ne veux penser à rien d'autre qu'à toi.

Il s'immobilisa. Puis soudain, sans un mot, il sortit de moi et quitta le lit. Il alla farfouiller dans son sac de voyage, posé près de la porte. Pouvait-il voir dans cette pénombre, je n'en étais pas sûre.

– Qu'est-ce que tu fais ?

– Je te mets dans de meilleures dispositions.

Le lit s'enfonça de nouveau sous son poids.

– J'ai un peu réfléchi pendant que j'étais loin, ma belle, et je crois que tu as besoin de ça autant que moi. Mais on va commencer doucement.

Je retins mon souffle quand il me leva les bras, et referma en douceur des menottes de cuir sur mes poignets, passant le lien derrière une barre de la tête de lit.

– Voilà. C'est mieux. Ça va ?

– Qu'est-ce que tu vas faire ? demandai-je en une douce supplication.

Je me sentais un peu effrayée, mais j'avais besoin de quelque chose, et vite.

Il me saisit par les hanches et me tira vers le bas jusqu'à ce que mes bras soient tendus au-dessus de ma tête. Ma respiration s'accéléra, mes muscles se bandant en raison de ma position. Il déposa un baiser humide entre mes seins, et je laissai échapper un soupir. Allant à l'un puis à l'autre, il en attisa les pointes par de brûlantes caresses de sa langue. Mes mamelons devinrent hypersensibles, presque douloureusement durs, saillant sans vergogne de ce lent supplice. Il les mordilla doucement, et mon corps tressaillit sous la vague de plaisir qui me parcourut.

Il continua de me caresser d'une main pendant que l'autre se glissait entre mes cuisses, vers le point culminant de mon désir. Il titilla mon clito puis mes lèvres pour y revenir, mon bas-ventre se crispant sous son geste.

Lorsque je crus ne pas pouvoir en supporter plus, il se retira et me retourna sur le ventre, mes bras durement tendus. La cordelette des menottes s'entortilla autour de la barre, augmentant leur tension sur mes poignets.

Il me lécha l'épine dorsale, me faisant frissonner. Ses cuisses chevauchaient les miennes et ses mains glissaient en douceur sur ma peau, le long de mon dos, puis elles serrèrent mes reins, le haut de mes fesses.

– Ça m'a manqué. J'ai eu envie de te faire rosir les fesses tous les soirs où j'ai été loin de toi.

Je me mordis la lèvre inférieure. Je savais ce qui venait, et mouillais d'anticipation, le désir entre mes cuisses devenu pulsation.

– Tu ne t'es pas très bien tenue, durant mon absence, n'est-ce pas ?

Je secouai la tête, autant qu'il m'était possible.

Sa paume retomba lourdement sur ma fesse. Je tressaillis sous la douleur soudaine. Puis une vague de plaisir inattendue me réchauffa.

– Quelqu'un d'autre a posé la main sur toi. On ne va pas laisser ça se reproduire, n'est-ce pas ?

Je cillai au souvenir de James.

– Erica, réponds-moi.

Sa voix était dure et sèche, sa main retombant lourdement au même endroit.

– Non, je le promets, dis-je en un gémissement, profondément consciente de la moiteur qui s'accumulait entre mes cuisses.

La punition se poursuivit jusqu'à ce que ma tête bourdonne d'un mélange enivrant d'adrénaline et d'un désir inexplicable. Il ne s'agissait pas de tapes espiègles.

Elles étaient puissantes et sonores, résonnaient dans la pièce, chacune de ces morsures me faisant attendre anxieusement la suivante. Elles tombaient si fort que j'avais réellement l'impression d'être punie.

Je voulais l'être, alors je me permettais d'y croire. Je me convainquis que Blake me punissait et que je le laissais faire. Pour l'avoir rendu jaloux, pour avoir laissé James trop s'approcher. Et pour ce que j'allais lui faire, nous faire, je le méritais.

– Je veux t'entendre. (Sa main retomba de nouveau, enflammant la peau presque alanguie par les endorphines.) Je veux entendre ces petits gémissements fragiles que tu m'adresses. Je veux savoir ce qui se passe au fond de ce petit corps serré.

Je n'émis pas un son, mes cris se consumant dans ma gorge.

– Erica ! me rabroua-t-il.

Le ton de sa voix me ramena sur terre.

– Continue ! m'exclamai-je. Continue… Plus fort.

Je n'aurais pas su l'expliquer, mais je le voulais, vraiment.

Il laissa échapper un souffle rauque.

– Tu es sûre ?

Je hissai mes hanches à sa portée et m'agrippai à la barre du lit.

– Blake, s'il te plaît…

Je gémissais, saisie d'un besoin irrépressible de cette douleur qu'il me semblait tant mériter.

Il quitta le lit, et j'entendis un mouvement tout proche puis le bruit étouffé de vêtements tombant sur le sol. Et il fut de nouveau sur moi, me chevauchant.

La large courbure d'une ceinture de cuir prolongea le contact de sa main, fraîche contre ma peau brûlante. Mes paumes devinrent moites de peur et de convoitise, glissant sur la barre. Un lent tremblement parcourut mon corps. Ma poitrine se souleva, et je cherchai mon souffle tout en attendant.

– Dis-moi si c'est trop, chuchota-t-il. Sers-toi de ton… dis-moi juste d'arrêter, OK ?

Je me cambrai sur le lit, mon corps affirmant ses exigences avant que mon esprit n'ait eu le temps d'y réfléchir. Quelque douleur que j'allais ressentir, je l'avais méritée ou m'y apprêtais.

– Mais vas-y !

J'entendis le claquement du cuir avant que la douleur parvienne au cerveau. Je restai bouche bée dans un cri inexprimé lorsqu'elle me traversa. Putain de merde, qu'est-ce que ça faisait mal…

Il attendit, pour voir si j'allais dire quelque chose. Comme ce ne fut pas le cas, il frappa une deuxième fois. Je mordis dans l'oreiller et ravalai un hurlement. Indéniablement, ça faisait mal. Mon corps entier se tendait en réaction à chaque coup. *Pourquoi fais-tu ça ?* Les larmes me piquaient les yeux, l'émotion me nouait la gorge. *Tu le mérites. C'est toi qui as fait ça. Prends ça. Prends tout ça.*

– Ça va, ma belle ?

– Vas-y, putain, vas-y ! grinçai-je d'une voix enrouée par l'envie de pleurer.

Il hésita un instant puis abattit la ceinture avec mesure et précision. Encore et encore, il couvrit mes fesses et mes cuisses de ses morsures. D'une certaine façon, la douleur entamait l'affliction qui s'était abattue sur moi. Je sanglotais dans l'oreiller, désirant plus que tout lui dire de s'arrêter. Je ne pouvais pas. Les larmes coulaient, saturant le tissu, me purifiant, me vidant.

Je me délectais de la punition, me complaisais dans cette manifestation physique de tout ce qui bouillonnait en moi. Mon corps se relâcha alors même que Blake poursuivait, comme si je m'étais complètement affaissée, abandonnée à l'état le plus primaire, le plus léthargique que l'on puisse imaginer. Impossible de comprendre pourquoi, mais il y avait quelque chose de terriblement parfait dans tout ça.

Quand mes sanglots décrurent, Blake s'arrêta et jeta sa ceinture à terre. Il embrassa tendrement mon dos, ses baisers doux comme la plume sur ma peau, apaisant la douleur. La chaleur de son corps enveloppait le mien. Son érection pesait sur mon bassin, presque trop pour mes chairs endolories. Le plaisir et la douleur. Blake donnait l'un comme l'autre avec une maîtrise parfaite. Et maintenant, j'avais besoin du plaisir. J'étais prête.

– Tu t'es impeccablement tenue. Je sais que ce n'était pas facile. Je suis fier de toi.

Mon cœur se serra au réconfort que m'apportait le son de sa voix. Il avait parlé d'un ton doux et affectueux, qui tranchait de façon fort bienvenue avec le personnage autoritaire qui m'avait châtiée avec autant d'application.

– Maintenant, reprit-il, je vais te baiser, et tu jouiras quand je te le dirai. Si ce n'est pas le cas, je te punirai de nouveau. Compris ?

Je gémis mon assentiment. Bien qu'exprimée de façon plaisante, la menace était claire.

Il m'embrassa entre les omoplates, ses dents effleurant ma peau. Je frissonnai, et mes mamelons se tendirent. Il me retourna de nouveau et écarta mes jambes, pour se nicher entre elles.

Il me couvrit, porta une main à ma hanche, l'autre écartant les cheveux humides de mes yeux. Il essuya mes larmes, et le désir qui hantait son regard changea. Les coins de ses yeux se plissèrent d'inquiétude.

– Je suis désolée, hoquetai-je, à ce point envahie par l'émotion que je crus que ma poitrine allait exploser.

Il ne pouvait imaginer à quel point j'étais désolée.

Les fines rides au coin de ses yeux s'effacèrent, et il prit ma bouche dans un baiser lent et profond. Il inséra la couronne évasée de son érection en moi, me pénétrant à peine.

– Je mentirais si je disais que ce n'est pas ce que je veux que tu ressentes, Erica. Je n'ai pas les mots pour te dire ce que j'éprouve à te voir comme ça, à te voir t'offrir à moi comme ça.

– S'il te plaît…

Je gémissais, me cambrant contre lui, désespérément assoiffée de lui.

La pénétration, aussi totale que soudaine, me coupa le souffle. La puissance de la sensation me subjugua, une déferlante de plaisir annihilant la douleur.

– Oh merde ! m'exclamai-je.

– Erica… murmura-t-il. J'ai besoin de ça. J'ai besoin de toi.

Sous l'accumulation de ses mots, de ma retenue et de sa volumineuse pénétration, une digue céda en moi. Un appétit déraisonnable m'envahit et j'enveloppai Blake. Il se retira jusqu'au gland et m'emplit de nouveau. Je serrai mes doigts autour de la barre à laquelle il m'avait attachée, et un cri rauque jaillit de mes lèvres.

– Vas-y, ma belle. Lâche-toi.

Le doux râle de sa voix m'amena au bord du précipice, sauf que la falaise s'était muée en une avalanche à laquelle je ne pouvais résister. Quelques coups de boutoir de plus et je cédai, impuissante à résister à la pression. L'orgasme prenait le pas, que je le veuille ou non. J'étais perdue dans ce monde qu'il avait créé pour moi, aussi ivre de plaisir que brûlante d'en avoir plus.

Il s'enfonça encore plus profondément, son bassin venant heurter violemment le mien chaque fois. Il me pilonna, sa queue réussissant à croître encore. Il me mordilla le lobe de l'oreille, le téta, le flatta de nouveau de la pointe des dents.

– Tu m'appartiens. Tu es à moi. C'est tout. Ton corps, ton cœur. Chaque partie de toi.

Il me l'avait murmuré à l'oreille, ne me laissant jamais l'oublier. Pas une seconde.

– Je t'appartiens.

Les larmes revinrent tandis que mon corps cessait toute résistance.

– Allez, ma belle. Donne-moi tout.

Le cuir des menottes mordit dans ma peau, comme je luttai contre elles. Étirée et ouverte, j'étais à sa merci. Tous mes muscles se tendirent, et je m'effondrai. Mes cuisses se contractèrent contre ses hanches, et mon sexe explosa dans l'orgasme. Je succombai, laissai les spasmes me parcourir, m'arquai dans l'orgasme, son nom sur mes lèvres. L'espace d'un instant, une charge fut suspendue, et plus rien n'eut d'importance.

– Erica… gémit-il.

Son corps tressauta sur moi. Ses mains agrippèrent férocement mes hanches tandis qu'il jouissait lui aussi.

Il se tendit puis retomba sur moi. Son corps était moite contre le mien, et il exhala puissamment.

Il me détacha les mains, et massa la chair rougie de mes poignets. Puis il prit ma bouche en des baisers lents et passionnés, chassant mes dernières larmes. Nous étions tous deux épuisés, vidés par cette aventure. Avec le peu d'énergie qui me restait, je passai un bras autour de son corps et une jambe sur sa cuisse. J'avais besoin du réconfort de sa présence. Je n'étais pas encore prête à le laisser s'éloigner.

On resta ainsi, silencieux, longtemps. L'intensité de ce qu'on venait de faire m'apparut, et je réfléchis à ce que ça signifiait. Vu ce qui allait se passer demain, peut-être cela ne signifiait-il rien du tout.

– Je suis désolé, murmura-t-il.

– Je t'aime, soufflai-je avant de m'abandonner à un sommeil sans rêves.

Chapitre onze

« Viens prendre le petit déjeuner en haut.
Je t'aime,
Blake »

Je reposai le message sur l'oreiller et me laissai retomber sur le lit. Je scrutai le plafond, en regrettant que toutes les réponses n'y soient pas inscrites. J'avais encore du temps.

Je me traînai jusqu'à la salle de bains et m'efforçai d'amadouer mes cheveux en pétard. J'avais des bleus de la taille d'un ongle sur les hanches. Mes fesses étaient couvertes de dizaines de petits points rouges – des vaisseaux capillaires qui avaient éclaté sous les coups de ceinture de Blake. Mes joues étaient rougies.

Menottée et à sa merci dans l'obscurité de la nuit, j'avais survécu au retour inattendu de Blake, surmontant ma panique et mes peurs. Et j'en avais eu besoin, pour me libérer des folles errances de mes pensées. Mes craintes m'avaient paru si insignifiantes, comparées à la tragédie qui menaçait.

Je pris une douche et m'habillai. Je regardai par la fenêtre. La Tesla de Blake était garée devant. Quelques voitures plus loin stationnait une Lincoln noire, et j'aurais pu jurer avoir entraperçu des cheveux roux au niveau du siège du conducteur. Un fracas dans la cuisine détourna mon attention.

J'allai dans le salon d'un pas hésitant, les nerfs à fleur de peau. Sid préparait son petit déjeuner au grille-pain. Je me détendis un peu, soulagée que Blake ne soit pas revenu. Au moins, il n'avait pas été là ce matin. Je n'avais pas eu assez d'énergie hier soir pour me préparer à me réveiller auprès de lui. Je n'avais rien anticipé de tout ça. Rien.

– Tu es debout de bien bon matin !

– Oui, j'essaie de changer un peu mes horaires. Et puis nos amis hackers doivent être en vacances car je n'ai pas eu à y passer mes nuits, alors ça aide.

– Vraiment ? Ils ont arrêté ?

– On dirait.

– Eh bien !

Je pensai à ma rencontre avec Trevor. Il n'y avait pas la moindre velléité de pardon dans son cœur, et notre conversation ne l'avait certainement pas convaincu d'arrêter ses attaques. Mais peut-être qu'avoir été traqué jusque chez lui l'avait secoué. Je me demandai s'il avait lâché toutes les sociétés de Blake, ou s'il avait décidé d'épargner seulement la mienne.

– J'espère que ça va durer et qu'on va pouvoir se remettre sérieusement au travail.

– Tu crois que c'est ce qui va se passer ?

– Je ne sais pas. Le code est si solide maintenant que je ne vois pas comment ils pourraient le forcer, mais on ne peut pas se défendre contre ce qu'on ne voit pas. Je suppose qu'on ne peut guère qu'attendre, et voir s'ils réapparaissent.

– Tu as raison, confirmai-je. Écoute, Sid, je suis sûre que ça ne va pas faire grande différence pour toi, mais je vais rester chez une amie, pour un temps. Alors, tu ne me verras pas beaucoup ici.

– Tu vas quand même aller au bureau ?

– Évidemment.

Il était resté impassible en s'asseyant derrière le comptoir. Il cassa son petit dej' fourré en deux, mais je crus percevoir une lueur d'inquiétude dans son regard lorsqu'il releva les yeux vers moi.

– Tout va bien ?

Aussi placide qu'il essayait de paraître, son attention me mit du baume au cœur. Notre étrange amitié s'était affirmée, avec le temps. Je ne sus trop quoi lui répondre.

– Je crois, oui. Le temps nous le dira.

Sid se contenta de hocher la tête, même si ma réponse était restée énigmatique, et que je n'y croyais pas vraiment moi-même. Heureusement, il n'était pas du genre indiscret.

* * *

Je frappai doucement à la porte de Blake, bien qu'ayant le doigt sur sa clef dans ma poche. Il m'accueillit avec un sourire qui faillit me couper le souffle. Il était superbe, dans son vieux jean usé, avec un simple tee-shirt blanc uni. Ses cheveux rebelles étaient ébouriffés. Malgré notre longue nuit, il paraissait frais et dispos.

– Bonjour, beauté.

Il me souleva du sol et m'embrassa.

Je lui rendis son baiser, trop habituée à fondre à son contact et à vouloir sa peau contre la mienne. Qu'est-ce que je m'imaginais ? Rien de tout ça n'allait être facile, loin de là.

– Qu'est-ce que tu veux, pour le petit déjeuner ?

Il me reposa sur le sol mais resta tout près, enroulant une boucle de mes cheveux autour de son doigt. Je regardai ailleurs, incapable de croiser son regard.

– Ça va ?

– Oui.

Je restai plantée là, paralysée.

– On peut… parler ? lui demandai-je.

– OK.

Ses yeux s'étrécirent et il entra à reculons dans l'appartement, refermant la porte derrière nous. Il avança encore, mais je restai près de la porte, ne souhaitant pas m'installer trop confortablement. Je ne pouvais pas me laisser entraîner dans notre routine habituelle.

Je me dandinai un instant d'un pied sur l'autre. Il fronça légèrement les sourcils. Merde, j'aurais dû me contenter de lui envoyer un mail. Face à face, je n'y arriverais pas.

Tu peux le faire. Tu dois le faire.

– Je crois qu'on a besoin d'espace.

Mes mâchoires se crispèrent pour refouler le tremblement qui menaçait de m'envahir tout entière. Je serrai les poings, déterminée à ne pas craquer.

Toute trace de chaleur ou de bonne humeur avait quitté son visage.

– Qu'est-ce que ça veut dire ? demanda-t-il d'un ton grave, sinistre.

Merde, c'était en train d'arriver, ça arrivait vraiment.

– Je vais aller vivre un moment chez Marie J'ai besoin de temps, et je me suis dit que ce serait plus facile en étant ailleurs.

– De temps ? Combien de temps ?

– Je ne sais pas.

Je n'en avais aucune idée. Je n'avais pas tout à fait abandonné l'espoir que j'allais nous sortir de ce merdier, mais j'avais besoin de temps face à Daniel pour en trouver le moyen. Je ne pouvais pas risquer la vie de Blake dans l'intervalle. Sa vie… Je ne pouvais pas jouer avec sa vie. L'idée de Daniel mettant sa menace à exécution me frappa de nouveau, une image terrible et glaçante qui me donna la force dont j'avais tant besoin en cet instant.

À défaut de mieux, j'allais protéger Blake. Il m'avait choisie, avait essayé de me protéger, et maintenant nous en étions là.

– D'où ça vient ? J'ai fait quelque chose de mal ?

Je secouai la tête. Je ne voulais pas rejeter la faute sur lui, même si je savais qu'il trouverait probablement le moyen de s'en blâmer.

– Il m'arrive juste trop de choses en même temps. Je prends du retard au boulot, je n'arrive plus à me concentrer. Et puis, la nouvelle, pour Mark, a été un vrai choc. Je n'ai pas eu le temps de tout intégrer. (Tout ça était malheureusement vrai, voilà pourquoi j'avais trouvé les mots.) Et je n'y arriverai pas en continuant comme ça.

Il secoua la tête, les yeux écarquillés. Je quittais le monde sécurisé de Blake, je glissais hors de sa portée.

– Non, putain, non ! On peut trouver une solution, quel que soit le problème. On n'a même pas eu le temps de parler depuis que je suis rentré, Erica, et tu me balances ça comme ça ?

J'intervins rapidement, de crainte qu'il ne prenne le contrôle de la conversation.

– J'ai beaucoup réfléchi pendant que tu étais là-bas. (*À l'amour que j'avais pour toi, au fait que je ne pouvais pas respirer sans toi.*) Et je crois que c'est la meilleure chose à faire. Je tiens à toi, Blake, et…

– Tu tiens à moi ?

Son front se plissa plus encore.

J'avais touché la corde sensible.

Il avança d'un pas, et je reculai vers la porte, comme si le volume de sa voix allait m'assommer. Sa colère était quasiment tangible. Les larmes me montèrent aux yeux, et je fermai les paupières pour les refouler.

– S'il te plaît, Blake, donne-moi juste du temps. C'est tout ce que je te demande.

Ma voix n'était plus qu'un murmure.

– C'est en rapport avec James ?

Je laissai cette éventualité mûrir un instant. Il m'offrait une possibilité, une justification qui le ferait profondément souffrir. Je pouvais acquiescer à ce mensonge, et il me croirait. À l'évidence, l'idée d'une infidélité serait assez dévastatrice pour mettre un terme à l'amour qu'il me portait, sans qu'il se demande si je disais la vérité.

Je secouai la tête. Je ne pouvais pas encaisser les possibles répercussions d'un tel mensonge.

– Non. Ça n'a rien à voir avec James.

– Il y a quelque chose que tu ne me dis pas, Erica. Comment passe-t-on de toi ivre et voulant faire l'amour par téléphone à la nuit dernière, qui d'ailleurs était géniale, et maintenant à ça ?

Il allait lui falloir des réponses. Il ne me laisserait pas partir sans ça. Peut-être, quand nous aurions un peu digéré la séparation, pourrais-je lui donner une raison convaincante. Mais pas maintenant. C'était encore trop à vif. Il me démasquerait tout de suite.

Trop de choses n'étaient pas dites, mais je ne pouvais pas lui révéler la vérité. Il s'en prendrait tout de suite à Daniel, et ça ne ferait qu'aggraver la situation. Comme dans un film de Tarantino, où on ne peut plus compter les cadavres. Nous en ferions partie, et personne ne gagnerait. Juste un putain de bordel sanguinolent.

– Je t'aimerai toujours, murmurai-je, en craignant que toute la passion que j'éprouvais transparaisse dans ma voix.

Après avoir prononcé ces mots, je me détendis un peu. La vérité faisait du bien, et il avait besoin de savoir ça, à défaut de mieux.

– Je sais que tu es furieux, repris-je. Et tu en as tout à fait le droit. Mais ne doute jamais de ça.

Il se rapprocha, leva le bras pour s'appuyer contre la porte. Je rentrai les épaules, comme un petit animal craintif qui a déjà pris des coups et s'attend à en recevoir d'autres. Il laissa retomber son bras et me regarda fixement. Il se passa les mains dans les cheveux. Je pris une longue inspiration, regrettant de ne pouvoir lui dire qui avait instillé cette peur en moi, de ne pouvoir mettre fin à sa souffrance.

Ça allait faire mal. Et j'étais là pour porter l'estocade, pas pour atténuer le choc.

Je tripotai les fermoirs de mes bracelets puis les lui tendis. J'espérai une seconde qu'il allait les prendre, les accepter, mais il restait immobile devant moi, me fixant de ses splendides yeux noisette. Je détournai le regard, détestant leur requête et craignant qu'il ne voie clair en moi. Comme il ne les prenait pas, j'allai les poser sur le comptoir, avec sa clef.

Je me retournai pour partir.

– Attends.

Je faisais face à la porte, la main sur la poignée, prête à l'ouvrir.

Il était tout près. Son souffle rauque caressait ma peau.

– Tu recommences. Tu t'enfuis.

– Je ne m'enfuis pas, je m'en vais.

– Et si je ne te laissais pas revenir, cette fois ? Combien de fois vais-je encore te laisser nous faire ça, putain de merde ?

Je serrai les dents, haïssant l'idée que c'était peut-être la dernière chance qu'il m'accordait.

– Regarde-moi, putain de Dieu !

Il fit claquer sa paume sur la porte.

Je tressaillis, au bruit et au ton de sa voix. Je pris une profonde inspiration et me tournai lentement pour lui faire face.

– Dis-moi vraiment pourquoi tu fais ça, et je te dirai pourquoi tu as tort.

– Je te l'ai dit, j'ai besoin de temps.

– C'est des conneries.

– Il faut que j'y aille.

– Non, il faut que tu restes, avec moi. C'est là que tu dois être.

Je fermai les yeux et secouai la tête. Je ne pouvais pas croire que j'avais trouvé la force d'aller jusque-là, mais au fond de moi je me décomposais. Mon amour pour Blake menaçait de prendre le dessus sur la menace bien réelle dont j'avais besoin de le protéger. Je devais partir avant que ma détermination flanche. Avant qu'il ne soit trop tard, je tournai les talons et sortis sans dire un mot de plus.

Je m'efforçai d'agir vite, mais mon émotion ralentissait mes mouvements, m'engourdissait. Hagarde et détachée, je préparai mécaniquement mes bagages, les larmes brouillant ma vision. Je ne saurai jamais comment j'y parvins, mais je fis tenir dans ma grande valise tout ce dont j'avais besoin pour quelques semaines hors de l'appartement.

Sid s'était claquemuré dans sa chambre, je n'eus donc pas à lui faire face de nouveau. Heureusement. Je sortis et, par pure habitude, cherchai du regard Clay et son Escalade noire. La menace que représentait Mark avait disparu, et Blake était en ville. Nous n'étions plus ensemble, alors je n'avais plus besoin d'une baby-sitter. Même si je n'avais jamais été d'accord avec l'idée de me voir adjoindre un garde du corps, je m'étais un peu habituée à lui.

Mon regard s'arrêta sur une présence beaucoup moins bienvenue : Connor, appuyé contre la limousine. Il inclina son couvre-chef dans ma direction. Un simple geste, supposai-je, puisqu'il devait être chargé de rapporter le moindre de mes mouvements à Daniel. Et ça continuerait tant que Daniel ne serait pas convaincu que tout était fini entre Blake et moi.

Je marchai vers lui, ma valise roulant bruyamment derrière moi.

– Vous pouvez lui dire que c'est fait. Maintenant, fichez-moi la paix.

Son visage était aussi sévère et impassible que la dernière fois que je l'avais vu.

– Je lui transmettrai le message.

Je le dépassai et hélai un taxi, commençant mon voyage vers chez Marie et la banlieue de la ville. Quand il tourna pour quitter Commonwealth Avenue, je regardai en arrière pour m'assurer que Connor ne nous suivait pas. Heureusement, ce n'était pas le cas. Marie était bien la dernière personne à qui je souhaitais voir Daniel s'intéresser. Il ne savait pas que nous étions encore en contact, et elle était l'une des rares à connaître la vérité sur ce qui nous unissait.

Le taxi se faufila à travers de légers encombrements. Des foules de gens vaquaient à leurs occupations. Des gens heureux, normaux, avec des problèmes simples. Je quittais le seul foyer que j'avais réellement eu, et Blake avait raison : je m'enfuyais. Je fuyais de façon désespérée et irréfléchie un monde que je m'étais créé, un monde que j'aimais vraiment.

Chapitre douze

Marie ne posa pas de questions à mon arrivée. Elle se contenta de me serrer si fort dans ses bras que c'en fut presque douloureux. Je sanglotai sur son épaule, laissai se déverser tout mon chagrin.

– Quoi qu'il se passe, on arrivera à le surmonter, mon bébé, me promit-elle.

J'avais besoin de ça, d'entendre quelqu'un qui m'aimait, et qui n'était au courant d'absolument rien, me promettre que tout allait s'arranger. J'avais tellement envie d'y croire.

Je passai la journée à regarder la télé de façon décérébrée, pendant que Marie vaquait au-dehors à ses occupations. Je voulais me remplir la tête de bouillie, noyer tout ce qui me hantait.

Après un incroyable dîner maison et quelques verres de vin, la pression commença à retomber. Je me sentais moins hagarde, et j'avais cessé de pleurer – un progrès, en quelque sorte.

Marie et moi étions installées dans son salon, du jazz en arrière-fond, pelotonnées dans ses immenses canapés. Je m'étais emmitouflée dans une couverture, et tenais un grand verre de vin serré entre mes paumes. Un silence confortable s'était installé entre nous.

– Je suis désolée de m'être imposée comme ça.

– Ne sois pas ridicule. Tu es toujours la bienvenue, de jour comme de nuit. Tu es chez toi, ici.

– Merci. C'est important, pour moi.

Je n'avais nulle part ailleurs où m'enfuir, hélas.

– Tu veux en parler ? demanda-t-elle en inclinant la tête sur le côté.

Je revis mentalement les événements des deux derniers jours. D'abord Mark, et maintenant ça. Dès qu'un fardeau avait été éliminé, un autre l'avait remplacé. Malgré mon effondrement total depuis mon arrivée, j'avais évité de lui dire quoi que ce soit. Elle supposait que quelque chose s'était terriblement mal passé avec Blake, et pour l'instant ça suffisait.

– Pas vraiment, finis-je par répondre.

– Tu devrais peut-être. Je ne t'ai jamais vue dans un tel état, ma chérie.

C'est vrai, j'étais une ruine. Je ne ressemblais à rien, mais au moins je n'avais pas à afficher un sourire forcé, ni même à me maquiller, quand j'étais avec Marie. Je pouvais être moi, même si je ne projetais pas de lui dire toute la vérité.

– On fait une pause, c'est tout. Je ne m'attends pas à ce que ce soit facile, mais tu peux me croire quand je te dis que c'est pour le mieux, vraiment.

– Qu'est-ce qu'il a fait ?

– Ce n'est pas lui, c'est moi. Je… je ne veux vraiment pas en parler, Marie. Pas encore, en tout cas.

Elle ne parut pas se satisfaire vraiment de ma répugnance à m'épancher mais n'insista pas. Elle ne l'avait jamais fait. Elle m'avait toujours laissé de l'espace, sans m'accabler d'appréhension et de questions. Et c'est pourquoi je finissais la plupart du temps par lui en dire plus que je n'aurais dû. Mais pas cette fois.

– Je veux parler de Daniel, par contre.

Elle me fit de grands yeux et soupira.

– Non, par pitié, pas encore… Au point où on en est, tu as probablement plus de choses à m'apprendre sur lui que le contraire.

– Tu as appris la nouvelle ?

– Oui, acquiesça-t-elle, j'ai vu que son fils était mort. C'est tragique. Tu en as parlé avec lui ?

– Oui. Il prend ça plutôt bien, répondis-je d'un ton plus sarcastique que je ne l'aurais voulu.

C'était le vin qui avait parlé. Je reposai mon verre. Je ne pouvais pas risquer des bévues nourries au sérum de vérité. Les enjeux étaient trop importants pour que je commette la moindre erreur.

– Je veux que tu me dises tout ce que tu sais de lui, Marie. Et ne te fatigue pas à essayer de rendre le passé présentable. Je n'ai plus aucune illusion sur lui, tu peux me croire.

Elle s'assit lentement, fit glisser son doigt sur le bord de son verre. Nos regards se croisèrent, et je vis qu'il restait des choses qu'elle ne m'avait pas dites. Pour mon bien, ça allait de soi.

– Pourquoi tiens-tu tellement à savoir ? Tu ne te dis jamais que si Patty ne t'en a pas parlé, c'est qu'elle avait ses raisons ?

– Je me le dis tous les jours.

Et si je n'avais pas été aussi curieuse ? Je n'aurais jamais retrouvé Mark. Je serais encore anonyme, et lui serait encore vivant. Blake ne serait pas en partie responsable de sa mort, et sa vie ne serait pas menacée. Bon sang ! Tout serait tellement différent, alors. Tellement différent.

– Je veux savoir parce que je ne lui fais pas entièrement confiance. Il voudrait que je fasse partie de sa vie. Pas officiellement en tant que sa fille, évidemment, mais j'ai besoin de savoir dans quoi je mets les pieds. Il n'est pas des plus disponibles, et sa femme préfère que je garde mes distances. C'est compliqué. J'ai pensé que si tu pouvais m'en dire un peu plus sur son passé, ce serait un début. Au minimum, il faut que je sache qui il était.

Elle regarda fixement dans son verre, ses lèvres ne formant plus qu'un trait sévère.

– Je ne m'imaginais pas que tu le trouverais, mais à la seconde où tu l'as fait, j'ai eu cette terrible impression que ce moment viendrait.

– Lequel ?

– Celui où je me retrouve obligée d'avoir cette discussion. Patty m'avait fait jurer de ne jamais te parler de lui. Longtemps, la promesse a été facile à tenir puisque tu ne posais jamais vraiment de questions. Et maintenant, tu veux que j'aille à l'encontre de sa volonté, après toutes ces années ?

Rien n'importait plus aujourd'hui que de savoir qui Daniel était vraiment. Ce qui le faisait réagir, ce qui comptait pour lui. J'avais besoin d'un levier pour faire entendre raison à un homme aussi intransigeant qu'impitoyable.

– Tu ne vas pas contre la volonté de ma mère. Je sais déjà qui est Daniel. Je l'ai retrouvé par mes propres moyens. J'ai juste besoin que tu m'aides à remplir les blancs.

– Cette maudite photo. (Elle lâcha un juron à voix basse et soupira de nouveau.) Ils étaient amoureux. N'importe qui l'aurait vu. Je t'ai dit un jour que tout le monde aimait Patty. C'est vrai. Elle était jolie, évidemment, mais aussi chaleureuse, et charismatique. Elle avait une belle énergie, qui attirait les gens vers elle, et Daniel s'en était aperçu. Il était comme un papillon devant une flamme, il fallait qu'il l'ait. Il lui a fait une cour effrénée, lui a sorti le grand jeu. Romantique, et tout. Il n'a pas fallu longtemps pour qu'elle tombe amoureuse de lui. En quelques mois, ils étaient devenus inséparables.

– Alors, qu'est-ce qui a mal tourné ?

– L'année scolaire touchait à sa fin. Évidemment, elle a voulu savoir où allait leur relation, et s'ils avaient un avenir. Chaque fois qu'elle lui en parlait, il éludait la question. Il remettait à plus tard, lui disait qu'ils n'avaient pas à s'en inquiéter pour l'instant. Qu'ils en parleraient le moment venu. Évidemment, le moment est venu où elle s'est aperçue qu'elle était enceinte. Il lui a bien fallu des réponses. C'était l'instant où jamais, elle avait besoin de savoir s'ils allaient rester ensemble.

– Il l'a plaquée ?

– Non, il l'a poussée à rentrer chez elle, à Chicago. Il lui a dit qu'il allait essayer d'arranger les choses de son côté. Une famille nantie et résolument engagée en politique comme la sienne ne pouvait qu'avoir des opinions tranchées sur leur situation. La famille dont Patty était issue n'avait aucune importance tant qu'il s'agissait de profiter de sa jeunesse, mais, question mariage, on attendait de lui un choix stratégique, et qu'il épouse une femme qui apporterait une plus-value au nom des Fitzgerald.

– Une notion désuète.

– Loin de là. Pas quand il s'agit d'argent et de puissance, crois-moi.

– Alors, qu'est-il arrivé ?

– Elle est rentrée chez elle et a attendu. Les semaines ont passé. Finalement, il lui a téléphoné, pour lui dire que ça n'allait pas marcher entre eux. Il allait intégrer la fac de droit à la rentrée, et avoir une femme et un enfant n'entrait pas dans ses projets. Sa famille ne voulait même pas en entendre parler.

– Il a rompu, juste comme ça ?

– Il lui a dit qu'il l'aimait, qu'il l'aimait vraiment. D'après elle, il était probablement sincère, mais il n'était qu'une marionnette pour sa famille. Il dépendait complètement de leur fortune, était esclave de leurs exigences. Son avenir était tout tracé, et il devait s'y conformer. Ni elle ni toi n'en faisiez partie.

Je connaissais bien cette histoire, mais imaginer Daniel – le puissant et intimidant Daniel – dans une telle situation me paraissait étrange. Il s'était conduit comme la moitié des types avec qui j'étais allée à Harvard, frimeurs et indépendants jusqu'au week-end chez les parents… qui les mettaient au pas. Ils ne pouvaient pas risquer de perdre le soutien financier de papa et maman.

– Eh bien…

Difficile de savoir ce qu'il avait réellement ressenti, mais Marie venait de discréditer tout ce que lui m'avait raconté.

– Il savait qu'elle allait me garder ?

– Non. Il lui a demandé de mettre fin à sa grossesse, et Patty ne lui a jamais fait part de sa décision. Ils n'en ont jamais reparlé, alors il a dû se dire qu'elle lui avait obéi.

Je repensai à ma brève visite dans sa maison de Cap Cod, quand je lui avais demandé pourquoi ma mère ne m'avait jamais parlé de lui. « Après son retour à Chicago, m'avait-il répondu, j'ai supposé qu'elle allait s'en occuper. Je n'ai plus entendu parler d'elle, et je n'ai pas voulu tenter de la joindre et éveiller des soupçons dans sa famille. »

Putain de menteur de merde !

Je restai assise là en silence, médusée, à essayer d'imaginer quelle raison il pouvait bien avoir de vouloir me faire entrer dans sa vie, après nous en avoir éjectées aussi froidement. Sa vie se déroulait conformément au plan établi pour lui bien des années auparavant. Qu'est-ce qui avait pu tant changer que j'y aurais maintenant ma place ?

Marie vint s'asseoir à côté de moi et prit mes mains dans les siennes.

– C'est pour ça qu'elle ne t'en a jamais parlé, mon bébé. Tu me détestes, de te l'avoir dit ?

– Bien sûr que non. Il fallait que je le sache. Vraiment. C'est juste que son envie de me voir revenir dans sa vie ne me paraît pas très logique.

Je secouai la tête.

– Erica, je ne sais pas ce qui a pu le faire changer d'avis sur ce point, hors la façon dont tu l'as retrouvé. Mais j'espère vraiment qu'il te mérite maintenant, après ce qu'il a fait.

Je me penchai pour la prendre dans mes bras. Elle me serra fort, caressant mes cheveux comme le faisait ma mère. Je me laissai aller contre son corps gracile, envahie par l'envie de pleurer. Mais je préférai me retenir, sachant que si je commençais, je ne m'arrêterais probablement plus. Le peu de contrôle que j'avais repris sur mes émotions menaçait de céder. Je l'embrassai pour lui souhaiter bonne nuit, m'excusai d'aller me coucher, en lui jurant que j'allais bien. Que tout allait bien.

Je pris mes aises dans la chambre d'amis de Marie. J'avais emporté mon verre de vin à moitié vide, et décidai de le boire d'un coup. Merde à Daniel. Merde à cette putain de journée foireuse.

Je reposai le verre sur la table de nuit et défis ma valise. J'étais toujours contente de passer un moment chez Marie, mais les circonstances n'étaient pas exactement habituelles. Des vacances, des week-ends fériés... Là, je fuyais ma vie sans la moindre idée d'où j'allais atterrir.

Je jetai un coup d'œil sur mon téléphone et, tout en sachant que c'était une erreur, je le ramassai et lus le texto de Blake.

Appelle-moi. Laisse-moi arranger ça. Je t'aime.

* * *

J'arrivai au bureau à l'heure, de justesse. J'avais vaguement envisagé de prendre ma journée, mais il y avait là toute une équipe qui comptait sur moi. J'avais sangloté jusqu'à ce que le sommeil m'emporte, après avoir lu le texto de Blake. Si les mots pouvaient tuer, je serais tombée raide morte. J'avais éteint mon téléphone après ça, et décidé de ne pas le rallumer tant que je ne me serais pas remise. Ces crises de larmes devaient cesser.

Je saluai tout le monde d'un geste de la main en arrivant puis disparus dans mon bureau. Risa vint aussitôt pour me donner les dernières nouvelles, qui impliquaient de préparer de nouveaux contrats pour elle et de mettre en place les nouveaux comptes avec l'équipe. Pour une fois, je lui étais reconnaissante de son énergie débordante et de son acharnement au travail. Même si j'étais épuisée, ça me replongeait là où ma concentration aurait toujours dû être, et ce depuis des semaines.

J'avais trop souvent eu l'esprit ailleurs. Penser à Blake, m'inquiéter de Mark... Là, je m'immergeai dans le travail avec une ferveur qui fit passer tout le reste à l'arrière-plan. Pour ce qui ne pouvait pas disparaître, l'arrière-plan était déjà un progrès.

Pendant le week-end, James avait mis à plat les diverses options de notre prochaine campagne. On consacra la plus grande partie de l'après-midi à essayer de définir une direction, tous les trois. Je voulus donner plus de poids à l'opinion de Risa, mais, malgré tout son talent pour décrocher de nouveaux comptes, elle semblait faiblir chaque fois que James était impliqué. Dès qu'il parlait, elle abondait énergiquement dans son sens. Dès qu'il s'avançait pour indiquer quelque chose, elle faisait de même, sans jamais manquer une occasion de le toucher négligemment.

Quand je la chargeai d'une nouvelle tâche impliquant qu'elle sorte, James parut visiblement soulagé. On survola le reste de ses notes, et la discussion fut plus facile. Mais je surpris des airs interrogateurs.

– Ça va ?

Je m'efforçai d'éviter ses yeux. Ils plongeaient en moi avec une intensité à laquelle je commençais à m'habituer.

– Ça va, répondis-je avec un sourire forcé.

– Vous avez l'air fatiguée.

– Je le suis, je reconnus, sentant l'épuisement peser plus encore.

– Comment ça s'est passé avec Landon, après l'autre soir ?

Je fermais les yeux un instant, repoussant les émotions qui me venaient à la mention de son nom.

– Je crois qu'on en a fini avec ces graphiques, James. N'oublie pas d'intégrer les petites corrections dont on vient de parler.

Le reste ne le regardait pas. Je n'avais pas envie de parler de son curieux face-à-face de vendredi avec Heath, ni de la fin de ma relation avec Blake, ni de la façon dont il m'avait touchée l'autre soir, comme si nous nous connaissions bien mieux que dans les faits. J'allais plutôt emballer tout ça avec tous les sentiments que je n'avais pas envie d'affronter maintenant.

– Ce n'est pas vraiment une réponse.

Je soupirai et m'enfonçai dans mon siège.

– Nous avons rompu ce week-end, si tu veux savoir.

– Est-ce que ça affecte la société… comme c'est un investisseur ?

– Non. C'est un commanditaire, et il ne peut pas faire jouer ses garanties et récupérer ses fonds. Il ne le ferait pas, de toute façon. Mais j'aimerais le rembourser dès que possible, pour qu'on redevienne indépendants.

– Et personnellement, ce n'est pas trop dur ?

– On supporte.

Je mentais.

J'étais heureuse que James s'inquiète, tout en craignant que ce ne soit pas son seul sentiment.

– J'espère que vous savez que vous pouvez me parler. Je suis là.

– Pardonnez-moi.

Mon regard fila vers l'endroit où se tenait maintenant Blake, à la limite de mon espace privatif. Il me jeta un bref coup d'œil avant de fixer James ; celui-ci le soutint d'un regard d'acier que je ne lui avais jamais vu. Putain de merde, ça n'augurait rien de bon.

Personne ne bougea.

Blake se retourna vers moi, peinant à cacher l'irritation dans sa voix.

– Je peux te parler en privé ?

J'allais répondre, mais James me devança.

– Nous sommes en réunion.

Il s'enfonça dans son fauteuil et croisa les bras, comme s'il affirmait son intention de rester.

– C'est à Erica que je parle.

Blake ne masquait plus son irritation. Il avança d'un pas. Une menace plana dans l'air, qui poussa James à se lever à son tour. Ils étaient tout proches, à se toiser du regard. Blake était plus grand, mais James, plus solide, naturellement plus large. Ils pouvaient paraître de force égale, mais j'avais vu Blake agir précédemment. Sa puissance, qui s'était déchaînée lorsqu'il avait dû me protéger, était au-delà de ce que James pouvait même imaginer.

Je me levai en hâte et pris le bras de Blake, l'entraînant loin de James.

– Blake, allons parler dehors.

Il resta un instant immobile, les muscles tendus. Enfin, il se détendit assez pour tourner les talons et quitter la pièce avec moi. Je l'entraînai au bout du couloir, assez loin du bureau pour disposer d'une intimité suffisante, même si le ton montait un peu.

– De quoi voulais-tu parler ? lui demandai-je avec anxiété.

– Eh bien, par exemple, si on commençait par lui ? Qu'est-ce qui s'est passé ce week-end ? Tu te l'es tapé ?

L'accusation me fit sursauter et me mit dans une colère d'une intensité égale à la sienne.

– Non ! Je t'ai dit que c'était un ami. Il est juste protecteur.

– Qu'est-ce qui lui fait penser que tu as besoin d'être protégée ?

– Tu as l'air de le penser bien souvent toi-même, alors c'est peut-être contagieux. Je dois être du genre à suggérer « demoiselle en détresse ». Je n'en ai aucune idée, mais là je n'ai vraiment pas besoin de te voir venir ici faire des histoires. C'est mon lieu de travail. Si tu veux parler, on peut le faire, mais ailleurs. Tu ne peux pas débarquer comme ça.

– Je ne suis plus autorisé à venir ici, maintenant ?

J'hésitai, me demandant brièvement si une concession était appropriée. Mais le voir, quelles que soient les circonstances, était risqué.

– Je ne crois pas que ce soit une bonne idée, Blake.

– Laisse-moi bien comprendre. D'abord tu romps, sans donner d'autre raison que ton besoin d'espace pour comprendre ta vie. Ensuite, tu m'exclus d'une affaire dans laquelle j'ai investi quatre millions de dollars, et tu t'attends à ce que je disparaisse comme ça, sans poser de questions ?

Je m'adossai au mur, l'épuisement se faisant de nouveau sentir.

– Tu n'es pas là pour parler affaires. Si c'était le cas, la discussion serait bien différente.

– C'est vrai. Je ne suis pas venu pour ça.

– Alors, tu devrais partir.

Je détournai la tête, évitant ses yeux. Il leva lentement la main et ramena mon visage vers lui, me forçant à croiser son regard, intense et plein de détermination.

– Tu fuis quelque chose. Peut-être moi. Mais tu sais quoi ? Je ne te laisserai pas faire, cette fois. Tu as besoin de temps pour comprendre ? D'accord, mais on va comprendre ensemble. Rentrons à la maison et parlons de tout ça.

La panique m'envahit. Je ne pourrais jamais survivre à un tel face-à-face, à débiter des demi-vérités jusqu'à ce qu'il soit convaincu. Il maintiendrait sa position, ferait front, et me bombarderait de questions tant qu'il n'aurait pas obtenu une réponse sensée. Plus on avancerait, plus mes arguments paraîtraient – et seraient – faibles. Il fallait qu'il me croie, une fois pour toutes, parce que si Daniel nous voyait ensemble… Je ne pouvais pas risquer ça.

– Je n'ai pas besoin de comprendre ce que je sais déjà. (J'écartai sa main.) Rien de ce que tu pourras dire ne changera ce que je ressens. Je te rembourserai dès que je le pourrai, mais je ne peux pas te laisser t'impliquer dans la société pour l'instant. Je parlerai à Sid pour qu'il prenne la location à son nom, mais ton loyer sera payé de toute façon.

Je me forçai à y croire, et je soutins son regard. Je ne pouvais pas laisser planer un doute, tout risquer parce que j'aurais faibli.

Blake se rapprocha encore, prit mon visage dans la paume de sa main avec une détermination renouvelée. J'en eus le souffle coupé, et je dus lutter de toutes mes forces pour ne pas l'embrasser. Ses lèvres étaient si proches. Il avait le souffle aussi court que moi.

– Tu m'aimes, dit-il entre ses dents serrées, comme si ces mots le brûlaient.

Je dus livrer bataille à la force magnétique qui nous gouvernait, alors même que je me sentais faiblir, céder. *Tu dois le protéger*, me remémorai-je. *Sa vie en dépend.*

– Si tu tiens à moi, tu resteras loin de moi.

Mon cœur se brisa de devoir reprendre les mots de Daniel contre l'homme que j'aimais.

Je fis glisser mon doigt sur sa mâchoire, et sentis ses muscles se détendre à mon contact. Je me hissai sur la pointe des pieds pour l'embrasser doucement. Un dernier baiser. Il se pencha pour gagner en intensité, mais je le repoussai avant qu'il en ait eu le temps.

– Au revoir, Blake.

J'avais remonté tout le couloir lorsqu'il parla.

– Ne reviens pas, Erica.

Ses mots m'anéantirent. Mes tripes se nouèrent à l'idée de perdre toute possibilité d'un avenir. Je regardai en arrière, terrifiée par ce que je pourrais voir dans ses yeux. Il serrait les poings au bout de ses bras ballants, le regard à la fois peiné et déterminé.

– Si tu romps maintenant, ne te fatigue pas à revenir.

Les mains tremblantes, j'ouvris la porte du bureau et disparus à l'intérieur, pour la refermer sur tout ce qui m'était le plus précieux.

Chapitre treize

Le reste de la semaine ne fut que confusion. Je quittai à peine le bureau.

Ma focalisation sur le travail, autrefois bienvenue, s'était muée en une obsession d'en faire toujours plus malgré le manque de sommeil. Même quand je dormais, les visions qui me hantaient m'interdisaient tout véritable repos.

D'une certaine façon, l'épuisement et la pression que je m'imposais au travail anesthésiaient une grande partie de ma souffrance. L'immense creux dans ma poitrine, là où s'était autrefois trouvé mon cœur, ne paraissait pas aussi dévastateur tant que je faisais semblant de ne m'intéresser qu'aux chiffres et aux graphiques, et au développement de la société à vitesse grand V. Toute l'équipe suivait. À ce rythme, je risquais de bientôt ne plus avoir besoin de l'argent de Daniel. J'avais toujours voulu rembourser Blake le plus tôt possible, de toute façon.

J'étais en réunion avec Risa quand Daniel appela. Je lui fis comprendre que je devais prendre l'appel et attendis qu'elle sorte pour décrocher.

– Bonjour.

– Erica, je suis en bas. J'ai besoin de te parler, dit-il d'un ton froid et autoritaire. Sors par-derrière.

Je raccrochai et annonçai à Risa que je partais déjeuner. Quand j'ouvris la porte de derrière, je vis Connor au volant de la Lincoln, patientant dans l'allée. Daniel, appuyé contre le coffre, fumait une cigarette, vêtu de son habituel costume sombre-chemise blanche-cravate. *Le politicien type*, me dis-je tandis que j'explorais mentalement les raisons possibles de sa venue. Marie, Blake… La peur qui m'envahit alors m'empêchait de parler.

– Tu as faim ?

Je secouai la tête, plus de confusion que pour lui répondre.

– Qu'est-ce qui ne va pas ?

– Rien. Allons déjeuner.

Il s'écarta de la voiture et jeta sa cigarette d'une pichenette. Il m'ouvrit la portière et me fit signe de monter, avec sur le visage une expression indéchiffrable.

Je me forçai à bouger. Dire qu'il fut un temps où j'étais heureuse de le voir, malgré ses côtés parfois intimidants ! Où je chérissais les instants que nous passions ensemble ! Maintenant, je devais me faire violence pour m'asseoir à côté de lui dans une voiture.

– Connor, conduis-nous chez O'Neill's.

Je pris plusieurs longues inspirations, m'efforçant de me calmer. Un restaurant appelé O'Neill's semblait une destination bien innocente. Peut-être qu'il voulait juste déjeuner. Toutes ces nuits sans sommeil m'avaient mise sur des charbons ardents.

– Pourquoi vouliez-vous me voir ?

– Je serais bien passé plus tôt, mais je me suis dit que tu avais besoin de temps. Comment ça se passe, avec Landon ?

Une vague de soulagement me parcourut, de savoir que Blake n'était pas en danger, aussitôt suivie du souvenir de la douleur de notre séparation.

– Je ne sais pas, je ne l'ai pas vu depuis des jours.

Je regardai par la fenêtre, espérant que Daniel n'allait pas me faire raconter les détails de notre rupture.

– Bien. Il semble l'avoir accepté, j'ai l'impression.

Je haussai les épaules, m'efforçant d'oublier la douleur dans ma poitrine à l'idée que Blake pourrait effectivement avoir fait une croix sur nous. C'était bien ce que j'avais voulu, non ? Je n'avais pas eu de nouvelles de la semaine, ce qui me réconfortait et me tourmentait à la fois. Je déglutis pour refouler les larmes qui me piquaient les yeux. Ce n'était pas le moment.

– Il compte tant que ça, pour toi ?

Il avait parlé d'une voix plus douce que je ne m'y étais attendue, et je me tournai vers lui, en clignant des yeux. J'aurais pu jurer voir une lueur de douleur dans son regard, mais je projetais probablement la mienne.

Je considérai sa question. Blake était tout pour moi, mais quel intérêt de le dire à Daniel ?

– Je t'ai posé une question.

– C'est le seul homme que j'aie aimé.

Il se crispa légèrement et détourna les yeux.

La vérité et son étrange réaction m'enhardirent.

– Je n'ai pas vraiment de temps pour ces petites réunions. On peut en venir à ce qui m'amène ici ?

– Attention…

Il plissa presque imperceptiblement les yeux, me rappelant combien il pouvait devenir effrayant en un instant. Je me demandai d'où je tenais mon caractère, même si à son niveau il n'y avait certainement pas de comparaison.

– Je t'ai dit que je t'emmenais déjeuner.

Je croisai les bras, m'assurant d'être bien adossée dans le coin le plus éloigné de Daniel. Connor nous avait conduits dans le sud de la ville, et je vis longtemps défiler des rangées de petits immeubles mitoyens avant qu'on rejoigne l'avenue principale d'un faubourg plus commerçant.

– Où est-on ?

– Dans notre vieux quartier. C'est là que ton grand-père et son père ont grandi, bien avant que le nom de Fitzgerald ait acquis une quelconque signification.

Je me renfonçai dans mon siège et regardai mieux. Je n'étais jamais venue dans cette partie de la ville – on était bien loin du centre et de ses artères remplies de touristes. Et ce n'était certainement pas non plus la partie la plus sûre de Boston. Connor se gara devant une taverne qui faisait le coin. Une enseigne fatiguée indiquait « O'Neill's ».

Je suivis Daniel et restai gauchement à son côté pendant qu'il serrait la main de l'homme assis dehors sur un tabouret, juste à l'entrée. Aussi large et musclé que Connor, mais avec une tignasse frisée d'un noir de jais et des yeux ténébreux perdus entre les cheveux et l'ombre d'une casquette de tweed. Il appela Daniel par son prénom et nous laissa passer.

On traversa la salle sombre de la taverne, pour aller s'asseoir dans un coin à l'autre bout. Daniel nous commanda des bières et des hamburgers. La carte du O'Neill's ne devait pas être très fournie, alors je ne discutai pas le menu. D'autant que j'avais intérêt à choisir avec discernement les fois où je m'opposais à Daniel, surtout si je ne voulais pas que dissimuler mes bleus devienne une habitude. Bon Dieu ! j'étais contente que ma mère ne puisse pas me voir maintenant.

– J'aimerais parler affaires, lança-t-il.

Je ne voulais pas commencer par là. J'avais besoin d'en apprendre plus sur lui, si je voulais trouver un moyen de me sortir de ce pétrin.

– Comment va Margo ? demandai-je, espérant ainsi détourner la conversation du grand projet qu'il nourrissait pour le reste de ma vie.

– Aussi bien que faire se peut.

Il descendit une grande partie de sa bière. Je laissai la mienne patienter.

– Elle veut que je me tienne à l'écart, vous savez ? Elle me l'a dit, au gala. Elle ne va pas être contente de me voir impliquée dans votre campagne, ni dans votre vie privée.

– Elle veut bien faire, mais ces décisions ne lui appartiennent pas.

– Ça ne va pas provoquer des tensions, si je fais ouvertement le contraire de ce qu'elle veut ?

– Margo est le cadet de nos soucis.

– Peut-être que vous devriez m'en dire un peu plus sur l'étendue de vos soucis. Est-ce que la menace de tuer Blake et de détruire mon entreprise sont toujours en tête de liste ?

– Si tu crois que tu peux me parler sur ce ton parce que nous sommes en public, grinça-t-il, tu vas vite comprendre.

Je jetai un rapide coup d'œil alentour. Il n'y avait pas grand monde, et les clients n'avaient pas l'air du genre à s'offusquer d'une petite dispute à table. Sans compter que Daniel semblait être un habitué. Peut-être ces gens étaient-ils ceux qui se chargeaient de son sale boulot, quand il fallait régler des problèmes comme Mark.

Daniel avait raison. L'effronterie ne me mènerait sans doute nulle part. Je me renfonçai dans mon siège pour bouder.

Il posa une épaisse liasse de papiers sur la table, et la poussa vers moi.

– Voici un topo sur notre politique de communication. Je n'ai pas le temps de le lire, et si je le faisais, je ne suis pas sûr que j'y comprendrais grand-chose. Il est esquissé de façon très générale, m'a-t-on dit, parce qu'on doit s'adapter quotidiennement aux variations politiques et locales. On va bientôt lancer le processus d'embauche, pour remplacer la personne qui dirige ce département. Juste pour la galerie, évidemment, puisque c'est toi qui prendras sa place.

– Et ma société ?

– Landon est sorti de l'équation, et tu auras mon argent bien assez tôt. Trouve un moyen de la faire tourner sans toi, ou vends-la. Peu m'importe.

– Si j'avais plus de temps, je pourrais la rendre bénéficiaire, et sans votre aide.

– Combien de temps ?

– Deux mois, peut-être. Je n'en suis pas sûre, mentis-je.

En étant réaliste, il en faudrait au moins six.

– Non, c'est trop long.

Je me penchai en avant, espérant le persuader.

– Daniel, je pourrais vous aider à trouver quelqu'un pour ce poste. Quelqu'un avec la même formation et les mêmes qualités que moi. Je ne vois pas pourquoi…

– Erica, ce n'est pas une négociation. (Son ton s'était suffisamment durci pour nous attirer quelques regards depuis le bar.) Tu vas travailler pour la campagne. Tu vas travailler pour moi. Il est évident que tu cherches un moyen d'y échapper. Alors, garde ceci à l'esprit. Je me fous de ce que Landon représente pour toi. Il pourrait être le père de tes enfants, je n'hésiterais toujours pas à le sortir du tableau. Je ferais ce choix sans hésiter une seconde. Tu comprends ? Je pensais avoir été clair la dernière fois.

Le serveur déposa nos hamburgers et disparut aussitôt sans dire un mot. Je regardai mon assiette sans appétit, révulsée par la menace.

– Erica.

Je fermai les yeux et parlai aussi calmement qu'il m'était possible.

– Je vous comprends parfaitement. Ceci dit, si c'est pour mes facultés intellectuelles que vous m'employez, il sera peut-être utile de me dire quand je dois m'étendre et me laisser piétiner. À moins que vous ne soyez le seul à le faire ?

– Ce n'est pas de toi qu'il s'agit, petite conne !

Il abattit violemment la paume de sa main sur la table, s'attirant de nouveau quelques regards las depuis le bar. Effrayée, je reculai dans mon siège pour m'écarter un petit peu plus encore de sa fureur.

– Il s'agit de quelque chose de bien plus important et de bien plus éminent que tu ne le seras jamais. Ma famille. Notre famille. On a passé des générations à ramper hors d'endroits comme celui-là pour réussir. Et tu vas en faire partie, maintenant. Une partie petite mais importante, et plus tôt tu le comprendras, mieux ça se passera. Maintenant, mange ton hamburger.

– Je n'ai pas faim, murmurai-je.

Son regard se fit si glacial que je pris instantanément une frite et la mâchouillai. On déjeuna en silence, nos regards se croisant de temps en temps, froids miroirs bleus les uns des autres. J'aurais déjà de la chance si j'échappais à sa fureur sur le chemin du retour. Il ne s'agissait pas d'une prise de bec avec Blake, ou de remontrances à des employés au bureau. Là, j'encourais l'ire d'un géant bien éveillé. Daniel était peut-être fier de ma réussite, mais je n'avais pas le loisir d'être la petite fille à son papa qui s'en sortait avec un sourire après lui avoir mal parlé. Pas quand la vie de Blake était en jeu. J'allais devoir apprendre à la fermer, ou à jouer différemment, parce que l'attaquer bille en tête ne me menait pas bien loin.

* * *

Connor me redéposa au bureau après un trajet presque silencieux. Daniel m'avait promis de me faire savoir quand je pourrais aller au QG de sa campagne pour y rencontrer l'équipe. J'en avais pris mentalement note, puis j'avais passé le reste du trajet à regarder par la fenêtre, sentant ma vie m'échapper.

En entrant, je découvris Risa installée à côté du bureau de James, tout sourires et occupée à lui faire la conversation pendant qu'il répartissait malaisément son attention entre son écran d'ordinateur et elle. Ça me fit sortir de mes gonds.

– Risa, on peut se parler ?

Elle se redressa comme si je venais de briser un charme entre eux, qui n'existait que dans son esprit. Elle me suivit dans mon bureau.

– Il faut que ça cesse, annonçai-je directement, sans me soucier d'arrondir les angles.

– Quoi ?

– Ce truc que tu as pour James. On ne peut pas se permettre ce genre de distraction. J'ai besoin que tu sois concentrée sur ton travail, pas que tu passes la moitié de la journée à flirter autour de son bureau.

– Je ne vois pas ce que vous voulez dire.

Elle se rembrunit et ramena nerveusement une mèche de cheveux derrière son oreille.

– Je sais que nous n'avons pas de position officielle sur les relations au bureau, parce que je ne m'attendais pas à ce que ce soit un problème… mais maintenant que c'en est un, je comprends pourquoi les entreprises instaurent une telle règle. Trouve quelqu'un d'autre. J'ai besoin que lui travaille, et que toi, tu restes concentrée.

Sa bouche se referma et son visage vira au rouge pivoine. Je n'aurais su dire si c'était de la gêne ou de la colère. En tout cas, ça l'avait prise au dépourvu. Je lui avais déjà fait des remarques auparavant, mais ne l'avais jamais réprimandée aussi directement. Je n'avais tout simplement pas la patience de prendre des gants. Pas aujourd'hui.

– Et vous et Blake ?

Je m'étais retenue de dire à Daniel ce que je pensais vraiment de lui pendant près de deux heures. J'aurais dû choisir un meilleur moment pour parler à Risa, mais c'était fait. Je répondis lentement, en m'efforçant de garder mon calme.

– C'est un investisseur, pas un employé. Et ma relation avec lui ne te regarde en rien.

Elle pinça les lèvres et tapota le sol du bout d'un pied.

– Bon, reprenons. Il y a des nouvelles ? demandai-je, espérant faire retomber la tension avant de nous remettre au travail.

Elle me dévisagea une seconde et prit une longue inspiration.

– Je vais assister à un dîner de bienfaisance samedi. Une collecte de fonds pour une fondation qui finance l'éducation technologique des enfants des cités. Max pensait que ce serait bon pour nous d'y être représentés.

– Évidemment, ça a l'air d'être une initiative que Clozpin peut soutenir.

– C'est ce que je me suis dit aussi, mais je n'étais pas certaine que les donations étaient prévues dans le budget.

– On va bien pouvoir faire quelque chose.

– Génial, dites-moi quoi, et j'organiserai le reste.

– Tu sais, ça pourrait être le genre d'événement auquel j'aimerais assister.

Je m'efforçai de ne pas m'offenser de son air surpris.

– Je n'y avais pas pensé. Vous aviez l'air débordée ces derniers temps. Je n'ai pas voulu vous déranger. Je sais qu'il y a bien des choses que vous pourriez faire, et les relations publiques sont de mon ressort. Désolée, je suppose que j'aurais dû vous demander.

– Ça va, j'ai été pas mal prise.

– Vous vouliez venir ? Je peux appeler Max et essayer d'obtenir une invitation de plus.

Je réfléchis un instant à sa proposition. Je n'avais pas bougé de chez Marie ou du bureau depuis un moment. L'idée de rencontrer des gens alors que j'étais encore complètement détruite était intimidante, mais un peu de distraction me ferait du bien. Et développer mes réseaux relationnels valait de toute façon mieux que de rester seule avec mes pensées.

– Je crois que oui, en fait. Un peu de changement serait le bienvenu.

– OK, je vais voir ce que je peux faire.

Elle m'adressa un timide sourire et sortit précipitamment.

Je soupirai intérieurement, heureuse que nous ayons parlé. Elle était furax, mais je ne voulais pas que les tensions entre nous affectent le travail. J'avais moi-même été un désastre ambulant ces quinze derniers jours. Je n'avais aucune idée de la façon dont j'étais perçue, et la plupart du temps je m'en fichais. Il se passait tant de choses, pour l'instant. Alors je n'avais pas assez d'énergie pour marcher sur des œufs et ne pas heurter les sentiments des gens au bureau.

Le reste de la journée passa rapidement. Je laissai de côté le plan de communication que Daniel m'avait donné. J'étais assez professionnelle pour trouver un intérêt à ce que j'allais y lire. C'était exactement ce qu'il voulait, et je ne me voyais pas répondre à ses besoins pour l'instant. Il avait détruit ma relation avec Blake, et j'étais déterminée à retarder le plus possible mon entrée dans la machine politique Fitzgerald.

Chapitre quatorze

Je passai par l'appartement pour y chercher une tenue adaptée à la circonstance. Je n'avais pris aucune robe de soirée en préparant ma valise lors de mon départ en catastrophe et, vu nos morphologies, Marie et moi ne nous empruntions pas nos vêtements.

Revenir dans l'appartement me fit tout drôle. Je n'en avais pas cherché un nouveau. Non que j'aie disposé de beaucoup de temps, mais en fait je ne me voyais pas encore vivre ailleurs. La chambre d'amis de Marie me convenait bien. Un endroit où essayer de dormir, et en plus je n'étais pas seule. Je n'arrivais pas à me forcer à imaginer prendre un nouveau départ dans un nouvel endroit.

Je posai mon chèque de loyer sur le comptoir, pour Sid. Par habitude, je me mis à nettoyer un peu.

– Vous n'avez pas à faire ça.

Cady sortait de la chambre de Sid, dans un long tee-shirt qui semblait l'avaler tout entière. Elle avait l'air épuisée et heureuse, comme elle s'avançait dans la cuisine pour m'aider. Les pointes blondes de sa crête partaient dans tous les sens.

Je me tournai pour poser des assiettes dans l'évier, en dissimulant un sourire. Sid faisait le bonheur et la joie d'une fille. Un bon point pour lui.

– Ça ne me gêne pas, répondis-je.

– Je ne suis pas sûre que Sid survivrait sans quelqu'un pour s'occuper de lui, dit-elle en riant.

– C'est sûr. Les hommes…

On nettoya rapidement, puis elle ramassa le chèque en me regardant.

– Vous pensez revenir ?

J'hésitai. Bien sûr, elle était la petite amie de Sid, mais aussi l'assistante de Blake. Je pouvais quasiment garantir que tout ce que je lui disais remonterait jusqu'à lui.

– Ce n'est pas dans mes projets, mais je n'ai pas non plus de nouvel appart.

Elle m'adressa un sourire complice.

– C'est dommage. Je suis sûre que vous allez manquer à Sid.

– Peut-être. Mais il vous a, vous, maintenant.

– Oui… Enfin, je ne pense pas qu'il soit le seul auquel vous manquez.

J'attrapai une bouteille d'eau dans le frigo et en pris une bonne lampée, faisant comme si je n'avais pas entendu.

– Je sais qu'il ne m'appartient pas de dire quoi que ce soit. Ce qui se passe entre vous et Blake ne concerne que vous deux, mais pour ce que ça vaut, vous aviez l'air bien ensemble. Il avait l'air heureux. Et je le connais depuis longtemps.

– Comment va-t-il ?

Je ne sais pas pourquoi j'avais demandé. Comme si en savoir plus sur son état d'esprit pouvait me faire sentir mieux dans cette situation.

Elle m'adressa un sourire compatissant.

– Vous devriez lui parler, Erica.

* * *

Je me décidai pour une robe du soir simple, noire et sans bretelles, qui soulignait mes courbes et s'arrêtait juste en dessous du genou. Je remontai mes cheveux en un chignon lâche, enfilai des escarpins à lanières, et pris un foulard au cas où il ferait un peu frais.

À mon arrivée, je tombai sur Risa et Max, en pleine discussion avec un petit groupe de personnes. Max m'adressa un sourire de concours. Le couple auquel ils parlaient les quitta sur un signe amical, nous laissant seuls.

– Vous êtes superbe, Erica. Merci d'être venue ce soir.

– Merci, ça me fait plaisir d'être là. Risa m'en a un peu parlé, mais quel est votre rapport avec cette association ?

– Angelcom la soutient depuis des années. Nous sponsorisons cet événement chaque année pour attirer de nouveaux donateurs et offrir un peu plus de visibilité à leur cause.

– C'est merveilleux.

Je n'avais toujours pas complètement pardonné à Max de m'avoir poussée à danser avec Mark, mais on ne pouvait pas nier qu'il s'était montré incroyablement utile à ma société depuis. Je ne lui accordais pas le bénéfice du doute, mais, avec Blake hors jeu pour le moment, je n'allais pas non plus le mettre à l'index. Dans une telle situation, j'avais du mal à croire à toutes ces choses terribles que Blake m'avait dites sur lui.

– On ferait mieux de trouver notre table. Le dîner va bientôt être servi, dit-il, brisant le fil de mes pensées.

Je suivis Risa et Max jusqu'à la table, et reconnus immédiatement les visages des invités auxquels on se joignait. Heath se leva, mais mon regard se porta aussitôt vers Blake et la femme à son côté.

Sophia.

Je m'immobilisai, glacée par la perspective de leur faire face toute la soirée. L'homme que j'aimais et la femme que je méprisais. La douleur de notre séparation grandit de façon exponentielle. Les regrets pour chaque instant que nous avions passé loin l'un de l'autre me frappèrent à pleine force, enserrant ma poitrine. Je ne pouvais plus respirer.

En plus de ma haine pour Sophia et de ce qu'elle représentait de son passé, je n'étais pas préparée à les voir ensemble, Blake et elle, ce soir – ni n'importe quand, d'ailleurs. Elle était parfaite, dans une robe rouge soyeuse qui contrastait magnifiquement avec ses cheveux bruns et brillants qui lui tombaient sur les épaules. Avec Blake dans son costume, le gris que j'aimais tant, ils formaient un couple de rêve. Le milliardaire et le mannequin. Quel duo…

– C'est bon de te voir, dit Heath, brisant le silence avant de me donner une courte accolade.

Blake soutint mon regard, comme s'il attendait ma réaction. Mais je ne pouvais pas bouger. J'étais littéralement incapable de faire un pas vers la table.

Risa s'assit à côté de Max, ne laissant qu'une dernière place inoccupée, entre elle et Heath. Je considérai le siège d'un air méfiant, me demandant comment j'allais pouvoir survivre à ce dîner avec Blake et Sophia en face de nous. Je pouvais peut-être encore partir avant que ça commence, en feignant d'être indisposée, ou quelque chose de ce genre.

Comme si elle avait lu dans mes pensées, Sophia m'adressa un sourire entendu qui me fit grincer des dents de rage.

– Je suis heureuse que tu aies pu venir, Erica. Assieds-toi.

Ses paroles brisèrent ma transe, et me firent bouger… dans la direction opposée.

– Risa, je vais me chercher un verre. Tu veux quelque chose ?

Elle secoua la tête.

– Non, ça va, merci.

Blake se leva comme je m'éloignais. Je l'ignorai et continuai vers le bar, en me rappelant qu'on ne peut pas courir avec des talons hauts.

– Jack Daniel's frappé, dis-je au barman.

Blake se posa à côté de moi.

– Même chose.

Nous ne nous touchions pas, mais nous étions tout près, à quelques centimètres. Je me souvins de nos premières semaines ensemble, quand je m'efforçais en vain d'ignorer l'énergie tangible qui circulait entre nous, une attraction indéniable qui avait rapidement tourné à l'addiction, à l'obsession.

– Je ne savais pas que tu serais là.

Sa voix était posée, teintée de regret.

Sinon quoi ? Tu ne l'aurais pas amenée ?

J'inspirai lentement, m'efforçant de reprendre le contrôle de mes émotions. Il se montrait aimable, je me devais bien d'au moins faire une tentative de communication post-rupture normale. Mais le silence en suspens entre nous parut être une réponse suffisante. J'étais malheureuse, et je n'avais pas la moindre idée de la manière dont je pourrais raisonner un père assassin et ivre de pouvoir pour mettre fin à tout ça.

Peut-être était-il trop tard, de toute façon. Sophia avait probablement repris le flambeau là où je l'avais laissé, dès qu'elle m'avait su hors jeu. Elle aurait été idiote de ne pas le faire, et je ne pouvais en vouloir à Blake. Je lui avais dit en des termes tout à fait clairs que je ne voulais plus le voir. Qu'il devait me laisser partir.

– Comment s'en sort Risa ? demanda-t-il, en une nouvelle tentative de me faire parler.

– Elle est très motivée. Elle engrange des tonnes de nouveaux comptes.

– Il semble qu'elle se soit bien rapprochée de Max.

Je jetai un autre coup d'œil vers la table. Risa était aussi animée qu'à son habitude, et l'attention de Max était tout entière à ce qu'elle disait. Je ne m'étais pas réellement préoccupée de la façon dont leurs rapports avaient évolué ces dernières semaines. Comme elle l'avait si bien fait remarquer, j'avais eu beaucoup trop d'autres choses en tête pour m'en inquiéter, tant que le travail était fait et qu'on progressait.

– Il l'a aidée à entrer en contact avec des annonceurs. Ça a l'air d'avoir bien marché. Les recettes augmentent.

Mon attention se tourna vers Sophia, qui sentit mon regard. Je me retournai, et vis mon reflet dans le miroir.

– Sophia est superbe, comme d'habitude.

Blake but une gorgée de son verre.

– Elle est à Boston pour affaires.

– Tu n'as pas besoin de trouver des excuses pour moi, Blake. Je suis… heureuse pour toi.

Mon visage se tendit de l'affreux mensonge que je venais de prononcer par politesse et pour nous permettre de passer à autre chose, tous les deux. Puis je descendis la moitié de mon whisky.

– Et puis, tu mens très mal, conclus-je.

* * *

Je retournai à la table, et Blake suivit sans un mot. J'étais contente d'être assise à côté de Heath. D'une certaine façon, dans cette assemblée de collègues et d'anciens amants, il semblait être un allié. On parla tous les deux de l'association caritative, de ce qui se passait au bureau.

– Tu as parlé à Alli de ton déménagement ? lui demandai-je.

Il fit non de la tête.

– Une raison particulière de ne pas l'avoir fait ?

– Je suppose que j'ai un peu peur de ce qu'elle va dire. Mais mon programme s'achève, je vais bientôt devoir prendre une décision.

– Tu devrais lui parler, Heath.

– Toi aussi.

Je hochai la tête… et fis l'erreur de regarder vers Sophia, qui ne ratait pas une occasion de toucher Blake. Des contacts légers ici et là, suivre du doigt les angles de l'épaule de son costume. Se pencher vers lui pendant qu'il parlait, ses petits seins effrontés glissant contre lui. Je serrai les dents.

– Elle s'inquiète vraiment pour toi.

Je me retournai vers Heath, incapable de me détendre.

– Je l'appellerai bientôt. J'ai été très prise au boulot, tu sais. Je n'ai pas eu beaucoup de temps pour quoi que ce soit d'autre.

– Elle n'est pas la seule à s'inquiéter.

Mon regard fila vers Blake : enfoncé dans son siège, il paraissait s'ennuyer tout en parcourant la salle des yeux. Sophia lui chuchotait à l'oreille en riant doucement, comme s'ils partageaient une petite blague intime. Quand sa main disparut sous la table, je ne pus en supporter plus.

Je me levai et filai droit vers les toilettes, prise d'une nausée qui me fit regretter d'avoir mangé quoi que ce soit. Repousser Blake avait été moins difficile lorsqu'il me désirait encore. Je pouvais m'imaginer qu'il m'attendrait jusqu'à ce que j'aie tout arrangé avec Daniel. Mais ce temps était révolu. Sophia s'était installée, marchant sur mes brisées, et lui donnait probablement maintenant tout ce qu'il avait toujours voulu quand nous étions ensemble.

Comme si mon cœur n'avait pas déjà été brisé, le voir avec elle le hachait menu.

Par bonheur, les toilettes pour dames étaient désertes. Je me regardai dans le miroir. Même si émotionnellement j'étais dans le trente-sixième dessous, ça ne se voyait pas. Au moins, le maquillage dissimulait les cernes sous mes yeux. Je n'étais pas un top model, mais j'avais été assez bien pour Blake. Il fut même un temps où j'étais celle qu'il voulait. Je me morigénai. Je pouvais bien supporter ça. J'avais déjà vécu bien pire, non ?

Avant que j'aie pu me répondre à moi-même, la porte s'ouvrit, et je vis le reflet de Sophia marcher vers moi. Son corps souple, taillé pour défiler sur les podiums, avança nonchalamment vers l'espace où je m'efforçais de me ressaisir.

– Tout va bien ? Tu sembles contrariée, Erica, me dit-elle de son ton habituel, mi-sensuel mi-salope, et dont j'avais gardé le souvenir depuis New York.

Je fis volte-face.

– Qu'est-ce que tu veux ?

Elle s'adossa négligemment au mur, croisa les bras.

Je me suis dit qu'on pouvait se parler. J'ai été désolée d'apprendre que ça n'avait pas fonctionné, entre toi et Blake.

Mes lèvres se pincèrent. Je n'allais pas mordre à l'hameçon.

– J'imagine.

– Vous ne deviez pas être faits l'un pour l'autre.

– Qu'est-ce que tu pourrais bien en savoir ?

– Nous sommes amis, Erica. Il me parle. Je suis sûre que c'était un peu étouffant, pour toi, d'être avec lui.

– Qu'est-ce que tu veux dire ?

– Je parle de sexe, évidemment. On ne va pas faire semblant de ne pas savoir qu'il a des goûts plutôt raides. (Elle me fit un grand sourire et appuya sa hanche contre les lavabos, en penchant la tête comme si elle me jaugeait.) Tu ne m'as jamais donné l'impression d'être le genre de fille qui aime le fouet.

Le souffle coupé, je ne pus dissimuler ma réaction.

– Tu ne sais pas une seule putain de chose sur moi, Sophia.

Elle s'esclaffa. Son rire me fit mal, comme si elle venait de me gifler.

– Oh ! je crois que j'en sais beaucoup, au contraire.

Je serrai les poings. Qu'est-ce que je n'aurais pas donné pour lui faire passer l'envie de sourire ! Et Blake… Mon estomac se serra à l'idée qu'il lui avait raconté des détails intimes nous concernant. Jalousie et trahison formaient un cocktail d'émotions mortel, et je venais d'en avoir ma dose.

– Tu peux rire autant que tu veux, Sophia, mais ce n'est pas moi qui me raccroche à un type qui m'a plaquée il y a des années. D'un autre côté, peut-être que tu auras de la chance et qu'il te reprendra. De toute façon, je m'en fiche.

Je poussai violemment la porte et retournai à la table prendre mon foulard. Feindre une indisposition ne fut pas difficile, j'étais réellement nauséeuse. Je saluai rapidement Risa et Heath, et ignorai Blake bien que je sente l'ardeur de son regard sur moi. Je me savais incapable de l'affronter en cet instant. Que nos souvenirs aient si peu d'importance pour lui qu'il puisse les partager avec Sophia m'affectait plus profondément que je ne l'aurais cru possible.

Les lumières de la ville défilèrent sur les côtés tandis que le taxi me ramenait chez Marie. Les gratte-ciel aux lumières éparses disparurent derrière moi, avec ce qu'il me restait d'espoir de renouer avec Blake. Il y avait quelque chose de définitif dans tout ça. L'envie de pleurer et le désespoir qui me rongeait les tripes firent place à une impression froide et dénuée d'émotion de point final. Mon histoire avec Blake était terminée. Je l'avais finalement perdu.

Ce n'était pas la première fois que ça m'arrivait. J'avais appris à dire au revoir, adieu. Mais je ne me souvenais pas avoir jamais autant souffert. Ma raison de vivre, de me lever le matin, tout ce qui avait constitué mes espoirs venait de m'être arraché. Mais j'avais survécu à ce genre de déchirement auparavant, je le savais.

Quelque part dans les tréfonds de mon âme, je cessai de saigner. L'implacable souffrance s'apaisa, et le souvenir de ce que nous avions été ensemble ne fut plus qu'une autre cicatrice.

Je savais comment vivre avec mes cicatrices.

J'essuyai ma dernière larme, ravalai mon envie de sangloter jusqu'à m'en abrutir, une réaction habituelle lorsque j'étais confrontée à une souffrance émotionnelle persistante. Mon amour pour Blake avait changé, il était devenu un ténébreux souvenir doux-amer marquant à jamais mon passé. Mon plus grand amour était devenu mon plus grand regret.

Chapitre quinze

– Vous allez encore rester tard ?

James prit un siège et s'assit face à moi. La journée s'achevait, et nous étions les seuls encore là, ce qui m'arrivait de plus en plus souvent. Je ne pouvais pas m'en empêcher.

– J'y réfléchis, répondis-je.

– Je ne connais pas les chiffres, mais je ne pense pas que vous ayez besoin de travailler autant.

– Ça ne compte pas vraiment. Et puis ça m'occupe.

Je ne plaisantais qu'à moitié. Je ne m'étais pas encore vraiment résolue à la nouvelle vie que Daniel voulait pour moi. Non pas qu'il m'ait laissé le choix, mais j'avais accepté de rencontrer son équipe quelques jours plus tard. Entre-temps, j'avais disséqué leur plan de communication, m'efforçant de définir des stratégies qui me permettraient d'y contribuer suffisamment pour satisfaire Daniel, et ce sans perdre ma propre entreprise.

– Vous allez vous exténuer, vous le savez ?

James se pencha en avant, posant ses coudes sur ses genoux et son menton dans ses mains.

– Qu'est-ce que ça peut faire, James ? Sincèrement… Je ne demande à personne de faire la même chose.

– Ça ne me gênerait pas. C'est juste que, parfois, vous ne semblez pas très heureuse.

Quelle importance ? soupirai-je. Heureuse ou pas, je suis là et on avance.

Et si je voulais m'abrutir de travail, ça ne regardait que moi. C'était mon choix.

– En fait, je ne pense pas que ce soit bon, ni pour vous, ni pour la boîte. Si vous craquez, que nous restera-t-il ? L'équipe n'est pas assez étoffée pour s'en sortir sans vous. Si vous continuez à ce rythme, vous ne tiendrez pas deux semaines. Et après, quoi ? Si quelque chose se passe mal et qu'on a vraiment besoin de vous ?

– Tu te fais une montagne de pas grand-chose, maugréai-je en me demandant ce que je pouvais bien dire pour l'apaiser.

Risa était peut-être ma collaboratrice la plus proche, mais je m'entendais mieux avec James. Question travail, il semblait comprendre ce que je voulais sans même que j'aie à le demander. Le rapport silencieux qui existe entre des personnes qui travaillent ensemble depuis longtemps s'était déjà établi, et en un sens ça rendait ce genre de discussion plus acceptable. Mais il n'avait aucune chance de comprendre quoi que ce soit à ma vie en ce moment.

– D'accord, mais acceptez au moins de faire une pause. Je peux vous emmener dîner.

– Je n'ai pas faim.

C'était vrai. J'avais rarement faim, ces temps-ci. J'allais probablement devenir très vite aussi maigre que Sophia, mais pas par choix. Je n'avais simplement plus d'appétit, ni pour la nourriture, ni pour rien d'autre, d'ailleurs.

– OK, alors une promenade. Accordez-moi une heure, et après je vous fiche la paix, promis.

J'ouvris de grands yeux.

– S'il vous plaît… insista-t-il.

Il me regarda avec un air innocent mais déterminé, auquel il était difficile de résister. Je ne voyais pas pourquoi il s'inquiétait autant, mais je ne pouvais nier qu'il faisait vibrer ma corde sensible.

Je reculai ma chaise.

– D'accord. Une heure, pas plus. Je dois finir la révision de ces contrats ce soir.

Ce n'était pas vrai, mais si me conduire comme si j'allais bien pendant une heure me permettait d'échapper à son inexorable exploration de ma santé mentale, pourquoi pas ?

On descendit jusqu'au coin de la rue, et James s'arrêta devant sa moto. Il décrocha un casque et m'en tendit un deuxième.

– Euh… non. Je ne monte pas à moto.

– J'en fais depuis mon adolescence. Vous serez en sécurité, je vous le promets. Je n'irai pas vite.

– Ça ne faisait pas partie de notre accord.

– Il n'y avait pas de clause concernant les motos. Bon sang ! Erica, vous avez rédigé trop de contrats. (Il m'adressa un petit sourire qui fit fondre ma colère.) Vous m'avez accordé une heure. Détendez-vous, d'accord ? Ça va être amusant.

Je mis le casque à contrecœur, pensant que je devais avoir l'air ridicule. Il m'aida à l'attacher et me donna une petite tape sur le sommet du crâne – cela ne fit qu'ajouter à ma gêne. Je m'assis précautionneusement derrière lui.

Le moteur s'éveilla en rugissant. James prit ma main et enroula mon bras autour de sa taille.

– Accrochez-vous !

J'obéis, sans m'inquiéter de savoir jusqu'à quel point ça pourrait paraître non professionnel. J'étais soudain et peut-être sans raison pétrifiée par notre envol, tandis qu'il nous projetait dans la circulation et droit devant. Je le serrai fort, m'efforçant de ne pas paniquer. Il couvrit ma main de la sienne et l'étreignit.

Je n'avais aucune idée de l'endroit où nous allions, et je n'allais pas demander. Enfin, je me détendis un peu, pas au point de desserrer mon emprise, mais assez pour ressentir le frisson de la vitesse. On fila à travers les rues encombrées de la ville, dépassant les voitures encore engluées dans la circulation des heures de pointe de fin de journée.

On roula jusqu'à longer l'Océan. La plage était presque vide, parsemée de quelques joggers et, plus loin de la côte, d'adeptes du kitesurf. James se gara et m'aida à descendre. On partit ensemble vers la plage, enlevant nos chaussures au bout du chemin.

L'air était réchauffé par la brise océane qui soufflait vers nous. Les vagues déferlaient doucement sur la plage. Je venais rarement voir l'Océan, mais chaque fois j'oubliais toute préoccupation. Quelque chose d'hypnotique et d'apaisant dans le mouvement des vagues et dans l'infini de l'horizon effaçait le stress et les bruits de la ville qui m'emplissaient l'esprit. Même maintenant, malgré tout ce à quoi j'étais confrontée, je ressentais une certaine paix intérieure.

Je voulus m'y raccrocher aussi longtemps que possible. Je me promis de venir ici plus souvent. Le long trajet en train en vaudrait la peine.

– Allons dans l'eau.

Je m'esclaffai.

– Tu plaisantes ! Tu imagines à quel point elle doit être froide ?

– Je sais exactement à quel point elle est froide. J'ai nagé dans l'Océan, ici, toute ma vie. Allez, ne vous dégonflez pas !

Ses lèvres s'étirèrent en un sourire espiègle.

– Non, merci. Je vais plutôt m'en tenir aux piscines et aux mers chaudes.

Il ôta sa chemise. Les traits noirs qui dépassaient de ses manches se déployaient maintenant pleinement, flammes d'un graphisme élaboré qui léchaient sa peau. Indéniablement, il était très beau. Pas aussi mince que Blake, mais réellement canon. Le résultat de pas mal d'heures en salle de gym, supposai-je.

– Vous savez ce qu'on dit de l'eau salée.

Je relevai les yeux, embarrassée de l'avoir trop regardé. On pouvait bien détailler les tatouages, non ? C'était normal.

– Qu'est-ce qu'on en dit ?

Mon regard reprit sa flânerie.

– Les océans et les larmes soignent tous les maux. Un plongeon dans l'Océan, et vous serez comme neuve.

Il restait dressé là devant moi, à moitié nu dans son short de surfeur.

Je me forçai à regarder ailleurs et traçai une ligne dans le sable de la pointe de mon pied nu. L'Océan et les larmes, hein ? Si c'était vrai, je serais déjà guérie, avec toutes les larmes que j'avais versées ces dernières semaines.

Avant que je ne me perde encore dans mes pensées, James me souleva et me posa sur son épaule. Le sable défila sous mes yeux beaucoup trop vite, tandis qu'il m'emportait vers l'Océan.

– Non, James, lâche-moi ! hurlai-je en m'efforçant d'être légitimement furieuse, mais je ne pus m'empêcher de m'esclaffer quand il entra dans l'eau.

Je laissai mes cris se muer en un rire incontrôlable comme je me débattais, essayant d'échapper à son emprise. Il était déjà immergé jusqu'à la taille, et je commençai à m'inquiéter : il n'allait tout de même pas me jeter à l'eau ?

– Non, tu n'oserais pas ? Je veux descendre !

– À vos ordres, chef !

Sur ces mots, il me fit basculer par-dessus son épaule, et je plongeai bruyamment. J'eus le temps d'inspirer goulûment. L'eau froide m'enveloppa, sollicitant tous mes sens. Je me laissai couler jusqu'à presque toucher le fond sablonneux. L'ondulation de l'Océan me ramena à la surface un instant plus tard.

J'emplis de nouveau mes poumons, tandis que James s'éloignait à la nage. Je partis à sa poursuite aussi vite que mes bras et mes jambes me le permettaient. Il allait me le payer. Il se tourna juste à temps pour que je le rattrape. Je m'appuyai sur ses épaules et essayai de l'enfoncer dans l'eau de toutes mes forces. Peine perdue. Mais pour me faire plaisir, il fit semblant de couler à pic. Il disparut de la surface.

Je restai là et attendis. Je tentai de le suivre des yeux mais le perdis. Je me sentais un peu anxieuse et étrangement transportée. Ça dura assez longtemps pour que je commence à m'inquiéter.

Je fouillai l'eau du regard. Soudain, ses bras saisirent ma taille et il me souleva hors de l'eau. Je hurlai de nouveau puis gloussai. Il desserra son emprise, et je glissai le long de son corps, dans un mouvement lent et sacrément suggestif. Il n'y avait rien entre nous sinon la mince épaisseur de mes vêtements, ce qui laissait bien peu à l'imagination.

Mon sourire s'évanouit à cette sensation. Mon cœur battit la chamade, mon corps s'éveillant d'une façon fort familière. Soudain, l'eau ne paraissait plus vraiment froide. Les vagues léchaient notre peau tandis qu'il me tenait fermement. Le bleu profond de ses yeux s'assombrit un peu lorsque son regard descendit vers ma bouche. Je haletais doucement. Ça ne pouvait être dû qu'au fait d'avoir nagé et au choc d'avoir été jetée à l'eau, essayai-je de me convaincre. Sauf que je n'arrivais pas à reprendre mon souffle, et que la main qui ne me tenait pas glissa le long de ma cuisse, pour attraper ma jambe par le pli du genou et la passer autour de sa taille. Mes mains refusaient de quitter ses épaules. J'avais peur de bouger. Il remonta mon autre jambe de la même façon, m'enroulant autour de lui, mes lèvres à quelques centimètres des siennes.

– Bon sang, que vous êtes belle… murmura-t-il.

Il posa son doigt sur ma pommette et le fit glisser le long de ma mâchoire, comme il l'avait fait au bureau après mon entrevue avec Daniel. Sauf que ses yeux n'étaient plus emplis d'inquiétude, mais de quelque chose de bien plus sérieux, d'un appétit qui commençait à me gagner. Mes doigts brûlaient de se mettre en mouvement, mais je résistai.

Mes paupières se fermèrent, et l'image de Blake me traversa. Une douleur familière me parcourut, comme une flèche me perçant le cœur. Je grimaçai et me libérai du corps de James. Sans attendre sa réaction, je plongeai sous l'eau comme il l'avait fait et nageai aussi vite que possible vers le rivage. Merde, merde, merde. C'était vraiment la dernière chose dont j'avais besoin en ce moment.

Je sortis gauchement de l'eau, le reflux manquant me faire basculer comme j'allais dans la direction opposée. Le contact de l'air me fit frissonner, mais le soleil était encore haut dans le ciel. J'essorai mon chemisier, mon corsaire et mes cheveux autant que je le pus. Je m'étendis sur le sable chaud, accueillant la puissance curative du soleil. Je fermai les yeux pour les protéger de ses rayons et me concentrai sur le chant des vagues.

Mon souffle ralentit, et je me demandai rêveusement si l'heure avait passé. Qu'est-ce que je faisais là ? C'était une erreur. Une grossière erreur.

James se posa à côté de moi, un peu essoufflé, avec un léger bruissement de son short. J'ouvris un œil, le vis étendu sur le flanc. Appuyé sur son coude, il me regardait, un froncement de sourcils songeur sur son beau visage.

– Le revoilà, dit-il d'une voix calme.

– Quoi ?

– Cet air. J'espérais vraiment réussir à le faire fuir, mais il est revenu.

Je soupirai et me couvris les yeux du bras. J'avais envie de me décomposer, d'être emportée comme le sable par la marée.

– Désolée.

– Pourquoi le seriez-vous ?

Autant lui parler maintenant. Mettre les choses au clair. Je n'allais pas faire souffrir deux hommes. Je devais l'amener à comprendre que nous ne pouvions être qu'amis. Mais… s'il ne voulait pas de mon amitié ?

Je le regardai droit dans les yeux.

– Tu avais raison. Ma vie est sens dessus dessous, et le travail est le seul truc qui m'empêche de devenir complètement cinglée. J'essaie de remettre de l'ordre dans tout ça, et je n'y arrive qu'en bossant.

– Il n'y a pas de mal à se sentir mal, des fois. Mais ça ne veut pas dire qu'il faut se couper de tous les autres, en particulier de ceux qui tiennent à vous.

– Je sais… soupirai-je.

James n'était pas le seul à essayer de communiquer avec moi. Marie ne me pressait pas, mais je savais qu'elle s'inquiétait. Je n'avais toujours pas parlé à Alli, et la distance qui grandissait entre nous me pesait. Mais je ne pouvais pas parler avec elle, hormis par quelques vagues textos. Elle était trop proche de Blake, et en cet instant je devais rester aussi loin de lui que possible pour ne pas le mettre en danger.

– Ce n'était pas si mal, non ?

Je lui accordai un petit sourire.

– C'était bien. Je me sens réellement mieux.

Je voulus poursuivre… Cependant, malgré le conseil qu'il venait de me donner, je décidai qu'il valait sans doute mieux le maintenir à une certaine distance, émotionnellement. Une partie de moi voulait lui dire que j'avais ressenti un peu plus que ça, reconnaître l'élan bref mais intense que nous avions partagé dans l'eau, mais ça allait à l'encontre des règles et habitudes pas encore posées de ma société. D'autant qu'il faudrait alors lui dire que j'étais encore folle amoureuse de mon ex, qui en cet instant même était probablement en train d'attacher Sophia aux pieds du lit et de la baiser jusqu'à l'os. Et je devrais alors reconnaître que je n'oublierais probablement jamais Blake, malgré tous mes efforts.

* * *

Comme nous n'étions pas très loin, je demandai à James de faire un détour sur le chemin du retour. Il nous mena jusqu'à cette rue paisible que je reconnus à ses maisons neuves et à ses pelouses méticuleusement entretenues. Lorsqu'il s'arrêta devant la maison de Trevor, j'eus la surprise de découvrir un panneau d'agence immobilière planté au milieu de leur petite jungle, indiquant que la propriété avait été vendue. L'endroit réussissait à paraître encore plus abandonné qu'auparavant.

Le léger mieux que j'avais ressenti s'évanouit. Ça n'était pas une bonne nouvelle. Mon seul lien avec Trevor était cette adresse. Blake n'avait probablement rien trouvé sur le fonds d'investissements texan, puisqu'il n'en avait pas reparlé. Encore que je ne lui en avais pas vraiment laissé le temps. J'étais trop occupée à le plaquer, et maintenant à l'éviter.

– Je suppose que cet endroit n'était pas à vendre la dernière fois que vous êtes venue.

Je secouai la tête.

– Non, et ce n'est pas bon signe.

– Peut-être qu'il a abandonné le piratage pour commencer une nouvelle vie ailleurs. Qu'il s'est trouvé une autre voie, quelque chose.

– Et en ayant pour la première fois une existence officielle ? J'en doute. Mais c'est bien, d'être optimiste.

– Sérieusement, il est inutile de s'inquiéter. Il a au moins fait une pause, et peut-être même abandonné.

– Espérons… soupirai-je.

James démarra, et on reprit la route.

On descendit Commonwealth Avenue, et James s'arrêta devant l'appartement. Je mis pied à terre et lui rendis le casque. J'étais quasiment sèche, mais je me sentais quand même un peu mal à l'aise. Et après ce qui s'était passé, je ne savais pas trop quoi dire.

– Merci pour la balade.

– De rien. On devrait faire ça plus souvent, dit-il en tentant un timide sourire.

Je ne voulais pas torpiller ses efforts pour me remonter le moral mais l'attirance entre nous était bien réelle, même si je préférais la minimiser. Alors, que ce soit un effet de la rupture ou quelque chose de plus sérieux, je me rendais bien compte que je n'avais pas besoin d'autres complications.

– On se voit demain, d'accord ?

Je lui fis un petit signe de la main en tournant les talons et me dirigeai vers mon appartement.

En arrivant dans ma chambre, j'ôtai mes vêtements et mon soutien-gorge, encore humide. Je farfouillai dans mes tiroirs, pour trouver de quoi les remplacer.

– Erica.

Je poussai un hurlement et fis volte-face, pour découvrir Blake dans l'encadrement de la porte, les mains appuyées sur les montants.

– Qu'est-ce que tu fais là ?

En quelques secondes, mon cœur s'était emballé. J'étais à la parade, vêtue de ma seule culotte, tandis qu'il approchait.

– Qui était-ce ? demanda-t-il d'une voix calme et posée.

– James.

Sa main flotta jusqu'à mon épaule et chassa doucement le sable de ma peau. Mon corps se réchauffa à son contact. J'espérais secrètement que ses mains allaient s'aventurer plus loin, mais elles s'éloignèrent. Il croisa les bras et me regarda.

– Batifoler sur la plage avec James. Voilà une activité qui ne semble pas innocente…

Ça ne l'était pas, mais je n'allais pas le lui dire.

– Tu le baises déjà ?

J'ouvris de grands yeux. Je commençais à me lasser de son insistance à ce sujet.

– Tu ne crois pas que si je le baisais, nous serions justement en train de le faire, là, maintenant ?

– Non, sauf si tu tiens vraiment à ce que je lui fracasse le crâne. Mais si c'est le cas, n'hésite pas à l'inviter la prochaine fois.

Il se rapprocha. L'air crépita entre nous. La chaleur de son corps me parvint par vagues, chargées de la tension sexuelle qui allait inévitablement me rendre folle. Tous mes efforts passés pour m'éloigner de lui, tout ce que je croyais avoir réussi, tout cela était réduit à néant. Je ne voulais plus que plonger mes mains dans ses cheveux, écraser mon corps contre le sien.

– Et Sophia ?

Ç'avait été quasiment un murmure. J'espérais presque qu'il ne m'avait pas entendue, pour ne pas avoir de réponse.

– Sophia, quoi ?

Je serrai les mâchoires.

– Tu la baises ?

Ce n'était pas censé avoir de l'importance, mais il fallait que je le sache.

– Ça changerait quelque chose ?

Son visage était impassible – froid, même.

Un éclair de jalousie me fulgura. Je plissai les yeux. Je n'avais aucun droit d'être en colère, mais je l'étais. C'était une ignoble chienne, et je ne voulais rien que lui arracher ses putains d'yeux chaque fois que je la voyais.

Qu'elle sache en plus répondre à ses besoins au lit ne faisait qu'aggraver les choses. Je me tournai en m'efforçant d'ignorer l'attraction du corps de Blake derrière moi. J'attrapai un jean et un tee-shirt à col en V, qui était serré et lui offrait toujours une bonne vue sur mon décolleté. Blake devenait incapable de contrôler ses mains quand je le portais. Je perdais le contrôle de mes pensées. Il valait mieux que je fasse vite et que je file d'ici avant qu'il ne soit trop tard.

J'ouvris mon tiroir à sous-vêtements et attrapai un ensemble sec. Alors que j'allais le refermer, je m'immobilisai. Je me tournai vers lui.

– Tu es venu ici ?

– Il te manque quelque chose ? sourit-il.

– Tu m'as volé mon vibromasseur. Mais qui fait un truc pareil ?

– Je t'avais dit que rien ni personne d'autre que moi ne te ferait jouir. Au son de ta voix, ça n'a pas changé.

J'en restai muette.

Il franchit la distance qui nous séparait, écarta mes jambes avec sa cuisse. Il posa sa main sur ma gorge et la fit descendre comme une traînée de flammes entre mes seins et sur ma hanche.

– Mais j'ai l'impression qu'une échéance est due, ceci dit.

J'eus un hoquet au contact soudain de ses mains sur ma peau. Avec une patience inconcevable, il dessina tout le bord de ma culotte, puis mes fesses, puis revint vers l'avant, où il flatta les chairs de l'intérieur de mes cuisses. Son contact était électrique, me titillait d'une façon presque douloureuse. Je rassemblai assez de volonté pour repousser sa main, en espérant qu'il s'arrêterait ; mais il ne fit que revenir, me saisissant plus agressivement à travers le coton bien fin de ma culotte.

– Blake, non. Je ne peux pas.

Mais bon Dieu, qu'est-ce que j'en avais envie ! Sa bouche et ses mains sur moi, et que cesse cette terrible torture…

Ses doigts me pressèrent délicieusement, me caressant à travers le tissu.

– Ça m'appartient, Erica. Je possède ton plaisir. Nous le savons bien, tous les deux, me murmura-t-il à l'oreille, en m'embrassant dans le cou et en laissant filer sa langue sur le lobe de mon oreille.

– Je ne peux pas… Je ne peux pas faire ça.

– Mais si, tu peux. Tu en as même envie.

Il écarta ma culotte et du pouce massa mon clito.

– Tu vois ? Tu mouilles déjà.

Sa voix était rauque, presque peinée.

J'inspirai bruyamment, retenant un gémissement. Le contact direct de ses caresses expertes m'avait mise en orbite. Je laissai aller ma tête en arrière et voulus hurler les sentiments qui se déversaient en moi.

– Ça te manque, mes mains sur toi, qui te branlent ?

Je pinçai les lèvres pour ne pas répondre. Quelques secondes plus tard, je hurlais. Je me raccrochais à ses épaules pour ne pas tomber tandis que la puissance de mon orgasme me dévastait.

Mes ongles s'enfoncèrent dans sa chair, alors que les vagues de l'orgasme se succédaient. Ma peau se hérissa de ma chaleur soudaine, et mon esprit s'emplit de ce plaisir singulier que seul Blake pouvait me procurer. Merde, ça faisait trop longtemps. J'en avais besoin. J'avais besoin de lui. Et j'avais tellement envie de le lui dire.

Il déposa de doux baisers le long de mon cou et de mon épaule tandis que les derniers frémissements s'apaisaient.

– Encore ?

La vibration dans sa voix faillit me faire perdre à nouveau tout contrôle. Ses doigts se glissèrent plus intimement entre mes lèvres jusqu'à se placer au bord de ma chatte, en y exerçant la plus ténue des pressions, comme s'ils voulaient y pénétrer. Il pouvait y être si facilement, lui, puis son membre. Le lit était juste là. On pourrait voler ce moment, et personne ne le saurait.

Mais une transgression mènerait à une autre. Il me fallait reprendre le contrôle. Je n'avais pas le choix. Je fis non de la tête et pris une longue inspiration pour apaiser mes nerfs échauffés.

– Non.

Ma voix était voilée, presque plaintive. Je repoussai ses mains et m'écartai de lui. Les jambes en coton, je me rapprochai gauchement du lit, où étaient mes vêtements. Je m'habillai, un peu sonnée. Il me regarda, apparemment calme, mais une tempête faisait rage dans ses yeux.

Je connaissais cet air. Il apparaissait généralement quelques secondes avant qu'il me plaque contre une quelconque surface dure et me baise ou me donne envie qu'il le fasse. Il s'appuya contre la commode, croisa les chevilles, et suçota mon humidité sur son pouce. Son jean était tendu sur une érection qu'il ne cherchait pas à dissimuler.

Putain de merde… Je détournai les yeux et me débattis avec les boutons de ma braguette. Mes mains tremblaient trop. Je réussis enfin à la fermer et restai un instant devant le miroir pour évaluer l'embrouillamini de ma chevelure ensablée. Ce n'était pas le moment de prendre une douche. Il allait falloir faire sans.

Je croisai de nouveau son regard.

– Je dois partir.

– Avec lui ?

– Non, je rentre à la maison.

– C'est ici, ta maison.

Chapitre seize

Je passai la plus grande partie du lendemain à osciller entre fantasmes sur le retour des mains de Blake sur mon corps et reproches de l'avoir laissé les y remettre.

Ses paroles m'avaient marquée. Sans refuge ni attaches, je m'étais laissée dériver depuis que je l'avais quitté. Comme un satellite en orbite, sans destination ni raison. Mon havre était avec Blake, une place que j'avais abandonnée. Même avec nos vies dans la balance, je ne pouvais le nier.

Notre moment dans l'appartement avait été bref, mais je m'étais livrée à un jeu dangereux. Et si Blake revenait à la charge ? Je l'avais fait sortir des préoccupations de Daniel et de Connor, mais voilà que je tentais le diable.

Mon téléphone tinta – un texto d'Alli.

On peut se parler ?

J'attendis quelques minutes avant de répondre, pour ne pas donner l'impression de disposer de mon temps.

E : Débordée de boulot. Je te rappellerai.

A : Tu me l'as déjà faite, celle-là. Ton disque est rayé.

Je reposai mon téléphone, en remarquant l'heure. C'était sa pause déjeuner, elle disposait de peu de temps. Si je tenais une demi-heure, je serais tranquille jusqu'à sa sortie du travail, et elle finissait toujours tard. Je sursautai quand le téléphone sonna. Elle m'appelait. Je baissai le volume, attendis le déclenchement du répondeur. Impossible de lui parler maintenant. Je n'avais aucune idée de ce que Heath lui avait dit, ni de ce que j'allais bien pouvoir lui raconter. Je préférais me taire que mentir à ma meilleure amie.

A : Si tu ne me rappelles pas rapidement, je vais te traquer, tu le comprends bien ?

Je souris. Alli et ses vaines menaces. J'ouvris l'appli photo de mon téléphone, et fis défiler les derniers clichés. J'avais fait une série de selfies avec Blake dans la limousine qui nous avait amenés au gala de bienfaisance. Il était superbe, dans son smoking, et faisait des grimaces la moitié du temps, en faisant semblant de m'attaquer par-derrière.

Je souris et ma poitrine se serra. Mon cœur, cet espace vide, avait recommencé à battre. Depuis mon départ de l'appartement hier, je m'étais souvenue de ce que c'était que d'être heureuse avec lui, aussi heureuse que sur ces photos. La dernière fois que j'avais ressenti quelque chose d'approchant, c'était avec James, sur la plage, mais ça n'avait pas duré longtemps. Par quelque miracle, James m'avait fait rire et oublier la réalité, je devais le lui reconnaître.

Je reposai le téléphone. Il fallait que je cesse de me torturer. J'avais fait bien du chemin pour écarter Blake de ma vie et du danger que notre relation représentait. Bien plus que je ne l'aurais cru. Et maintenant, je faisais machine arrière à vitesse grand V, en me laissant gouverner par les souvenirs puissants et addictifs de ce que j'avais vécu avec Blake.

Je regardai l'heure. Il était temps de faire ma tentative de repas quotidienne. En fait, j'avais surtout besoin d'une boisson forte, mais ça devrait attendre. Je descendis au Mocha et consultai le menu à une table au fond.

– Salutations, femme.

Simone se glissa sur le siège face au mien.

– Salut, répondis-je.

– Quoi de neuf ?

– Bah, rien que du vieux. Débordée de travail.

– Vraiment ? Et comment va ton investisseur ?

Elle pinça les lèvres et posa son menton sur ses mains. Elle semblait d'humeur à papoter. Gênant, quand je ne l'étais pas.

– Il va bien.

– Et James ? Toujours amoureux de toi, je suppose ?

– Je ne suis pas certaine que j'emploierais ce mot.

– Concupiscent ?

Ses sourcils se haussèrent, comme si ce n'était pas non plus une mauvaise chose.

– Non, ce n'est pas ça. C'est un bon gars. Je ne sais pas. L'attraction est à l'évidence bien réelle.

– Tu envisages de lâcher l'investisseur pour lui ?

Je fis non de la tête.

– Je ne sors plus avec Blake. Mais, non, je ne suis pas prête pour une nouvelle relation. Je suis heureuse d'être amie avec James, mais j'ai aussi l'impression d'être injuste avec lui, comme je sais qu'il veut autre chose. Est-ce que ça fait de moi une allumeuse ?

Elle haussa les épaules.

– C'est un grand garçon. Si tu le considères comme un ami, je suis sûre qu'il a compris qu'il était probablement trop tôt pour une autre histoire. S'il veut poursuivre dans cette direction au risque de se faire jeter, c'est son problème.

– Tu as peut-être raison, soupirai-je. Je préférerais juste éviter que ça m'explose au visage un jour.

– C'est un risque qu'on prend quand on laisse les relations se développer au boulot.

– Je sais. J'en ai bien conscience, mais j'ai l'impression qu'il est déjà trop tard, tu vois ? Je ne pourrais pas lui dire qu'on ne peut plus être amis sans créer d'énormes tensions.

– On dirait qu'il y a déjà d'énormes tensions.

– Je sais. Quel souk… dis-je en gémissant.

– Essaie tout de même de ne pas trop lui briser le cœur, parce que dès que tu le lâches, j'attaque.

Je m'esclaffai.

– Pourquoi attendre ?! Rends-moi service et prends sur toi une partie de cette pression.

– Crois-le si tu veux, Erica, mais je te considère comme une amie, et je ne vais pas m'engager sciemment dans un triangle amoureux avec toi.

– Ce n'est pas un problème, puisque je ne suis pas amoureuse de James. Et je ne crois pas que je le serai un jour.

– Mais si lui t'aime ?

Je fis non de la tête.

– C'est impossible.

Nous ne nous connaissions que depuis quelques semaines. Et puis il travaillait pour moi. Cela dit, je ne connaissais Blake que depuis quelques semaines quand j'étais devenue folle de lui. Mais James et moi ne couchions pas ensemble. Rien n'approchait en intensité le début de ma relation avec Blake. J'avais résisté de toutes mes forces avant de finalement retomber dans ses bras, plus heureuse que jamais. Notre bonheur n'avait été que trop bref.

– À quoi penses-tu ?

Je fronçais les sourcils.

– Pourquoi ?

– Parce que tu es devenue toute songeuse. Il faut que je sache à qui tu pensais à ce moment-là.

– Je pensais à Blake, en fait.

Elle sourit.

– Eh bien, tu as ta réponse.

Je la dévisageai. Toute la sagesse du monde incarnée dans ce bout de femme. Mon front se déplissa.

– J'aimerais que ce soit aussi simple. Vraiment.

– Eh bien, ne te mets pas martel en tête. Tu trouveras un moyen. Je ne vois pas trop quoi te dire au sujet de Blake… Mais pour James, sois honnête avec lui. C'est tout ce que tu peux faire.

– Je sais. Tu as raison.

– Maintenant, mange quelque chose, plutôt que de te laisser dépérir.

– D'accord.

J'attrapai le menu en espérant y trouver mon bonheur.

* * *

James vint me voir à la fin de la journée, son sourire fort bienvenu.

– Euh, je vais à la salle de gym demain après le travail. Vous voulez venir ?

Je ris un peu.

– Tu essaies de faire passer un message ?

Ses yeux s'écarquillèrent une seconde.

– Certainement pas. Vous avez un corps splendide. Mais je me suis dit que vous voudriez peut-être décompresser un peu. Ça me fait du bien, d'habitude, quand je suis stressé.

Je rougis du compliment. Il allait devoir arrêter de dire des trucs comme ça. J'aurais dû le lui faire remarquer, mais je ne le fis pas.

– Tu es stressé ?

– Je ne sais pas. Peut-être.

Il passa son poids d'un pied sur l'autre, comme si ma question l'avait embarrassé.

Je m'efforçai d'ignorer la petite voix me disant que j'en étais probablement la cause.

– Qu'est-ce que vous en dites ? reprit-il, interrompant ma petite voix.

– Tu es décidé à me débarrasser de mon malaise, n'est-ce pas ?

Il sourit.

– Oui. J'aime bien Erica heureuse. J'aime bien aussi Erica éméchée. On devrait aller prendre un autre verre, un de ces soirs.

Mes pensées revinrent à cette soirée au bar, où il ne pouvait écarter ni ses yeux ni ses mains de moi.

– Tenons-nous-en plutôt à la salle de gym.

– Super.

Je n'étais pas allée en salle depuis un moment. J'aurais bien voulu trouver une excuse quand le moment fut venu, le lendemain. La fatigue à elle seule en constituait déjà une bonne, mais James avait raison. J'avais besoin d'un exutoire. Peut-être la fatigue me vaudrait-elle une bonne nuit de sommeil, pour changer. On se décida pour la salle en bas de la rue, où James venait de s'inscrire.

Il me fit faire le tour des installations, puis partit soulever de la fonte. Je trouvai un tapis de course libre et choisis un programme qui me paraissait suffisamment agressif. J'avais envie de suer et de brûler des calories, de voir si j'avais assez de volonté pour aller jusqu'à l'épuisement. Peut-être que la souffrance disparaîtrait. Je mis mes écouteurs et trouvai un rythme, presque impatiente de ce qui m'attendait.

Je remarquai vaguement que quelqu'un s'installait sur la machine voisine de la mienne. Je restai concentrée sur ma musique et mon rythme, jusqu'à ce que mon casque me soit arraché. Je faillis perdre l'équilibre. Blake se tenait à côté de moi. J'eus le souffle coupé par cette apparition. Je pensais qu'il se passerait plus de temps avant une nouvelle confrontation.

– Qu'est-ce que tu fais là ?

– C'est ici que je m'entraîne. On fait la course ?

Il sourit, me rappelant l'amoureux espiègle et enjoué à côté duquel j'avais l'habitude de me réveiller chaque matin. Il me rappela aussi tous les orgasmes que je n'avais pas eus depuis notre séparation, hors le délicieux dernier petit accident.

– Ça ne paraît pas très équitable.

– Peut-être pas. Mais je ne suis pas vraiment en forme. Mon endurance n'est plus ce qu'elle était.

Le sous-entendu était évident. Si son endurance avait été affectée, la mienne avait été pulvérisée. Il était toujours en parfaite condition physique, une machine bien huilée, mince et puissante.

J'ouvris de grands yeux, espérant qu'il me laisserait, tout en sachant que ce n'était pas son genre.

– Je pensais que tu aimais les défis…

Sans attendre ma réponse, qui allait être acerbe, il se pencha vers les commandes de ma machine pour la passer au même programme que lui. Ma pente confortable se fit plus abrupte, et on se retrouva bientôt tous les deux en plein sprint. J'aurais bien craché quelques commentaires triviaux, mais je préférai garder mon souffle pour la course dans laquelle j'allais à l'évidence devoir bientôt me lancer.

Quelle idée avais-je eue ! Je n'avais pas fait d'exercice hors de ma chambre ou d'une salle de yoga depuis des mois. Je ne me souvenais même plus de la dernière fois où j'avais dormi une nuit entière. Je tenais sur les nerfs. Mes poumons me brûlaient, mes muscles me faisaient souffrir. Seule ma fierté me retenait d'admettre ma défaite. Mais je ne pouvais pas lui donner cette satisfaction, même maintenant, quand ça n'avait plus guère d'importance.

De longues minutes plus tard, je criais grâce en mon for intérieur, me demandant combien de temps encore mes jambes me porteraient sur ces quinze cents mètres de sprint que Blake avait programmés. Trempée et vidée au-delà de tout, je pus enfin ralentir.

Blake sauta de sa machine et s'adossa négligemment à la balustrade derrière nous. Je pouvais à peine tenir debout, et encore moins marcher. Je réussis tout de même, on ne sait trop comment, à ne pas tomber et à débarquer, en me demandant comment j'allais bien pouvoir rentrer.

– Comment vont tes jambes ?

Il m'adressa un sourire qui me donna envie de gifler son beau visage.

– Fous-toi de moi ! réussis-je à placer entre mes halètements.

Je bus une longue rasade de ma bouteille d'eau. Notre petit exercice n'avait visiblement pas eu le même effet sur lui. Il était à peine essoufflé.

– Je te foutrais bien, mais tu sembles anéantie. J'espère que tu n'avais pas de projets dans l'immédiat.

Il souleva le bas de son tee-shirt pour essuyer la fine couche de sueur sur son front, exhibant ouvertement ses abdos. Ils semblaient aussi fermes qu'à l'habitude. Il ne se laissait pas aller.

– Eh !

James s'avança vers nous, sa poitrine se gonflant à la vue de Blake.

Blake lui adressa le genre de regard qu'il réservait aux infortunés qui avaient fait l'erreur de trop s'approcher de moi. Du pur mépris, comme si l'existence même de James l'offensait. Ça n'était pas bon du tout. Quand bien même je n'avais de cesse de lui répéter que James et moi ne couchions pas ensemble, Blake avait une incroyable propension à nous trouver au même endroit au même moment.

– Tu as fini ? demandai-je à James, espérant ainsi rompre leur échange de regards.

– Oui, c'est quand vous voulez.

Il ne quittait pas Blake des yeux.

Je donnai un petit coup sur la poitrine de James, qui l'incita à se tourner et à me suivre vers la sortie. Lorsque je regardai en arrière, j'aperçus le visage tendu de Blake, ses mains crispées sur la balustrade.

Chapitre dix-sept

Ce vendredi, je devais rencontrer l'équipe de campagne de Daniel. Je choisis une robe chocolat décolletée, volante à l'ourlet, que je complétai par une fine ceinture et des sandales à talons hauts. L'ensemble était sophistiqué, et plus proche de ce que j'étais professionnellement que du poste alors en jeu. Je refusais de porter un tailleur pour le faux entretien d'embauche d'un boulot dont je ne voulais même pas.

On était encore à près de deux mois de l'élection proprement dite, mais tous s'affairaient dans le QG de campagne comme si c'était le grand jour. Les pancartes électorales couvraient toutes les fenêtres. Il y avait de la paperasse partout, étalée sur les bureaux ou empilée sur toutes les surfaces disponibles. Une douzaine de personnes parlaient au téléphone en même temps, leur voix se mêlant en un brouhaha inintelligible.

De jeunes hommes et femmes de mon âge se déplaçaient en tous sens dans le bureau, comme s'ils coordonnaient un alunissage, ou un truc de ce genre. Cette ambiance d'urgence perpétuelle me rendit nerveuse.

Je restais là un peu comme une gourde, m'imprégnant de tout, quand un jeune homme plutôt grand sortit de l'un des bureaux privatifs et se dirigea vers moi.

– Erica ?

– Oui.

– Je suis Will, le sous-directeur de campagne. Venez par là, qu'on puisse parler.

On entra dans son bureau. Il ferma la porte, laissant tous les bruits de la salle commune derrière lui. Je me détendis, immédiatement apaisée par cet éloignement. Dieu merci, ce n'était pas comme ça dans mon entreprise. Même les bureaux de Blake, où travaillaient deux ou trois fois plus de personnes, n'étaient pas aussi trépidants.

Will s'assit à son bureau et feuilleta quelques papiers. Il devait avoir dans les trente-cinq ans. Pas mal, avec des cheveux d'un blond sombre, un peu longs et ébouriffés, il ressemblait à une version plus mûre des stagiaires et des volontaires de la grande salle. Ses yeux brillaient un peu, et il irradiait le genre d'énergie dont, d'expérience, je connaissais la source : trop de café et pas assez de sommeil.

– Merci beaucoup d'être venue. Je crois que vous connaissez déjà M. Fitzgerald ?

– Oui. (Les mots me vinrent laborieusement : nous nous connaissions, évidemment, mais Daniel ne m'avait rien dit de ce que devait être la version officielle.) Nous avons des relations d'affaires communes.

J'espérai l'indication assez vague pour décourager toute autre incursion dans cette direction.

– C'est toujours une bonne chose. Je suppose que vous connaissez aussi les exigences du poste ?

– Oui, mais j'aimerais connaître votre version de ce que vous recherchez exactement.

On consacra les dix minutes suivantes à leur politique de communication, leurs lacunes et préoccupations, et à ce qui pouvait être fait pour l'améliorer.

J'écoutai avec attention, prenant des notes sur les points non traités dans les documents que Daniel m'avait donnés.

– Je ne devrais probablement pas le dire durant un entretien d'embauche, mais ici nous n'avons vraiment pas de temps à perdre. M. Fitzgerald semble vouloir se donner les moyens de travailler avec vous. Je crois que c'est réciproque ?

Eh bien, la question était lourde de sens. Je fis cliqueter mon stylo. Mon côté obstiné voulait hurler « Non ! », mais je souris poliment et tirai un épais document de mon sac. Il rivalisait en volume avec le dossier que m'avait donné Daniel la semaine précédente.

Je le posai sur son bureau.

– Will, j'ai une proposition à vous faire.

* * *

Même si la réunion avec Will s'était bien passée, je ne savais pas du tout comment Daniel réagirait à mes propositions. J'avais l'impression que ça ne lui plairait pas beaucoup, même si j'avais défini un projet tout à fait sensé pour tous ceux qu'il impliquait. Il allait certainement le voir comme une autre tentative de remettre en cause les bornes strictes qu'il avait posées. Mais j'allais quand même essayer de le convaincre. Il le fallait.

Mark était mort. Mais tant que Blake était hors de danger, j'allais continuer de lutter sur ce point. Parce que le genre de vie que Daniel envisageait pour moi n'en était pas vraiment une, de mon point de vue. Au moins pour l'instant, j'étais déterminée à assumer les conséquences de mes objections, en espérant que tout se passerait pour le mieux.

Laisser quelqu'un d'autre diriger ma vie était en complète contradiction avec mon caractère, mes convictions, ma personnalité. Et je commençais à me lasser des efforts de Daniel pour me contraindre par la violence et la peur. À long terme, il ne pouvait pas y avoir de gagnant. Les talents qu'il me prêtait ne survivraient pas si je le suivais aveuglément dans cette nouvelle vie.

Je chassai mes appréhensions. Daniel me ferait savoir ce qu'il en pensait tôt ou tard. Inutile de s'inquiéter d'ici là.

De retour au bureau, je parlais avec Chris et Sid quand quelque chose attira mon attention vers la fenêtre. La Tesla de Blake venait de virer au carrefour. Mon cœur se serra. Même sans le voir en chair et en os, la terrible douleur qui me hantait refaisait surface. Et cette douleur fit aussitôt place à une fureur suffocante quand je le vis aider Risa à descendre de voiture. Elle souriait et riait, s'appuyait d'une main sur sa poitrine.

Oh putain, ça, non ! Je retrouvai le contrôle de mes jambes et dévalai les marches, pour les rejoindre quelques secondes plus tard.

– Erica, bonjour.

Risa était tétanisée, les jointures de ses doigts blanchies sur son sac.

Je la toisai rapidement, cherchant désespérément un seul cheveu en désordre, une quelconque indication de ce qui s'était passé pendant cette pause déjeuner prolongée. Je continuai de la dévisager, l'adjurant de me donner une excuse.

– Hum… Blake voulait revoir certaines des données commerciales avec moi, alors on a décidé de déjeuner.

– Vraiment ?

Elle hocha la tête, l'air anxieux. Je la dévisageai encore. Je ne pouvais supporter même les simples images que mon imagination fabriquait en cet instant. Blake rassemblant des informations sur ma société dans mon dos, c'était une chose. Mettre Risa dans son lit, probablement sans grand effort, c'était très différent.

– Je devrais monter et me remettre au travail, dit-elle.

– Tu devrais.

Je me tournai vers Blake, dont le visage arborait une grimace de satisfaction presque imperceptible. Il fit le tour du véhicule et s'installa sur le siège conducteur avant que j'aie pu ouvrir la bouche. Il fila aussi vite qu'il était arrivé, pendant que je restais là à essayer de comprendre ce qu'il pouvait bien vouloir.

Risa avait depuis longtemps disparu dans le bâtiment quand j'y rentrai. J'espérais gagner encore un peu de temps. La tête me tournait à l'idée de tout ce que je voulais lui dire. Essayer de séparer le personnel et le professionnel n'était peut-être plus possible à ce point.

James m'attendait sur le palier, l'air inquiet.

– Que se passe-t-il ?

– Blake vient de ramener Risa d'un déjeuner d'affaires.

– Oui, et alors ?

– D'abord, il n'a pas à rencontrer mes employés dans mon dos. Ensuite, à l'évidence cette rencontre n'avait rien d'innocent. J'avais déjà dû dire à Risa de te lâcher un peu, et maintenant elle semble avoir des vues sur Blake. Putain, c'est de l'acharnement ! Elle n'a pas honte, d'arriver comme ça ! (Je parlais vite, sans trop penser à ce que je disais.) Ça ne se passera pas comme ça. Il y en a plein d'autres, dehors. Il peut rester hors de mon bureau.

Risa savait parvenir à ses fins, et jusqu'ici c'était une bonne chose. Mais Blake était d'une autre trempe. J'arpentai le palier en tous sens. Il ne s'en tirerait pas comme ça.

– Retourne au bureau, dis-je à James. Moi, je reviens vite.

Je tournai les talons pour descendre.

Avant que j'aie pu faire un pas, James m'avait attrapée par le coude et retournée vers lui.

– Où allez-vous ?

– Je vais lui dire le fond de ma pensée.

– Pourquoi ne pas attendre un peu de vous être calmée ? Vous prenez tout ça de façon trop personnelle.

– Non, absolument pas. C'est juste inacceptable.

– Pourquoi vous cédez à ses provocations ?

Il se rembrunit, visiblement animé d'une sincère irritation.

Je m'en fichais. J'étais furieuse.

– Je ne le laisserai pas sauter mes employées, d'accord ? Je ne crois pas que ce soit se laisser provoquer.

Il avança d'un pas, plaçant nos corps dans une proximité dangereuse. Je détournai les yeux de son regard pénétrant. Je me concentrai sur le mur derrière lui, m'efforçant de ne pas penser à ce que je ressentais quand il se trouvait aussi près.

– Vous ne savez pas s'il la saute, ou même s'il est intéressé, dit-il d'une voix basse et posée. Mais vous ne pouvez pas ne pas vous impliquer.

Je serrai fort les paupières, espérant trouver la force de survivre à cette journée sans devenir folle.

– Erica.

– Quoi ?

Je détournais toujours les yeux, incapable de le regarder en face. Je ne pouvais pas lui donner ce qu'il voulait. J'avais déjà du mal à survivre à ma rupture avec Blake, il ne me restait rien à offrir à un autre.

– Allez-vous au moins m'écouter, avant de courir vers lui ?

Je me hérissai un peu à cause du ton dont il avait dit ça. Ça ne me plaisait pas du tout.

– Qu'est-ce que tu as à dire ?

Son expression s'adoucit un peu, comme s'il avait perçu mon irritation.

– Je sais que c'est compliqué, vous et moi. Mais même si vous préférez le nier, il y a quelque chose entre nous. Je le sens, et je sais que vous aussi. Je tiens à vous, et je ne supporte pas de voir ce type vous torturer, vous arracher le cœur.

– Crois-moi, soupirai-je, tu ne comprends vraiment pas ce qu'est ma vie.

– La seule chose que je ne comprends pas, c'est pourquoi vous ne pouvez pas admettre ce que vous éprouvez pour moi. Pourquoi le combattre ?

Il n'y avait pas de réponse simple à ça.

– Je ne suis pas aveugle au point de ne pas voir l'effet que je vous fais.

Il fit glisser son pouce sur ma joue.

– Peut-être que tu surestimes l'effet que tu fais aux femmes, mentis-je.

Il me faisait de l'effet. Je ne savais pas pourquoi. Depuis que j'avais rencontré Blake, les autres hommes n'apparaissaient même plus sur mon radar ; mais James était là, impossible à ignorer.

Il rit doucement.

– Vous rougissez chaque fois qu'on est trop près, comme maintenant, comme si vous aviez besoin de reprendre votre souffle. (Son pouce descendit le long de mon menton et effleura ma lèvre inférieure.) Et la façon dont vous ouvrez les lèvres à ce moment-là… J'ai besoin de toutes mes forces pour ne pas vous embrasser, parce que je sais que quelque part au fond de vous, vous voulez que je le fasse.

J'en eus le souffle coupé. À la seconde où mon regard croisa le sien, sa bouche fut sur la mienne. Il m'embrassait à petits coups doux et tendres. Je me tendis, m'attendant à ce que la voix en moi se mette à hurler, mais elle ne le fit pas. Peut-être était-elle aussi fatiguée que moi de se battre. Quelque chose en moi céda. Malgré tous mes doutes, je m'autorisai à désirer James à cet instant, pour le temps qu'il durerait. Lorsqu'il resserra son étreinte, je me cambrai et passai mes bras autour de son cou.

– James…

Je murmurai son nom, laissant cette sonorité s'instiller en moi. Je m'efforçai de ne pas penser à toutes les façons dont il différait de Blake. Son odeur, le contact de son corps contre le mien.

– Je vous le ferai oublier. Laissez-moi entrer dans votre vie, Erica, chuchota-t-il entre ses baisers.

Ses mains étaient partout, douces, délicatement aventureuses… Cependant, leur traînée n'était pas de feu, mais de glace. Je frissonnai tout en me répétant ses paroles. « Laissez-moi entrer dans votre vie. »

Non. La petite voix trouva assez d'énergie pour parler. Les lèvres de James tentèrent en vain de me reprendre, mais ce que j'avais ressenti sur l'instant avait disparu. Le feu qui m'avait envahie, prenant possession de mes sens, avait brûlé aussi brièvement qu'intensément.

Et c'est là que je sus. Blake était le seul homme de ma vie. Il s'était enraciné dans mon âme, et toutes les tentations qu'offrait James n'y changeraient jamais rien.

– Qu'est-ce qui ne va pas ?

Je secouai la tête.

– Je ne peux pas faire ça.

– Alors, que dois-je faire ? Dites-le-moi.

– Tu n'as pas envie d'être avec quelqu'un comme moi, crois-moi. Bon sang, même moi, je n'ai pas envie d'être avec quelqu'un comme moi, ces temps-ci.

Je me raidis et reculai d'un pas, pour remettre un peu de distance entre nous.

– Pourquoi ne pas me laisser en juger ?

– Il n'y a rien que tu puisses faire, James. Je ne peux pas être ce que tu voudrais que je sois. Ce n'est pas… ce n'est pas juste, pour toi.

– Allez-vous cesser ? Ne me repoussez pas simplement parce que vous avez peur de ce que je pourrais ressentir. Je suis un grand garçon.

– C'est peut-être aussi pour moi que j'ai peur. Tu as raison. Je suis attirée par toi. Je ne peux pas le nier, mais tu dois comprendre que je ne peux pas t'aimer.

La véracité de mes paroles m'apparut à mesure que je les prononçais. Je n'étais pas capable d'aimer quelqu'un d'autre maintenant, et peut-être même plus jamais, quelles que soient ses qualités.

– Je ne vous demande pas de m'aimer, mais de nous donner une chance. Vous n'avez aucune idée de ce que nous pourrions être, parce que vous ne nous laissez même pas essayer.

Je fermai les yeux. Des semaines durant, j'avais tenu avec l'équivalent émotionnel des rustines. J'avais juste besoin de quelqu'un pour m'aider à me reconstruire, mais James n'était pas cette personne-là.

– C'est lui que vous voulez. Et vous allez courir vers lui.

Il me dévisagea longuement, son expression marquée par la frustration qui semblait bouillonner en lui.

– Je ne cours pas vers lui.

– C'est pathétique, de vous voir faire ça, coupa-t-il. Lui courir après quand je suis là. Je vous veux. J'en brûle d'envie, et tout ce que vous voulez, c'est une autre chance avec lui.

Son affirmation me mit en colère.

– Je ne cours pas après lui, James. Je l'ai quitté. Je l'ai quitté, d'accord ? OK, ça m'a brisé le cœur. Mais c'était mon choix, et tu ne sais absolument rien de ce qui m'a poussée à faire ça. Alors, ne t'occupe pas de ma tête et de mon cœur, et garde tes putains d'opinions pour toi !

Je serrai les poings pour stopper le tremblement de mes mains.

James parut se détendre, ses épaules retombant un peu. Son expression s'adoucit.

– Je n'arrive pas à comprendre comment vous pouvez tenir à quelqu'un qui vous bat.

– Quoi ?

J'avais bien entendu ?

– Mon père avait la main lourde, lui aussi. Je reconnais ça quand je le vois, croyez-moi. Mais je n'arrive pas à imaginer comment vous pouvez l'accepter, quels que soient vos sentiments pour lui.

– Je… Oh mon Dieu, James… Ce jour-là… Oh, merde !

Je laissai ma tête tomber dans mes mains. J'avais été si préoccupée par mes sentiments que je n'avais pas pensé une seconde à ce que James avait pu imaginer en me voyant comme ça. Pas étonnant qu'il haïsse autant Blake.

Je me rapprochai et posai une main sur sa poitrine. Je n'avais pas besoin de me disputer avec lui, et il fallait qu'il me croie.

– Blake ne m'a jamais frappée. Je te le promets. Crois-moi quand je te dis que cette situation est bien plus compliquée que tu ne l'imagines.

Ma déclaration n'eut pas l'effet désiré. Il recula, et ma main retomba dans son élan.

– Si vous le dites, Erica...

La défaite qui se lisait sur son visage ajouta une insupportable culpabilité à ma détresse émotionnelle.

Il tourna les talons et descendit le couloir pour retourner au bureau.

* * *

Je n'avais aucune idée de ce que j'allais dire si Blake était à son bureau. D'une manière ou d'une autre, il allait m'entendre, comprendre clairement ce que je pensais et ce que je ressentais.

Je traversai la salle commune au pas de charge et le regard droit devant, avec une détermination qui fit tourner des têtes, le bruit de mes talons résonnant derrière moi. Je franchis la porte comme une furie, sans me préoccuper du salut de Cady, et la claquai dès que je le vis assis à sa place. Il fit tourner son siège.

– Erica, je ne t'attendais pas si tôt.

– C'est ça, mon con !

Je m'avançai jusqu'au côté de son bureau, prête à lui exprimer le fond de ma pensée.

Il se leva avec grâce et me fit face.

– Je ne l'attendais pas de sitôt non plus, puisque je pensais qu'on ne baisait plus sur les tables depuis notre séparation… mais si tu as changé d'idée, je dois admettre que je reste intéressé.

– Pourquoi ? Ça ne progresse pas assez vite avec Risa ?

Je haussai un sourcil, et pinçai les lèvres.

– Pas aussi vite qu'elle le voudrait.

Je serrai les dents. Ses mots m'avaient transpercée comme un millier de petits couteaux. Comment pouvait-il avoir autant changé ? Avait-il toujours été aussi froid ? Je pris une longue inspiration et me préparai au combat.

– Tu peux baiser qui tu veux, mais reste à l'écart de mes employées.

– Tu sembles pourtant avoir une position plutôt libérale sur les rapports au boulot.

– Je ne sais pas combien de fois il faut que je te le dise, James et moi sommes seulement amis.

– Vraiment ?

– Oui, insistai-je.

Je ne savais pas pourquoi, mais je tenais vraiment à ce qu'il me croie.

– On dirait qu'il se meurt d'amour pour toi.

– Et donc, tu te sers de Risa et de Sophia en réaction, pour me rendre jalouse, c'est ça ?

– Tu l'es ?

Il se rapprocha, me coinçant entre lui et le bord du bureau. Je m'y appuyai, un peu déstabilisée.

– Combien de temps étais-je supposé t'attendre, Erica ? À moins que tu ne sois venue que pour jouir un coup.

Il posa une main sur ma cuisse et remonta vers ma culotte.

Je chassai sa main d'un geste.

– Je n'avais pas de haine.

Je déglutis, comme ma gorge se serrait.

Le froid de son regard disparut. Ses yeux s'assombrirent d'émotion.

– L'amour ne te suffisait pas. Il t'a fallu mon désespoir.

Je fis non de la tête, perplexe.

– Non ? Alors, peut-être que ce n'était pas de l'amour.

– Blake…

Son insinuation me fit tressaillir. Comment avait-il jamais pu en douter ?

– Tu peux à peine le dire, Erica.

Ma bouche s'ouvrit, mais je restai muette. Je voulais lui dire que je l'aimais, que je le haïssais, qu'il me manquait désespérément. Lui avouer à quel point j'étais lasse de cette séparation douloureuse et épuisante.

– Dis-le, reprit-il. S'il y a un seul espoir à t'attendre, j'ai besoin que tu me le dises maintenant.

Les larmes retenues me brûlaient les yeux.

– Pourquoi m'attendrais-tu ?

– Parce que je ne peux pas m'en empêcher ! s'exclama-t-il en passant sa main dans ses cheveux déjà ébouriffés. Bon Dieu, tu crois vraiment que j'allais cesser de te vouloir ? Juste comme ça ? On appuie sur l'interrupteur et tout change ? Sans que j'éprouve rien ?

Je fermai les yeux, alors même que je sentais encore la brûlure de son regard. Il posa sa main sur ma nuque, rapprochant nos visages. Mes yeux s'ouvrirent d'un coup au contact de son souffle sur mes lèvres. Mon cœur battit la chamade. Son visage se tendit, de la colère et de la frustration que j'avais provoquées.

– Quoi qui t'ait ôtée à moi, je le réglerai, je te le promets.

– Tu ne peux pas régler ça, Blake.

– Tu n'imagines même pas ! Je ferai n'importe quoi pour te reprendre. Tu comprends ? N'importe quoi.

Des larmes brûlantes roulèrent sur mes joues. Le besoin intense dans son regard m'enveloppa, engloba tout. Sa souffrance envahit mon âme. Son expression s'adoucit, et il sécha mes larmes, embrassant le sillage qu'elles avaient laissé sur mes joues.

– Tu es la seule, Erica. Il n'y a jamais eu personne d'autre.

– Mais…

– Ni Risa, ni Sophia. Aucune ne t'arrive à la cheville. Crois-moi, personne n'y arrivera jamais. Si on échoue tous les deux… (Son emprise sur moi se resserra un peu.) Je ne l'imagine même pas. Bon Dieu ! je continuerai d'essayer jusqu'à ce que j'y parvienne. Dis-le, ma belle, s'il te plaît.

Sa douce requête me brisa le cœur.

– Dis-le… répéta-t-il dans un murmure, en m'embrassant doucement.

– Je t'aime.

Les mots m'étaient venus dans un sanglot. Je combattis le désir de succomber tout à fait, retrouvant des forces dans la baisse de pression qui avait suivi mon aveu.

– Je t'aime tant…

Il répondit en me soulevant et en m'asseyant sur le bord du bureau.

– Alors, n'abandonne pas. Aime-moi, bon sang ! Par pitié, ma belle, laisse-moi t'aimer…

Ses mains remontèrent mes cuisses, relevant le tissu de ma robe au passage. Il annihila toute possibilité de refus d'un autre puissant baiser, dévorant ma bouche à grandes goulées pressées et affamées. Je passai mes bras autour de son cou, partageant sa détermination.

– Putain, que j'ai besoin de toi ! gronda-t-il en se reculant.

Dans un seul mouvement, il enleva son tee-shirt et me débarrassa de ma culotte, tout en s'assurant de ne pas m'ôter mes talons.

– Blake, le bureau… murmurai-je, vaguement consciente que nous violions une règle non écrite en baisant ici.

– Rien à foutre. J'ai plus besoin d'être en toi que de respirer, pour l'instant. Tant pis si ça se sait.

D'un bras, il envoya voler tout ce qui se trouvait sur le bureau derrière moi. Tout retomba dans un grand fracas. Il me poussa en arrière, se posa sur moi, et enroula mes jambes autour de sa taille. Il me couvrit de baisers enfiévrés, me suçant le cou jusqu'à ce que je me hérisse de désir. Il fit glisser le haut de ma robe, libérant mes seins. Il prit un mamelon dans sa bouche, en flatta la tendre pointe du plat de la langue, puis fit la même chose à l'autre.

– J'ai cru que j'allais devenir fou en te voyant partir hier soir.

– Je ne voulais pas te laisser, Blake.

– Je n'ai pas pu dormir tellement je te désirais. Je voulais m'enfoncer en toi, t'entendre hurler.

Je gémis, tout mon corps brûlant de désir. Je m'agitais désespérément sous lui, cherchant anxieusement son contact. Je me battis avec sa ceinture, la dénouai, et baissai son jean pour libérer son membre. Effrénée, j'avançai le bassin, allant à sa rencontre tandis qu'il s'enfonçait aisément en moi. Il tendit les reins, me pénétrant alors que je me pressais contre lui. Il m'emplissait complètement. Ses halètements répondaient aux miens.

Personne ne m'avait fait éprouver ça, personne ne le pourrait jamais.

Il prit ma bouche, sa langue poursuivant la mienne à petits coups voluptueux, jusqu'à ce que je ne puisse presque plus respirer. Je gémis quand il se retira… pour mieux se réenfoncer, plus profondément encore.

– Redis-le.

L'ordre sortit de ses lèvres dans un grondement étranglé. Il agrippa mes hanches et revint encore, tellement fort.

– Je t'aime, Blake. (Je sanglotai de plaisir.) Oh mon Dieu, c'est bon, tellement bon…

Comme si quelque chose d'invisible cédait, le léger vernis de maîtrise disparut de ses traits. Son visage ne portait plus les signes habituels de sa retenue. Seul restait son intense besoin, presque animal, de me posséder. Il pompa rapidement en moi. La friction de ce mouvement violent me fit perdre la tête. Je me raccrochai à tout : ses cheveux, ses épaules, le bord du bureau. N'importe quelle prise, qui m'empêcherait de glisser dans le néant.

Il prit mes mains dans la sienne et les maintint serrées au-dessus de ma tête, assez fermement pour que je ne puisse pas lui échapper. Mes tétons se durcirent, sous la caresse des poils de sa poitrine. Je gémis et laissai échapper des mots inintelligibles. Je devenais folle de plaisir.

Nos corps s'entrechoquaient, luisants et tendus de la tension qui pulsait en chacun de nous. La lente brûlure de mon désir flamboyait maintenant, son feu m'emplissant tandis que je l'étreignais de toutes mes forces. Ses hanches percutaient impitoyablement mon corps, cloué là tant par ses coups de boutoir que par sa bouche. Il me couvrait de baisers profonds et passionnés que j'accueillais comme si j'en avais trop longtemps été sevrée.

– Merde, merde, merde ! Erica, jouis, ma belle, je ne peux plus m'arrêter.

Sa voix déclencha mon orgasme. Je laissai échapper un cri incontrôlé, mes doigts s'entrelaçant aux siens. Ses yeux ne me quittèrent pas une seconde tandis qu'il trouvait son plaisir, tous les muscles de son corps tendus. Les nœuds serrés de son abdomen se contractèrent encore une fois avant qu'un spasme ne parcoure tout son corps puissant.

Mon corps vibra. Ma poitrine s'emplit de chaleur, et je respirai son odeur, me délectant de notre soudaine et féroce proximité.

L'amour – une forme d'amour vibrante, enivrante et possessive – me tenait dans ses griffes. Tout ce que j'avais essayé d'oublier et de tempérer me revint à pleine force, submergeant mes sens. Front contre front, on reprit notre souffle doucement, entre de lents baisers passionnés.

Il s'interrompit un instant et releva les yeux.

– Oh merde !

– Quoi ?

– J'ai une téléconférence programmée dans quelques minutes, sinon je te ramènerais à la maison pour la suite. (Il secoua la tête.) Non, je vais dire à Cady de la reprogrammer.

Il durcit en moi, prêt à recommencer. Je me tendis en réaction, surprise de voir à quel point je le voulais déjà de nouveau. Je voulais me rassasier de tout ce qui m'avait tant manqué.

Puis la réalité reprit lentement ses droits. Le sexe avait été génial, déchirant, insensé, obsédant… mais ça ne réglait rien. Je posai doucement les mains sur sa poitrine.

– Je vais me servir de ta salle de bains.

Il se retira. Je me mordis la lèvre, ravalant un soupir de regret. Avec son aide, je descendis du bureau puis disparus dans la salle de bains attenante. Je fermai la porte et fis ma toilette. Comment allions-nous faire maintenant ?

Avant que j'aie eu le temps d'y réfléchir, il frappa. Je finis de me préparer et allai l'accueillir à la porte.

– Tout va bien ?

– Oui, oui. (Je sortis, nerveuse.) Je crois que je vais te laisser travailler, maintenant.

Je l'avais à peine dépassé qu'il me prit dans ses bras.

– Et si je n'avais pas envie que tu t'en ailles ?

J'évitais ses yeux, incapable de ne pas me détendre dans la chaleur de son corps.

– Voyons-nous ce soir, dit-il.

Il attendit, plongeant son regard dans le mien.

Je réfléchis. Il venait de me mettre à nu émotionnellement et de dévoiler la supercherie de notre rupture. À partir de là, que pouvais-je bien dire qu'il croirait ou accepterait ? Il était l'image même de la détermination.

– Je ne crois pas que ce soit une bonne idée.

Ses yeux s'écarquillèrent un peu.

– On en revient là ?

Je soupirai intérieurement. On était tellement loin d'un retour à la normale. Je ne pouvais toujours pas lui révéler tout ce qu'il ne savait pas.

– Tu me tues avec toutes ces conneries, Erica. Après ce qu'on vient de faire, tu ne veux toujours pas sortir avec moi ?

J'essayai de peser les options, les possibilités, tout ce qui pouvait mal se passer. Au milieu de quoi Blake m'embrassa. Je lui rendis son baiser, froissant le bas de son tee-shirt en une boule pour l'attirer contre moi. Tout disparut de nouveau comme ç'avait déjà été merveilleusement le cas.

– On se voit après le travail, d'accord ?

J'acquiesçai sans réfléchir, ivre de son goût sur mes lèvres. Avant que j'aie pu me décider à partir, il parla de nouveau.

– Pour Risa…

Mon regard se fixa sur lui. Je fus dégrisée d'un coup, appréhendant ce qu'il allait dire.

– Ce n'est pas du tout ce que tu crois.

– Oh ?

Alors, c'était quoi ?

– Sa loyauté ne t'est pas acquise.

– Qu'est-ce que ça signifie ?

– Tu m'as dit que tu voulais faire tes propres erreurs, alors je te laisse faire. Fais ton boulot. Tu trouveras toute seule.

Chapitre dix-huit

Sur le chemin du retour, je fis une tresse de mes cheveux, pour ne pas avoir trop l'air d'avoir été basculée sur un bureau. À mon retour, j'ignorai l'attitude coupable de Risa. Je n'avais pas envie de croiser son regard. Dès que j'eus franchi la séparation, James apparut.

– Comment ça s'est passé ?

Quelque chose dans le ton de sa voix me rappelait les piques de jalousie amère que j'avais récemment adressées à Blake. Je soupirai, regrettant de ne pas être allée d'abord ailleurs.

– Bien. On est sur la même longueur d'onde, maintenant.

– C'est ce que je vois, dit-il doucement en tapotant du pouce un point du haut de mon cou.

Il secoua la tête et tourna les talons, disparaissant aussi vite qu'il était apparu.

Je m'assis et ouvris mon poudrier. Dans le petit miroir, je vis un suçon de la taille d'une pièce là où le doigt de James s'était posé.

Je rougis. Putain, Blake…

Il était impitoyable dans sa jalousie, et maintenant James était visiblement furieux que je sois allée faire ce qu'il avait prévu que je ferais.

Accablée, j'allai bouder dans mon fauteuil. Dire que je m'étais inquiétée des convenances dans l'entreprise ! J'aurais de la chance si James ne démissionnait pas avant que j'aie eu l'occasion de passer un nouveau savon à Risa pour avoir dragué mon ex, ou ce que pouvait être le statut officiel actuel de Blake. En cet instant, j'étais très reconnaissante à Sid et à Chris pour leur vie sociale sans histoires. À moi toute seule, j'avais provoqué assez de tragédies pour tout le bureau.

J'attendis dix-sept heures, que tout le monde s'en aille. Pour la première fois depuis longtemps, James ne resta pas tard. Je compris qu'il était fâché quand il fut parti sans me saluer. Je verrouillai la porte puis allai au bureau de Risa. Je consultai minutieusement ses dossiers. Tout paraissait en ordre. Contrats, notes, tirages papier.

Je m'assis sur son siège et bougeai sa souris. Son écran s'alluma, et j'entrepris de consulter ses fichiers. Je regardai ses e-mails et fis défiler des dizaines de messages entre elle et ses clients, moi, et les autres membres de l'équipe. Tout paraissait normal. J'espérai que Blake ne m'avait pas envoyé à la chasse au dahu pour justifier leur déjeuner.

Je vérifiai les e-mails envoyés et remontai de quelques pages. Je m'arrêtai sur un mail adressé à Max, intitulé « Fichiers ».

« Max, voici les fichiers demandés.

Risa. »

Suivaient en pièces jointes des tableaux incluant tous les noms de nos clients, ainsi que les documents confidentiels que je lui avais remis après notre réunion avec Alli, des semaines auparavant.

J'en restai bouche bée. Je l'avais engagée, partageant tout avec elle, je lui avais appris tout ce que je savais, et donné l'opportunité de devenir quelqu'un d'important à la base de la société. D'accord, nous avions eu des conflits personnels, mais là c'était trop.

J'appelai immédiatement Sid.

– Dis, tu peux changer le mot de passe de l'adresse mail de Risa ?

– Évidemment. Qu'est-ce qui se passe ?

– Je ne sais pas encore trop, mais il semble qu'elle soit de mèche avec Max, le type censé nous financer au départ.

– Je ne comprends pas.

– Elle lui a envoyé une copie de la base de données du site, les coordonnées de tous nos annonceurs, et des tonnes de données financières que je lui avais confiées quand elle a commencé.

– Pfou ! Pourquoi ça ?

– Je ne sais pas, mais ça ne sent pas bon.

– Tu lui as parlé ?

– Pas encore. Envoie-moi son nouveau mot de passe, je vais approfondir mes recherches ce soir. Je veux découvrir le plus de choses possible avant de l'affronter, mais il me paraît évident qu'elle ne travaillera plus ici lundi matin.

– Très bien. Je m'en occupe dès maintenant.

Je raccrochai et continuai de fulminer. Elle m'avait énervée cet après-midi, mais là elle avait franchi le point de non-retour.

* * *

Je pris une douche rapide à l'appartement puis entrepris de choisir ce que j'allais porter. Je n'avais aucune idée de ce que nous allions faire. Alors je me décidai pour un haut léger sans manches et une jupe courte à motif floral qu'Alli avait oubliée lors de sa dernière visite. Je n'avais pas d'autre choix que de laisser mes cheveux flotter, puisque Blake avait décidé de me marquer d'un suçon. Je me maquillai légèrement, frisai quelques-unes de mes mèches blondes pour un effet retour de plage, et me considérai prête.

J'inspectai la rue en contrebas, pour satisfaire le fond de paranoïa qui me disait que Connor pouvait me surveiller encore, sans voir aucune trace de la Lincoln. Peut-être que c'était fini. Dans ce cas, voler du temps avec Blake serait possible.

Mais Blake ne serait probablement pas intéressé par une relation cachée sans une bonne explication de ma part. Tout entre nous changeait encore, et j'avais l'impression de ne rien contrôler.

J'envoyai un texto à Blake pour lui dire que j'étais à l'appartement, et il m'y rejoignit quelques minutes plus tard. J'ouvris la porte comme il frappait, et il me prit dans ses bras avant même que j'aie le temps de lui dire bonsoir. Il me souleva du sol, s'inclina pour m'embrasser. Son sourire était contagieux. Je baissai la tête pour accueillir doucement son baiser, mes mains enveloppant son visage. Sa bouche me prit en otage, sa langue poursuivant inlassablement ses mouvements jusqu'à me couper le souffle et que je ne veuille plus que recommencer.

Enfin, il me reposa à terre, restant tout près de moi.

– Tu es parfaite.

À ce mot, mon visage s'empourpra. Il y avait si longtemps que je me sentais tout sauf parfaite. Comment pouvait-il penser ça ?

– Où allons-nous ? demandai-je, impatiente de détourner la conversation de mes qualités supposées.

– Tu verras. Mais il faudrait partir. Ce n'est pas tout près.

Bientôt sortis de la circulation du week-end, on rejoignit la côte, pour rouler plein nord. Peu à peu, le paysage urbain laissa la place aux villes de banlieue. Contrairement à la palette des résidences aux toits en bardeaux de cèdre de Cap Cod, les demeures en bord de mer du nord de la ville étaient plus anciennes et pittoresques. Plus on s'éloignait, plus elles devenaient impressionnantes. On quitta la grande route pour entrer dans Marblehead Neck, un quartier huppé qui s'avançait sur l'Océan. Chaque maison était majestueuse à sa façon, imposante tant par sa taille que par son architecture. On s'engagea dans la grande allée circulaire d'une immense maison de brique ouvrant sur l'Océan et sur une vision panoramique du cœur de Boston. Quelques autres voitures étaient garées dans l'allée, sur le côté de la maison.

On resta un instant assis dans la voiture. Blake serrait fort ma main.

– Tu vas enfin me dire où nous sommes ?

– Voici la maison de mes parents.

Je haussai les sourcils.

– Oh…

– Ils sont impatients de te rencontrer. Je me suis dit qu'aujourd'hui n'était pas un jour plus mauvais qu'un autre.

Je m'inspectai dans le miroir de courtoisie. C'était si soudain.

Il sourit.

– Tu es parfaite, ma belle. Ne t'inquiète pas. Ils vont t'adorer.

Il vint ouvrir ma portière, puis on remonta l'allée de brique jusqu'à l'entrée principale. La mère de Blake nous ouvrit la porte un instant plus tard.

– Erica !

Elle sourit et m'étreignit chaleureusement.

– Erica, voici ma mère, Catherine.

Catherine était une femme petite et bronzée, aux cheveux blonds et courts. Ses yeux bleus me rappelaient les miens. Elle recula, souriante.

– Ma chère, on mourait d'envie de te rencontrer ! Blake préférait te garder pour lui. (Elle lui donna une tape espiègle sur le bras avant de me prendre par la main.) Entre. Je veux te présenter Greg.

Elle nous entraîna vers une grande cuisine, où le père de Blake sortait des plats du four. Il portait un tablier par-dessus son jean et son tee-shirt. Maintenant, je savais de qui Blake tenait son sens de la mode.

– Greg, viens dire bonjour à Erica.

Le père de Blake ôta ses gants de cuisine et son tablier, puis il nous rejoignit à l'entrée de la pièce. Grand, avec des cheveux châtain foncé, il était bel homme et avait un sourire affable. Ses yeux brillèrent en croisant les miens. Je vis beaucoup de Blake en lui.

– Bon boulot, mon fils. (Il rit de bon cœur et me surprit en m'étreignant.) C'est merveilleux de te rencontrer enfin. Blake dit beaucoup de bien de toi.

Je restai sans voix devant ce compliment. En fait, je n'avais pas pu dire un mot depuis que j'étais entrée dans la maison des Landon.

– J'espère que tu aimes le poulet au parmesan, dit Greg, comblant aisément le silence.

– J'adore ça, répondis-je avec un sourire chaleureux.

– Oh ! c'est vrai. Blake nous a dit que tu étais un véritable cordon-bleu. J'espère que tu ne seras pas déçue.

Blake rit en prenant deux bières dans le frigo.

– Bon, vous tous, du calme, vraiment. Tu veux prendre un peu l'air ? Sinon, ces deux-là vont te noyer sous les questions et les compliments.

– Ça n'a pas l'air si terrible, plaisantai-je.

Les parents de Blake semblaient adorables. Mais j'étais tout de même impressionnée.

– Allez-y, tous les deux. Tout le monde est sur la terrasse, dit Catherine en nous faisant signe de sortir de la cuisine.

Blake me prit par la main, et on traversa un grand salon pour sortir sur une terrasse courant sur toute la longueur de la maison et donnant sur l'Océan.

Heath et Alli se retournèrent vers nous depuis la balustrade.

– Toi !

Alli croisa défensivement les bras et m'adressa un regard assassin.

Oh merde ! Elle m'avait vraiment traquée.

– Eh… tentai-je timidement.

Elle se rapprocha de moi, pointant un index manucuré dans ma direction.

– Il n'y a pas de « Eh ! », Erica. Tu es dans de sales draps. Tu as une idée de la façon dont j'ai pu m'inquiéter ? Et qui peut oser rester des semaines sans téléphoner à sa meilleure amie ? Je veux dire, vraiment…

– Du calme, bébé. Elle vient d'arriver.

Heath la prit par les épaules et la serra affectueusement.

Je reculai un peu, m'appuyant contre le corps de Blake en espérant un peu qu'il saurait me protéger de la fureur d'Alli. Elle dramatisait, cassant l'ambiance.

– Si tu as quelque chose à me dire, c'est le moment, dis-je en ne plaisantant qu'à moitié.

Elle plissa les lèvres en un demi-sourire.

– J'adore cette jupe. Je veux que tu me la rendes.

Je m'esclaffai, et avant que j'aie pu répondre, elle s'était avancée pour me prendre dans ses bras. Je lui rendis son étreinte, en réalisant à quel point elle m'avait manqué.

– Ne me refais plus jamais ça.

– Désolée.

Ma voix fut doucement assourdie dans son épaule. Je cachais la vérité à tant de personnes et depuis si longtemps que parfois je ne savais même plus qui j'étais.

– Excuses acceptées. (Elle recula.) Maintenant, tu veux bien m'expliquer ce qui se passe ?

Je me tournai vers Blake, puis vers elle.

– On en parlera plus tard, d'accord ? Je ne suis pas convaincue que leurs parents soient réellement intéressés par mes tragédies.

– Ce n'est pas ce que je dirais, interrompit Heath en ouvrant de grands yeux. Pour ta gouverne, tu auras de la chance si le dîner se passe sans que tu sois soumise à la question pour avouer pourquoi toi et Blake n'êtes plus ensemble.

Mes yeux s'écarquillèrent d'anxiété. Tout ça risquait de finir dans les larmes, ou je serais celle à interner cette fois. Personne ne se rendait compte à quel point j'étais devenue fragile ces dernières semaines. J'en venais même à me demander si le stress ne me coûtait pas des années d'espérance de vie.

Blake m'embrassa sur la joue et me chuchota à l'oreille :

– Ne t'inquiète pas. Je les occuperai. Détends-toi, et passe un bon moment.

Catherine nous rejoignit, suivie de Fiona – parfaite dans un haut bleu rayé sur un short blanc.

– Erica, je suis si heureuse que tu aies pu venir, dit-elle d'un ton joyeux en me serrant fort dans ses bras.

Ma gorge se serra. Trop d'étreintes. Je n'étais pas prête à ce qu'autant de gens soient contents de me voir. Avant que j'aie pu trop y réfléchir, Catherine annonça que le dîner était servi. La table était dressée à l'extérieur, à l'autre bout de la terrasse. J'étais placée entre Alli et Blake, ce qui fut un soulagement.

– Erica, parle-nous de ta famille, demanda presque aussitôt Catherine.

– Maman… intervint Blake.

– Quoi ?

Elle agita la tête, fit de grands yeux, et se retourna vers moi.

– Ce n'est pas un problème, dis-je. Eh bien, ma mère est décédée d'un cancer quand j'avais douze ans. Mon beau-père s'est remarié pendant que j'étais en pension, alors je n'ai plus vraiment de famille proche, maintenant.

– Oh, chérie, je suis désolée…

Je haussai les épaules, souhaitant ne pas vouloir paraître émue ou gênée par la situation. Et puis, je n'avais presque rien dit.

– Merci, mais ce n'est rien. Je crée ma propre famille partout où je vais, maintenant.

Alli sourit et se pencha légèrement vers moi.

Greg finit une bouchée de salade.

– Parle-nous de ton entreprise. Blake nous dit que tu appartiens à l'espèce fort rare des femmes œuvrant dans la haute technologie.

Je jetai un rapide coup d'œil à Blake, dont les lèvres dessinaient une grimace gênée. Greg ouvrit la bouche mais, avant qu'il dise un mot, Heath s'éclaircit la voix.

– Désolé de t'interrompre, papa, mais nous avons une annonce à faire.

Catherine devint livide. Alli s'empressa de prendre la parole.

– J'ai décidé de revenir à Boston.

– Oh !

Catherine éclata de rire, en posant la main sur son cœur comme si elle venait de frôler la crise cardiaque.

Le mien s'emplit de joie à cette nouvelle. Je me tournai pour lui faire face.

– Oh mon Dieu, tu es sérieuse ?

Elle hocha la tête.

– C'est officiel. Heath et moi en avons parlé cette semaine. Je cherche un boulot, et je déménage dès que possible.

– Une merveilleuse nouvelle, dit Catherine avec un sourire chaleureux.

Greg bombarda Heath de suggestions sur les appartements en ville, et je donnai un petit coup de coude à Alli.

– Je fais passer des entretiens pour un poste de directrice commerciale. Tu ne serais pas intéressée, par hasard ?

Elle fronça les sourcils.

– Sérieusement ?

– En fait, oui. Ça n'a pas marché avec Risa. Je te raconterai plus tard. Mais disons que nous rompons tout lien de façon totale et définitive.

– Eh bien… dans ce cas, oui.

– Vraiment ? Tu es sûre que c'est ce que tu veux faire ?

– Tu plaisantes ? J'ai passé les deux derniers mois à m'échiner douze heures par jour pour des modélistes qui sont autant de prime donne. Revenir chez Clozpin, ce sera comme des vacances sous les tropiques, en comparaison.

– Je croyais que tu voulais faire carrière dans la mode ?

Elle m'adressa un demi-sourire.

– Je croyais aussi. Je suppose que, parfois, on ne réalise ce qu'on a seulement quand on l'a perdu. J'ai vu bien des choses et beaucoup appris, mais je serai contente de revenir. Heath sera bien plus heureux ici. Sa famille est là pour le soutenir, et tu es là toi aussi. J'ai toutes les raisons de déménager.

– Ce n'est pas moi qui vais dire le contraire. Je rêve que tu reviennes depuis que tu es partie. Et franchement, après ce qui s'est passé avec Risa, j'ai l'impression que je ne pourrai plus jamais faire confiance pour ce poste à quelqu'un d'autre que toi.

– Ne t'inquiète pas, on va régler tout ça. On a créé cette boîte. Personne n'est mieux placé que nous pour la développer.

– Je bois à ça.

Chapitre dix-neuf

Je laissai échapper un soupir de soulagement quand on quitta la table animée de la famille de Blake pour s'échapper vers la plage en contrebas. Je laissai mes sandales sur les marches, et on partit tous les deux pieds nus le long du rivage alors que le soleil se couchait.

– Désolé, ils sont complètement fous, maugréa-t-il.

– Ça va. Ils sont plutôt gentils, en fait. (Je me sentais bien, de la tournure inattendue qu'avait prise la soirée.) La question peut te paraître étrange, mais pourquoi ne m'as-tu pas présentée à tes parents plus tôt ? Tu sais, quand les choses n'étaient pas aussi compliquées entre nous.

– Comme l'a dit Heath, ils sont curieux et envahissants. D'un côté, je n'avais pas envie de partager le temps que je passais avec toi, et de l'autre je savais qu'une fois que je les aurais lâchés sur toi ce serait fini.

Mon cœur se serra un peu.

– Fini ?

– Maintenant qu'ils t'ont rencontrée, ils ne vont plus jamais me lâcher. Ne crois pas une seconde que c'est ton dernier dîner de famille chez les Landon.

Je ris.

– Écoute-toi parler, monsieur l'Angoissé. On dirait qu'ils sont un fardeau. Tu as une chance incroyable.

Nos regards se croisèrent, et il prit ma main pendant que nous marchions.

– Je ne le dis pas dans ce sens-là. Ils ont toujours été géniaux. Je suppose que j'étais trop heureux d'être avec toi pour réaliser que ça te ferait beaucoup plus plaisir qu'à moi.

– Je n'ai pas beaucoup d'éléments de comparaison, mais je donnerais n'importe quoi pour avoir une famille comme la tienne, tu sais ? N'oublie jamais leur importance, Blake. Tout peut changer en un instant.

– Oui, tu as raison.

Devant nous, aux limites de l'immense propriété, se dressait un belvédère. On remonta quelques vieilles marches de bois depuis la plage. À l'intérieur, la structure était richement décorée, et offrait une vue impressionnante sur la ville au loin. La lueur du jour disparaissait maintenant, et l'Océan fraîchissait l'air. Je m'assis près de Blake, et il passa un bras autour de moi, comme nous nous installions pour admirer le panorama. Je posai ma tête sur son épaule, pendant qu'il dessinait de petits cercles sur mon bras.

– Tu avais raison, pour Risa, dis-je après un temps.

– Tu as trouvé ce que tu cherchais ?

– Je crois. Mais la question est : comment toi, tu as fait ?

Il resta muet.

– Blake.

Il prit une lente inspiration, l'air siffla entre ses dents.

– Ça ne va pas te plaire.

– Et alors ? Dis-moi.

Il écarta les mèches éparses de son visage, pour les voir retomber aux mêmes endroits.

– J'ai piraté ton compte e-mail.

Je m'immobilisai.

– Quoi ?

– Je m'inquiétais pour toi.

– C'est un terrible manque de respect de ma vie privée, Blake ! Pourquoi…

– Crois-moi, je n'étais pas le seul à m'inquiéter. Marie a même réussi à me joindre une fois pour m'interroger sur ce que j'avais bien pu te faire pour te bouleverser à ce point.

J'en restai bouche bée. Marie… Malédiction !

– Je voulais juste jeter un coup d'œil sur tes mails pour voir s'il y avait quelque chose dont je devais m'inquiéter. Pendant que j'y étais, j'ai vérifié ceux de Risa et de Sid, simplement par curiosité, parce que tu avais décidé de m'écarter de l'entreprise pour un temps.

– Et tu as vu ses messages à Max ?

– Ne dis pas que je ne t'avais pas prévenue.

– Ceci dit, je ne vois pas en quoi les informations en question pourraient lui être utiles.

– Le fonds d'investissements dont tu m'avais parlé, tu sais, celui qui envoyait de gros chèques à Trevor ? J'ai mis du temps à franchir toutes les barrières du secret des affaires, mais je suis finalement remonté aux gens qui sont derrière.

– Et ?

– Il semblerait que notre ami Max se serve de cette couverture pour financer les activités de Trevor. En gros, il paye Trevor pour diriger ce groupe et être pour moi une plaie à plein temps.

– Mais les attaques ont cessé.

– Je ne suis pas sûr de la raison, mais quand il a eu quelqu'un à l'intérieur, attaquer le site faisait plus de mal que de bien, je crois. Ou c'était devenu tout simplement inutile.

– Mais pourquoi aurait-il besoin de nos données ?

– Aucune idée. Tu en as parlé à Risa ?

– Non, pas encore. Eh puis, je ne suis pas certaine qu'elle va me le dire quand elle aura compris qu'elle est virée. (Je réfléchis un instant, essayant de comprendre.) Elle t'a contacté pour votre rencontre de ce midi ?

– Non, c'est moi qui l'ai appelée.

– Oh !

– Je voulais la tester. Sans grand effort, je l'ai convaincue de quitter ta société et de venir travailler pour moi, et on a prévu un dîner plus intime ce week-end. Elle était prête à abandonner le navire, baiser ton ex et se dégotter une place chez moi avant même que j'aie vu l'addition.

– Tu n'es qu'un salaud.

Je commençai à m'écarter, mais il m'attira vers lui.

– Eh ! je ne faisais que la tester. Je ne suis vraiment pas intéressé. Détends-toi, ma belle.

– En quoi ça devrait être évident ? Il y a à peine quelques jours, Sophia papillonnait autour de toi, et je ne t'ai pas vu protester.

– Tu n'as pas à t'inquiéter au sujet de Sophia.

– Bien sûr…

Je me levai et allai à l'autre bout du belvédère. Je m'appuyai des deux mains sur la balustrade, la serrant plus fort à mesure que la moutarde me montait au nez.

– Sophia était là pour affaires, comme je te l'ai dit. Hors nos intérêts dans sa société, il n'y a rien entre nous sinon de l'amitié.

Je me retournai vers lui.

– Peut-être de ton côté, mais elle est limite obsédée par toi. Tu sais à quel point elle a dû être heureuse de me savoir enfin hors jeu ? Elle n'en peut plus d'attendre de redevenir ta petite esclave soumise. Et, pour info, j'apprécie assez peu que tu lui parles de notre vie sexuelle.

Ses sourcils se froncèrent.

– Qu'est-ce que tu veux dire ?

– Sophia m'a parlé de vos discussions à cœur ouvert.

Je m'efforçai de ne pas paraître amère à propos de ce que je ressentais, mais je ne pouvais pas m'en empêcher. Qu'il lui ait fait des confidences me blessait plus que je n'aurais voulu l'admettre.

– Elle t'a dit quelque chose ?

– Oui, ça semblait lui briser le cœur de savoir que j'étais apparemment incapable de satisfaire tes envies inhabituelles.

Je ne retenais plus mes sarcasmes.

Il souffla bruyamment.

– Je suis désolé.

– Je sais que je ne suis pas forcément la personne la plus expérimentée dans ce style de vie, comme elle dit, mais je n'aurais jamais imaginé que tu irais le lui dire, surtout à elle.

– Elle m'a parlé de toi. Je lui ai dit que nous avions rompu, et elle m'a demandé si tu étais soumise. Je ne lui ai pas donné de détails, mais j'avais la tête à l'envers, à ce moment-là. Elle essayait d'être amicale.

– Amicale ? Tu te fiches de moi ?

– Je vois. Tu es jalouse. Elle est jalouse de toi aussi, mais je ne peux pas l'exclure de ma vie. Tu ne peux que la croiser de temps en temps, avec nos affaires.

Je me tournai pour partir.

Il bondit pour m'arrêter.

– Erica, attends !

– Je ne veux plus en parler. Rentrons.

Il se dressa devant l'entrée, me barrant le passage.

– Je ne savais pas quoi penser de la raison pour laquelle tu m'avais quitté, d'accord ? Je me suis dit que, peut-être, j'avais été trop rude avec toi la dernière nuit où nous avions été ensemble, et ce n'est pas le genre de conversation que je peux avoir avec beaucoup de monde. Franchement, je m'inquiète encore de savoir si c'est pour cette raison que tu es partie.

Le souvenir de cette nuit envahit mes pensées. Avoir désespérément voulu qu'il me fasse mal. *Et si j'allais trop loin, jusqu'à un point dont on ne pourrait pas revenir ?* Ses mots résonnèrent en moi. S'il avait pensé que je l'avais quitté pour cette raison, difficile alors d'imaginer à quel point il souffrirait de le croire.

Je fis non de la tête.

– Ce n'était pas pour cette raison-là.

Il parut se détendre un peu.

– Je vois bien que je n'aurais pas dû lui en parler, et je suis désolé. À partir de maintenant, elle n'existe plus dans nos vies personnelles. Quoi qu'il advienne.

– C'est aussi parce que c'est une si bonne amie qu'elle n'en pouvait plus de te toucher, au dîner de bienfaisance ?

Il grimaça et détourna légèrement la tête, son regard se perdant derrière moi.

– Bon sang, Erica ! C'est toi qui m'as plaqué et c'est moi qui dois me justifier.

Il avait un peu raison. Je pris une profonde inspiration et m'efforçai d'adopter un ton moins accusateur.

– Tu as dit que tu voulais être avec moi, quoi qu'il advienne… Alors pour l'envisager, je dois savoir ce qu'il y a vraiment entre vous.

Il hésita. Son regard se fixa sur moi comme s'il cherchait quelque chose. Je commençai à m'inquiéter. Ce travers familier me rongea tandis que j'imaginais ce qu'ils avaient pu faire ensemble. Et j'étais la seule à blâmer. Tout ce qui avait pu arriver, c'était parce que je l'avais repoussé.

– Quand elle a compris que nous n'étions plus ensemble, elle a aussitôt tenté sa chance. Je l'ai rembarrée, évidemment. Quoi qu'il se passe entre toi et moi, je ne me remettrai jamais avec elle, Erica. Notre relation n'a pas vraiment été une réussite, et tu sais comment elle est, dans une certaine mesure. Essaie d'imaginer une relation comme ça. C'est un cauchemar.

Je n'allais pas dire le contraire. Je m'étais souvent demandé comment ils avaient pu rester aussi longtemps ensemble, mais les gens changent, en bien ou en mal. Peut-être qu'elle n'était pas encore cette immonde salope pendant leur liaison, mais je n'allais pas lui accorder le bénéfice du doute.

– Et donc…

Je penchai la tête, attendant la suite.

– Après notre rupture, elle avait toujours eu ce côté tactile, avec moi. Je ne m'en étais jamais vraiment soucié, jusqu'à ton apparition ce soir-là, et ta jalousie était évidente. Alors j'ai pris le risque.

– Tu as voulu me rendre jalouse.

– Rien d'autre ne marchait. (Il caressa ma joue du bout des doigts.) Il semblerait que te rendre folle de jalousie fonctionne, par contre. Il faudra que je m'en souvienne la prochaine fois que tu décideras qu'on a besoin « d'espace ».

Il dessina des guillemets dans l'air.

Je me pris à sourire, mais ça ne dura pas. Blake parlait de toutes ces choses comme du passé. Mais nos problèmes n'étaient pas encore tous derrière nous.

Je cherchai mes mots.

– Blake...

Il m'interrompit.

– J'ai l'impression que tu t'apprêtes à me dire quelque chose que je n'ai pas envie d'entendre... Alors, si tu me laissais plutôt t'embrasser ?

Se penchant sur mes lèvres, il s'exécuta, et je le laissai faire. Je savourai la douceur de sa langue. Je l'inhalai avec l'air salé, et laissai l'Océan emporter tout ce que nous ne voulions pas dire ou entendre. On resta là pendant ce qui parut être une éternité, à simplement s'embrasser. On laissa nos mains prospecter, avec désir mais sans frénésie. En cet instant, j'étais heureuse de cette proximité. J'aurais pu continuer des heures durant.

La nuit était tombée, et des voix approchèrent.

– Eh, les amoureux ! appela Heath. Maman va bientôt venir vous chercher. Le dessert est prêt.

Blake gémit et ouvrit de grands yeux. Je ris et enfouis mon visage dans le creux de son épaule, embarrassée et bien trop émoustillée pour être présentable.

– J'ai besoin d'une minute, chuchotai-je.

– Tu rigoles. Je bande si fort que ça fait mal.

– Hum... je sais ce qu'il te faut.

Je me frottai contre lui, son érection tendant son jean contre ma hanche.

– Tu ne m'aides vraiment pas du tout. Je te prendrais bien maintenant, mais si elle nous attrapait je ne pourrais plus me regarder dans un miroir.

Je pris une inspiration et reculai à contrecœur d'un pas. Les vagues se rapprochaient du mur de soutènement à mesure que montait la marée. Alli et Heath marchaient main dans la main vers la maison. J'étais vraiment heureuse qu'Alli revienne. Peut-être pourrions-nous refaire ça plus souvent, nous tous. Peut-être.

– Où vous êtes allés vous perdre, tous les deux ? demanda Catherine quand on revint à la maison.

– Ils se pelotaient dans le belvédère, lâcha Heath.

Blake lui donna un léger coup de poing sur l'épaule. Heath riposta, et ils roulèrent tous les deux par terre sur la terrasse en riant et en luttant comme des bêtes fauves.

– Les garçons ! Seigneur ! Sérieusement… Greg, contrôle un peu les garçons !

Catherine avait rougi, son expression mêlant hilarité et embarras.

Alli, Fiona et moi étions pliées de rire, tandis qu'ils poursuivaient leur pugilat à bonne distance de l'endroit où nous étions assises. Greg apparut avec une grande carafe d'eau qu'il renversa sur eux.

Les deux garçons jurèrent… et se séparèrent. Lorsque Blake revint, un sourire taquin animait son visage. Il se pencha pour m'enlacer, faisant de son mieux pour me mouiller le plus possible.

– Blake, arrête ! gloussai-je.

– Je ne fais que partager ce que j'ai.

Mon téléphone sonna. Je repoussai Blake en riant et l'attrapai dans mon sac. Je me figeai. C'était Daniel. Je regardai alentour, m'attendant à moitié à voir Connor, mais nous étions complètement isolés. Il appelait probablement pour râler au sujet de l'entretien, et c'était bien la dernière chose à laquelle j'avais envie de penser.

J'ignorai l'appel et m'efforçai de réfléchir à la façon dont j'allais intégrer ce changement avec Blake. On en revenait très rapidement à nos anciens rapports, au rythme normal de notre relation. J'étais chez ses parents, bon sang, à passer une excellente soirée avec son incroyable famille. On était bien trop loin d'un « comportement acceptable » du point de vue de Daniel.

Il rappela, et j'éteignis mon téléphone. Je m'en fichais. Il y avait tellement d'amour autour de moi. Entre Blake et moi, Heath et Alli, au sein de sa famille – comment pouvais-je laisser le poison de Daniel s'insinuer dans quelque chose de si bon, de si beau ? Je le chassai de mes pensées, peu encline à le laisser gâcher ma meilleure journée depuis ma rupture avec Blake. Je ne voulais pas penser à cette partie de ma vie, du moins pas encore.

On passa le reste de la soirée à parler et à écouter les membres de la famille de Blake se raconter des histoires embarrassantes les uns sur les autres. On rit et on but, et ce fut magnifique. Blake ne quitta jamais mon côté, tenant ma main sur sa cuisse de façon possessive, comme s'il craignait de me laisser m'éloigner même une seconde. Ça ne me gênait pas, parce que j'éprouvais la même chose.

Un peu éméchée, je fis mes adieux à tout le monde – et je proclamai une bonne douzaine de fois que nous nous aimions tous. Heath en est témoin, lui qui confirma chacune de mes affirmations avec la patience de sa sobriété. Catherine me serra dans ses bras dans une étreinte qui parut s'éterniser. Je l'étreignis à mon tour. J'aimais bien les étreintes. Blake finit par nous séparer. On sortit, pour retourner d'un pas un peu chancelant vers la voiture.

On s'assit à l'intérieur et je me pelotonnai contre Blake, l'embrassant dans le cou et lui mordillant le lobe de l'oreille.

– J'ai envie de toi.

– Tu es saoule, mais je vais en profiter. J'ai des circonstances atténuantes.

– Bien, gloussai-je. Tu devrais t'arrêter quelque part et me sauter dans la voiture.

– Eh bien, ma belle ! Continue de parler comme ça, et je vais peut-être le faire. Mais d'abord, mets ta ceinture, d'accord ? (Blake quitta l'allée.) Et maintenant, enlève ta culotte.

Je souris et la fis glisser le long de mes jambes, me demandant ce que Blake pouvait bien avoir en tête. Je relevai les yeux juste à temps pour remarquer une berline noire garée de l'autre côté de la rue. Je me tournai dans mon siège. Ses phares s'allumèrent, et la voiture démarra pour nous suivre tandis que nous repartions vers la grand-route. Mon regard se fixa sur le rétroviseur extérieur. Je clignai des yeux et m'efforçai de chasser la brume. Ce n'était pas mon imagination. La voiture nous suivait, à distance respectable.

– Ça va ? Tu n'as pas été aussi calme de toute la soirée.

Mon cœur bondit tandis que l'atroce réalité m'apparaissait. Mes petits secrets avec Blake étaient éventés. Entre ça et mes tentatives de manipulation durant l'entretien, Daniel allait être furieux. Je rallumai mon téléphone. Daniel avait appelé deux fois de plus, sans laisser de message.

La légèreté dont j'avais fait preuve un peu plus tôt avait disparu. Toutes mes craintes pouvaient se réaliser, tout ça parce que je n'avais pas su me tenir.

Je paniquai, tremblant de tout mon corps. Tout s'effondrait, en cet instant.

– Quelque chose ne va pas ? Tu veux que je m'arrête ?

– Non ! m'exclamai-je. Roule ! Partons d'ici !

Bon Dieu, qu'avais-je fait ?

Une main de Blake se serra sur le volant, et il tendit l'autre pour prendre ma main.

– Bon, voilà ce qu'on va faire. Soit tu me parles maintenant, soit je fais demi-tour et on retourne à la maison.

Il s'arrêta à un stop.

– Ne t'arrête pas. Ce n'est pas sûr. Ils nous suivent. Roule !

Probablement le pire tue-l'amour de l'histoire, surtout si on en mourait.

Il se rembrunit et continua de conduire. Il regarda dans ses rétros.

– Qui nous suit, exactement ?

Je secouai la tête, entourant mon corps de mes bras, comme si je risquais de tomber en morceaux si je lâchais.

– Erica, nom de Dieu ! Qui ?

– Daniel. (Ma voix n'était qu'un murmure.) Ils nous surveillaient.

Blake se concentra sur la route, une expression indéchiffrable sur le visage. Sur l'autoroute, il prit de la vitesse. Il roula bien au-dessus de la limite, puis passa par des petites rues pour rentrer chez nous. Il se gara et m'aida à sortir.

Il avait réussi à semer Connor. Ou alors ce dernier avait décidé de cesser de nous suivre. Non que ça ait une quelconque importance. Il savait que j'étais sortie avec Blake.

On monta dans son appartement. Il me fit asseoir dans le canapé, et m'apporta de l'eau. Mon corps s'était un peu apaisé, mais j'étais au désespoir – ces ténèbres que j'avais envisagées tant de fois, si Daniel changeait d'avis sur le fait de nous épargner. Je pensais « nous », parce que s'il arrivait quelque chose à Blake, je n'étais pas certaine de pouvoir continuer à vivre.

Pendant que je me désaltérais, Blake téléphona de la cuisine. Il parla à voix basse et l'appel fut bref. Il revint et s'assit sur la table face à moi, me caressant la cuisse.

– On peut en parler, maintenant ?

Sa voix était plus douce.

Je ne voyais pas ce qu'il me restait à perdre en lui racontant tout. Il avait le droit de se protéger, maintenant que j'avais attiré l'attention de Daniel sur lui.

– Daniel a tué Mark.

Son expression ne changea pas.

– J'avais deviné ça tout seul, Erica.

– Tu l'as menacé, et ça l'a rendu furieux. Il ne laissera pas passer ça.

Je me mordis une lèvre, ravalant les larmes qui menaçaient.

– Daniel ne m'inquiète pas.

– Eh bien, tu devrais. Il va te tuer, Blake ! Il a dit que je devais rompre tout lien avec toi, sinon il te sortirait de l'équation pour toujours. Maintenant, il sait, et… C'est vraiment dangereux. Tu ne comprends pas.

– Alors, c'était pour ça.

Son regard, perçant, sondait mon âme.

Je déglutis et acquiesçai en silence.

– Pourquoi ne m'as-tu rien dit ?

J'agitai la tête.

– Tu ne sais pas comment il est. Impitoyable, violent. Tu n'as aucune idée de ce dont il est capable. Il a tué son propre fils, bon sang ! Il fallait que je te protège de lui.

– Je dispose d'informations qui mettent en cause non seulement Mark mais aussi lui. Je ne savais pas qu'il allait le tuer. Cela ne m'empêche pas d'être heureux qu'il soit mort, d'ailleurs. Mais si j'avais su que Daniel ferait ce choix, je ne l'aurais probablement pas approché de la même façon.

– Quelles informations ?

Il soupira.

– Je ne crois pas qu'il reste grand-chose entre vous, alors je suppose qu'il n'y a pas de mal à te le dire.

– C'est quoi ?

– Daniel a couvert les exploits de Mark pendant des années. Tu n'as pas porté plainte quand il t'a violée, mais beaucoup d'autres femmes l'ont fait. Il peut graisser toutes les pattes qu'il veut pour éliminer les problèmes, enterrer énormément de choses, mais il ne pouvait pas tout effacer avec quelqu'un d'aussi prolifique que Mark. Quand je lui ai dit que je pouvais facilement divulguer certaines informations, les rendre accessibles à la presse, par exemple, tu peux imaginer que ça ne lui a pas vraiment plu.

– Raison de plus pour te tuer. Il t'avait épargné pour pouvoir entrer dans ma vie. Il veut que je prenne part à sa putain de campagne politique… officieusement, bien sûr. Il comptait m'aider à te rembourser l'argent que tu m'as prêté pour que je puisse laisser tomber ma société.

– Et tu as accepté tout ça ?

Ses sourcils se froncèrent, comme si j'avais perdu l'esprit. Et peut-être était-ce le cas.

– Je… Il ne m'a pas laissé le choix, Blake. Il m'a dit qu'il allait te tuer. J'ai essayé de trouver un moyen de contourner ça, mais il ne m'a pas rendu les choses faciles. Il est horrible et… persuasif.

Je m'affalai dans le canapé, ne voulant même pas suggérer qu'il avait été violent avec moi.

– Bois.

Je bus quelques gorgées de plus, en espérant que Blake allait parler.

– Je vais aller le voir, Blake. Je peux essayer de le convaincre que ce n'était pas ce qu'il paraissait. Il sait que l'on ne peut que se croiser. Je réussirai à lui faire comprendre, je trouverai une excuse. Et ensuite on devra juste faire profil bas, trouver un moyen de… Je ne sais pas…

– Non. Je ne vais pas me cacher pour être avec toi.

– Alors qu'est-ce qu'on fait ?

– Il s'attend à ce que tu réagisses comme tu le fais, parce que tu m'aimes. Mais il ne s'attend pas à ce que je cause tellement de problèmes pour son élection qu'il n'aura pas le temps de penser à grand-chose d'autre.

– Je ne comprends pas.

– Je vais divulguer les informations. C'est aussi simple que ça.

– Mais…

Je déglutis, me sentant soudain tiraillée. Je tenais assez à Daniel pour que l'idée de ruiner sa campagne me trouble. Pourquoi ? Pourquoi m'inquiéter quand il avait fait de ma vie un enfer ? Il m'avait menacée de mort.

– Il doit y avoir un autre moyen, repris-je.

– Alors, annonce publiquement que tu es sa fille.

– En quoi ce serait moins dommageable pour sa carrière ?

– Avoir une fille illégitime dont on était censé ne pas connaître l'existence est bien moins dommageable que d'avoir couvert les nombreux viols de son beau-fils. Et les retrouvailles peuvent être amiables, ça n'a pas besoin de ressembler à une extorsion. Alors on pourrait se marier, et il serait obligé de se tenir à carreau, parce que je serais son gendre. Ce n'est pas une belle revanche ?

Mes yeux s'écarquillèrent.

– Quoi ?

– Ça te paraît dingue ? grimaça-t-il.

– Oui, c'est complètement dingue. Trouve autre chose.

Mon cœur battait maintenant la chamade. Entre la panique d'avoir Connor à nos trousses et ce que Blake venait de dire, j'étais complètement dégrisée.

Il rit un peu, mais son sourire disparut bien vite.

– Je ne suis pas fan de l'idée de me balader avec un contrat sur la tête, Erica, mais on peut le battre à son propre jeu, sur ce coup-là. Les infos que je détiens doivent le terrifier, sinon il n'aurait pas tué quelqu'un pour empêcher qu'elles soient divulguées.

– Il a dit qu'il l'avait fait pour moi. (Je laissai échapper un petit rire triste.) Je crois qu'il pensait que ça allait m'impressionner. C'est complètement tordu, hein ?

– Il l'a probablement fait pour toi, mais on sait tous les deux comment il est. Il ne ferait pas une telle chose sans en évaluer tous les avantages et tous les risques.

Je regardai par la fenêtre, vers le ciel nocturne éclairci par les lumières de la ville. Est-ce qu'on allait rester prisonniers comme ça jusqu'au jour où il serait sûr de sortir ? Est-ce qu'il serait sûr un jour de sortir ?

Blake se pencha en avant et caressa ma joue du doigt, ramenant mon attention vers lui.

– Plus rien ne viendra se mettre entre nous deux, d'accord, ma belle ?

Son regard était sombre et sérieux. J'acquiesçai. C'était ce que je voulais aussi.

– Je ne peux plus te perdre comme ça, ça me rendrait fou.

– Moi non plus.

On pouvait néanmoins prétendre sans mentir que j'avais déjà atteint un certain niveau d'insanité en son absence.

– Et quand on aura décidé de ce qu'on fait à propos de Daniel, je veux que tu t'installes ici avec moi, d'accord ? On peut aussi s'installer ensemble ailleurs, peu importe.

Je marquai le coup.

– Je ne peux pas juste rester en bas comme avant ?

– Non. Pas assez près. Tu me dois bien ça, après avoir disparu et détruit ma vie ces dernières semaines.

Je voulus protester, mais j'étais incapable d'imaginer passer même une minute sans lui, pour l'instant.

– Comment va-t-on se sortir de ce merdier ? C'est trop, pour moi. Je ne peux pas te perdre.

– Tu ne me perdras pas. Je ne vais nulle part. J'engagerai un commando si nécessaire, d'accord ? Oublions un peu tout ça. Tout ce que tu dois avoir en tête, c'est que tu es ici avec moi.

Je pris une longue inspiration.

– Allez. Viens te coucher. Il ne va pas nous attaquer cette nuit. Il faudrait d'abord qu'il franchisse le barrage de Clay et ses amis.

Je hochai la tête, me forçant à me calmer. Je faisais confiance à Clay pour s'occuper de Connor. J'aimais bien Clay et j'exécrais Connor… Alors l'idée d'une confrontation était plutôt attrayante, en fait.

Blake voulut se lever, mais je l'attirai contre moi, sur le canapé. J'enroulai mes bras autour de son cou et le serrai fort, comme si quelqu'un pouvait venir et essayer de me l'arracher. Il m'enlaça à son tour, refermant ses bras autour de moi. Je le respirai, puisant du réconfort dans son odeur familière.

Je m'efforçai de dominer le trop-plein d'émotions, le soulagement de l'avoir de nouveau avec moi mêlé à la peur toujours présente de le perdre encore. Je passai ma jambe par-dessus la sienne, entremêlant nos corps pour qu'il ne puisse plus partir.

– Je suis désolée, m'étranglai-je. Tout est ma faute.

Je fermai les yeux et ravalai mes larmes.

– Chut, ma belle. Il ne faut pas voir les choses comme ça. Tout va bien se passer. (Il écarta les cheveux de mon visage, caressa la petite marque qu'il avait laissée sur mon cou.) Je sais, maintenant. Tu essayais de me protéger. J'apprécie ton effort, mais rien ne mérite de vivre ce qu'on a vécu. Tu n'aimes pas que je dirige ta vie, et je n'aime pas que tu prennes de décision radicale sans moi. Alors on peut peut-être s'entendre pour discuter de tout ça ensemble à l'avenir. Qu'est-ce que tu en penses ?

Je me reculai, et il chassa la larme qui roulait, m'embrassant doucement.

– Aime-moi, Blake.

Aussitôt, il ôta mon haut et mon soutien-gorge, et me fit basculer sur le canapé. Lentement, il fit glisser ma jupe, me laissant nue et offerte à lui.

Ses lèvres s'entrouvrirent.

– Je te veux comme ça tous les soirs. Nue et prête.

Il se releva et passa sa chemise par-dessus sa tête, la jetant à l'écart. Il fit glisser son jean à terre, révélant l'homme parfaitement sculpté sous les vêtements. Je le contemplai, admirant le corps que j'en étais venue à désirer, à aimer.

Il se posa sur moi, prit place entre mes cuisses. Il remonta contre mon corps, son érection dure contre mon ventre, tandis qu'il me couvrait de baisers des épaules au cou. Ses mains caressèrent mes courbes, doucement et révérencieusement, laissant une traînée de feu dans leur sillage. Je me tortillai sous l'impatience douloureuse de mon entrejambe.

– Je veux te sentir en moi, dis-je, haletante.

Son corps parfait flotta au-dessus de moi avec une retenue maîtrisée tandis qu'il approchait de mon sexe. Je pris en main sa chaude érection pour la placer juste à l'entrée. Il reprit son souffle et s'enfonça lentement en moi. Je fis glisser mes mains avides sur ses pectoraux, titillai les petits cercles de ses mamelons jusqu'à ce qu'ils durcissent à mon contact. Il s'avança un peu plus. Je ramenai mes mains sur ses fesses et enfonçai mes ongles dans sa chair.

– Bon sang !

Il tressaillit, se plantant résolument en moi.

Je gémis, me cambrai sous cette plénitude.

Puis il reprit son doux va-et-vient. Il lécha le bord de mon oreille du bout de la langue.

– Tu es une vilaine fille.

– C'est comme ça que tu m'aimes… chantonnai-je.

– Je croyais que tu voulais que je te fasse l'amour.

– Quand tu es en moi, tu m'aimes et je t'aime. Ce n'est pas comme ça que ça marche ?

Il hésita puis me prit d'un baiser profond et passionné, me léchant et me dévorant tout en me pilonnant d'un ample mouvement régulier. Je me contractai sur son membre. La fièvre s'empara de moi, et mes hanches ruèrent doucement sous lui.

Puis il me souleva, et je me retrouvai à le chevaucher, sa bite enfoncée au plus profond de moi.

– Oh merde !

J'inspirai bruyamment. Dans cette position, il m'emplissait complètement. Une fine couche de sueur couvrait ma peau. J'ondulai des hanches, trouvant mes marques.

– Je croyais que tu n'aimais pas être en dessous, haletai-je.

– Tu ne m'écrases pas vraiment.

– Tu es sûr ? souris-je.

Il passa sa langue sur sa lèvre inférieure, et je me penchai pour la saisir entre mes dents. Je l'aspirai, puis l'embrassai fiévreusement. Il gémit et me souleva par les hanches. Il n'avait plus que son gland en moi quand il me rabattit violemment, m'emplissant. J'eus le souffle coupé par la douce douleur de sa pénétration.

– Mon Dieu, tu vas tellement profond.

Je me contractai sur lui, en posant mes mains sur ses épaules.

Il m'attrapa par la nuque et m'attira pour m'embrasser, goulûment, me baisant doucement la bouche du bout de sa langue. Il empoigna mes hanches, m'enfonçant encore un peu plus sur son sexe.

– Je ne peux pas vivre sans ça, Erica. Je ne peux pas vivre sans toi.

J'expirai, mais il ravala mon souffle d'un autre baiser.

– Ce ne sera plus jamais le cas. Je te le promets. Je te le jure. (Je passai mes doigts dans ses cheveux, pressant mes seins contre sa poitrine.) Je t'aime, Blake. Tu es le seul. Mon unique amour.

Je me soulevai de nouveau, laissai retomber mon bassin sur lui. Il toucha encore le fond, étirant les tissus sensibles au plus profond. Ses mains m'agrippèrent nerveusement, et son visage se crispa en une tension éprouvante. Il me souleva, encore et encore, jusqu'à m'en faire trembler les cuisses.

– Blake… (Ma voix n'était qu'une plainte.) Tu es prêt ? Je veux jouir avec toi.

Ses joues s'empourprèrent et il crispa ses mâchoires, comme il me besognait.

– Maintenant, ma belle. Sens-moi jouir au fond de toi.

À ces mots, à l'idée de Blake s'abandonnant au fond de moi, mon corps tout entier fut secoué par l'orgasme qui me balaya. Ma tête retomba en arrière alors qu'il éjaculait dans un cri et un dernier coup de boutoir, nous propulsant tous deux au septième ciel.

Chapitre vingt

Je me réveillai dans la chaleur du corps de Blake, blotti contre moi. Je m'étirai, et il déposa de lents baisers paresseux sur ma poitrine. J'avais dormi – un véritable sommeil réparateur, sans le moindre cauchemar – pour me réveiller avec les mains et la bouche de Blake sur moi. Je devais être au paradis.

Il enfouit son visage dans mon cou, suçotant ma peau.

– Plus de suçon, l'avertis-je.

Il s'esclaffa.

– Je n'étais pas certain de te revoir ! Je devais laisser ma marque.

– Ça n'a pas raté.

Il s'arrêta et se tourna pour me faire face.

– James l'a vu ?

Il me fallut une minute pour lui répondre.

– Il a remarqué, oui.

Blake demeura impassible, mais je lus la violence de ses émotions au fond de ses yeux.

– Qu'est-ce qu'il représente exactement pour toi ?

Je pinçai les lèvres, me demandant ce que je pouvais lui dire qui ne le plongerait pas dans les affres de la jalousie.

– Vois-le un peu comme ma Sophia à moi. C'est un ami qui veut autre chose, mais un ami tout de même.

– S'il te veut, alors je veux qu'il s'en aille. Tu peux trouver quelqu'un d'autre pour faire ce qu'il fait.

J'ouvris de grands yeux.

– Et moi, je veux que Sophia s'en aille. Alors on va probablement être un peu déçus tous les deux, pour un temps.

– Ce n'est pas du tout la même chose. Sophia vit à New York. Tu travailles avec cet homme quasiment au quotidien. Si quelqu'un dans mon bureau essayait chaque jour de me baiser, tu deviendrais folle.

– James et moi n'avons pas un passé commun, soupirai-je, et c'est quelqu'un de bien. Il ne complote pas en sous-main pour se débarrasser de toi. (Je ne le pensais pas, en tout cas, même s'il n'était vraiment pas fan de Blake.) On peut parler d'autre chose ?

– Je ne supporte pas qu'il ait posé les mains sur toi.

– Alors, n'y pense plus, parce que ça n'a aucune importance.

Je relevai la tête pour l'embrasser, en priant intérieurement pour qu'il n'apprenne jamais que j'avais échangé un baiser avec James. Je me rallongeai et caressai son menton. Son visage paraissait plus doux, apaisé. Peut-être qu'il n'avait pas bien dormi sans moi, lui non plus.

– En parlant de travail, il faut que je voie Risa à un moment ou à un autre, pour régler tout ça.

– Ça ne peut pas attendre lundi ?

– Peut-être. Mais elle va probablement se demander pourquoi elle ne peut plus accéder à sa messagerie, si elle essaie de la consulter.

– Laisse-la s'inquiéter. Il vaut bien mieux rester au lit avec moi. Nous avons du temps perdu à rattraper.

– Vraiment ?

– J'avais dans l'idée de t'embrasser de la tête aux pieds jusqu'à ce que tu me supplies d'arrêter. Et puis il faut aussi que je réserve au moins une heure pour bouffer ta chatte. (Sa main vint s'y poser.) Oui, au moins une heure. Voyons, quoi d'autre… ?

– Bon, d'accord, je vois ! m'esclaffai-je. Mais il faudrait que j'aille me laver chez moi.

– Ne dis pas de bêtises ! Tu peux te doucher ici. Tu n'as pas besoin de vêtements. Je te veux nue au lit toute la journée. Je t'attacherai, s'il le faut. Tu sais que je le ferai.

Il semblait sérieux, mais sur son visage passa l'ombre d'un sourire.

– On devra affronter la réalité à un moment ou à un autre, tu sais.

– Nan.

Il abaissa sa bouche et du bout de sa langue dessina des cercles autour de mon mamelon, flattant la pointe au passage jusqu'à ce qu'une moiteur familière envahisse mon bas-ventre.

J'inspirai et me cambrai dans le mouvement, passant les mains dans ses cheveux. Il glissa un doigt dans mon sexe.

– Je ne me suis encore jamais servi de mes jouets sur toi. Et puis, tu dois aussi répondre de tout ce merdier dont tu es responsable.

Je gémis et soulevai les reins pour accentuer sa pénétration. J'avais voulu le Blake dominant, il était là.

Mon téléphone sonna, interrompant cet instant délicieux. Je l'attrapai sans laisser glisser le doigt de Blake. Sid. Dieu merci.

– Salut.

– Euh… salut. La police est là, à l'appartement.

– Quoi ?

– Ils ont des questions à te poser sur un type, Mark MacLeod. Ils disent que tu le connaissais.

– Merde. D'accord, je descends.

Blake glissa un autre doigt en moi et serra doucement les dents sur mon téton. Mon cerveau dérapa, cherchant à décider dans quelle direction aller. J'essayai de repousser Blake, mais il était bien en place, semblant inamovible, avec dans les yeux une lueur malicieuse.

– Oh, tu es là-haut… reprit Sid.

Je m'efforçai de reprendre mon souffle.

– Oui, je suis chez Blake. Donnez-moi quelques minutes.

Je raccrochai, et Blake prit mon autre téton dans sa bouche, ses joues se creusant de sa longue et délicieuse aspiration de la pointe.

Je le repoussai gentiment.

– Debout. Je dois y aller.

– Pourquoi ? Qui était-ce ?

Il relâcha son emprise et j'allai renfiler mes vêtements de la veille. Mes idées se bousculaient. Daniel avait laissé entendre que l'enquête allait être close. Qu'est-ce qu'ils foutaient là ?

– C'était Sid. La police est en bas. Ils veulent me parler.

Il s'assit d'un bond.

– Je viens avec toi.

– Non.

– Erica, c'est le genre de choses pour lesquelles je pourrais être utile.

– Non, Blake. La réponse est non. Je vais m'en occuper. Je ne veux pas que tu viennes. S'il te plaît, dis-moi que tu as bien enregistré.

Il hésita.

– À ton avis, ils sont là pour quoi ? Ils vont te poser des questions sur Daniel. Qu'est-ce que tu vas leur dire ?

– Je trouverai bien, d'accord ?

* * *

J'essayai en vain de me calmer avant de regagner l'appartement. Je n'avais pas l'air très fraîche dans mes vêtements de la veille, mais ça ne les inquiéterait probablement pas. J'espérais que Blake honorerait sa promesse de rester en haut, parce que je ne lui faisais pas confiance pour taire ce qu'il ne fallait pas dire devant la police.

J'entrai, et deux hommes m'accueillirent. L'un était grand et mince, les cheveux bruns grisonnants ; l'autre, plus petit et plus épais à la taille, les cheveux presque entièrement gris. Ils semblaient tous deux amicaux, et c'était une bonne chose parce que je me sentais pétrifiée à l'idée de parler avec eux.

Le plus grand prit la parole le premier.

– Désolé de vous déranger à une heure aussi matinale. Je suis le détective Carmody, et voici le détective Washington. Nous espérions pouvoir parler avec vous de vos relations avec Mark MacLeod.

Mes relations ?

– Qu'est-ce que vous voulez dire ?

Washington glissa sa main dans sa veste et en sortit une poignée de photos qui semblaient avoir été prises pendant le gala de bienfaisance. On m'y voyait danser avec Mark, dont un bras me tenait fermement. J'étais de dos. Sur une autre, sa bouche était tout près de mon oreille, un sourire suffisant sur son visage. Une expression que j'étais heureuse de ne pas avoir vue lorsqu'il m'avait dit me désirer encore. Je retins une grimace au souvenir de sa voix, de son souffle sur ma peau ce soir-là. Au lieu de quoi je les regardai calmement, en attendant qu'ils poursuivent.

– Elles ont été prises par un journaliste peu avant la mort de M. MacLeod. Des invités vous ont identifiée sur ces clichés. Vous le connaissiez bien ?

Je secouai la tête.

– Non, je ne le connaissais pas bien du tout. Je l'avais rencontré deux ou trois fois à cause d'une affaire sur laquelle intervenait son cabinet d'avocats.

– Il a l'air de plus qu'une connaissance sur ces photos, dit Washington.

– Je vois ça. Il me draguait ouvertement. J'ai accepté une danse, mais je ne l'ai plus revu après ça. Il avait l'air gentil, mais je n'étais pas intéressée.

– Et il agissait comment, ce soir-là ?

– Il me faisait des avances, comme je vous l'ai dit. Il semblait un peu ivre. Je ne sais pas. On n'a parlé que quelques minutes avant de danser, et j'ai quitté le gala très tôt. Je ne me sentais pas bien.

Ils échangèrent un regard. Carmody remit les photos dans la poche de sa veste, et Washington me toisa de nouveau. Je m'efforçai de ne pas m'agiter, de ne pas paraître nerveuse.

– Je ne comprends pas bien. Il s'est suicidé, n'est-ce pas ? Vous essayez de comprendre pourquoi il a fait ça ?

Les mots s'étaient enchaînés d'un seul élan, et mon cœur battit plus vite.

– Quand le fils d’une personnalité de premier plan disparaît de mort violente, répondit Carmody, il faut faire preuve de diligence. On essaie d’exclure toutes les autres causes possibles.

– Oh ! je n’avais pas réalisé. Je croyais avoir entendu dire que l’enquête était close.

– Pas encore, malheureusement. (Carmody haussa les épaules.) Voyez-vous autre chose que vous pourriez nous dire ?

– Je ne crois pas. J’aimerais vous aider. Sincèrement, j’ai vraiment été choquée par la nouvelle.

C’était vrai.

– Vous n’êtes pas la première à nous le dire, et c’est pour ça que nous parlons à tous ceux qui auraient pu bien le connaître.

J’acquiesçai.

– J’ai de la peine pour ses parents. Ils doivent être dévastés.

J’essayai de paraître aussi compatissante que possible. Je n’arrivais pas à croire que je pouvais parler ainsi, ni avec quelle facilité je m’étais glissée dans le rôle de l’innocente qui n’a rien vu de ce qui se passait. Peut-être était-ce la conséquence de toutes ces semaines passées à me convaincre d’être quelqu’un que je n’étais pas.

– Ils le sont. C’est bien triste. Mais parfois il n’y a tout simplement pas de raison pour que les gens se suicident. Enfin, merci pour le temps que vous nous avez consacré, et désolé du dérangement.

Washington fouilla dans sa poche et en sortit une carte de visite.

– Voici ma carte. Appelez-nous si vous repensez à quelque chose, d’accord ?

– Sans hésitation.

Ils partirent, et je m'effondrai sur un siège du comptoir, satisfaite d'avoir survécu à leur interrogatoire sans crise de nerfs. Je ne croyais sincèrement pas qu'ils avaient des soupçons – et pourquoi en auraient-ils ? Je n'avais aucun lien avec Mark, hormis ceux que de très rares proches pouvaient connaître.

À peine étaient-ils partis que Blake apparut.

– Que s'est-il passé ?

– Rien. Ils avaient des photos de Mark dansant avec moi au gala. Ils voulaient connaître la teneur de nos relations. Je leur ai expliqué que nous n'étions que des connaissances, et qu'il avait flirté avec moi. Ils ont eu l'air satisfaits et ils sont partis.

– Alors ils ne croient pas que la mort de Mark soit un suicide ?

– Je ne pourrais pas le dire avec certitude. Ils n'avaient pas l'air trop inquiets à l'idée que ça n'en soit pas un. On aurait surtout dit qu'ils avaient exploré pas mal de pistes sans succès et qu'ils avaient bientôt fini. Mais je n'en sais rien.

– Très bien. Remontons.

– Maintenant que je suis là, laisse-moi faire ma toilette. Je viendrai te rejoindre après.

Bien sûr, j'avais envie de regagner le nid chaud et douillet de Blake après des semaines de séparation, mais il me fallait un peu de temps pour réfléchir.

Il ne répondit pas aussitôt.

– D'accord. Ne sois pas trop longue.

Il m'embrassa et partit.

Je pris une douche. J'envisageai de remonter chez Blake, là où nous nous cachions. Évidemment, passer toute la journée au lit avec lui n'était pas vraiment une punition, mais je savais aussi pourquoi nous faisions profil bas. Jusqu'ici, deux solutions seulement étaient envisageables : que j'annonce officiellement que j'étais la fille de Daniel, le début d'une saga dont on ne pouvait pas vraiment envisager toutes les complications ; ou que Blake révèle les magouilles illégales de Daniel, ce qui ruinerait sa campagne et lui coûterait probablement sa carrière. J'avais du mal à voir l'une ou l'autre comme des options possibles.

Je m'essuyai et regardai par la fenêtre. Connor était garé en bas de la rue, presque hors de vue. Le choc émotionnel passé, je sus ce que je devais faire.

Je passai un jean et un tee-shirt, et enfilai des baskets. Je rédigeai une note rapide et la posai sur le comptoir avant de me précipiter en bas. Je sortis. Clay montait la garde, adossé à l'Escalade.

– Mademoiselle Hathaway…

– Clay ! Ça faisait longtemps. Je vois que vous avez repris du service.

– Oui, madame.

– Eh bien, bonne chance. Je vais faire une course. Je reviens dans pas trop longtemps.

Il hocha la tête. Je descendis la rue d'un bon pas. Je n'avais que quelques minutes pour mener à bien ce que je devais faire. Je traversai puis frappai à la fenêtre de Connor. Il baissa la vitre, m'adressa un regard sévère.

– Menez-moi à lui.

– Montez.

Je grimpai à l'arrière et me laissai conduire.

* * *

Je n'avais aucune idée de l'endroit où nous allions jusqu'à ce qu'apparaisse la silhouette familière des silos de la Boston Sand & Gravel Co. On emprunta des petites routes sous l'échangeur, jusqu'à une zone déserte sillonnée de wagons et d'entrepôts inutilisés le week-end.

Daniel était adossé à son SUV Lexus, en pantalon kaki et chemise blanche. Il fumait encore. *Il devrait arrêter*, me dis-je. Il s'écarta de la voiture et marcha vers moi. Je regardai alentour. Nous étions vraiment tout seuls. Avec l'échangeur au-dessus, personne ne m'entendrait si je criais. Je sortis de la voiture, combattant l'envie de partir en courant dans la direction opposée. Malgré toutes les raisons qu'il m'avait données de ne pas le faire, j'étais déterminée à attaquer bille en tête.

Il jeta sa cigarette d'une pichenette et se dressa devant moi en croisant les bras. Ses lèvres étaient pincées.

– Connor m'a informé que tu t'affiches partout avec Blake. Je pensais m'être montré clair à ce sujet.

– Il vous a dit aussi que la police était passée ce matin ?

Ses yeux s'écarquillèrent et il se tourna vers Connor. Pour la première fois, je lus une émotion sur le visage de Connor. Il paraissait… troublé.

– Je ne les ai pas vus, monsieur. Je suis désolé.

Le regard de Daniel revint sur moi.

– Il devait faire une pause-café. Mais ça n'a pas d'importance. On a discuté.

– Qu'est-ce que tu leur as dit ?

J'attendis, laissant l'anticipation le torturer un peu. Ses lèvres se serrèrent plus encore.

– Tu ferais mieux de parler.

– Ils avaient des photos de Mark dansant avec moi pendant le gala.

– Et qu'est-ce que tu leur as dit ?

Je le regardai droit dans les yeux, gardant une expression aussi impassible que possible.

– Bordel ! Qu'est-ce que tu leur as dit ?

Il m'attrapa par les épaules et me secoua.

– Lâchez-moi.

Je me libérai de son emprise, le souffle court de toute l'adrénaline qui parcourait mes veines.

– Ne me touchez plus, repris-je. Plus jamais.

Du coin de l'œil, je vis Connor bouger. Il se tenait en position, comme prêt à agir sur un ordre de Daniel.

– J'ai menti, Daniel. J'ai menti comme une pro. Vous auriez été fier de moi. Et vous savez pourquoi ?

– Je t'en prie.

– Parce que, autant j'ai appris à vous haïr, autant, pour une raison inexplicable, je tiens encore à vous. Je tiens à votre vie et à votre liberté, je tiens même à votre putain de campagne débile. J'ai le doigt sur la détente, et je ne peux pas tirer. (Je pris une longue inspiration, en m'imposant de ne pas trembler.) Parce que je ne suis pas comme ça. Je ne serai jamais comme vous. Je ne jouerai jamais à ce jeu malsain et cupide.

– Je suis sûr que ce n'est pas la seule raison.

– C'est la seule raison. Je n'ai plus peur de vous.

Il m'adressa un regard glacial, la bouche déformée par un rictus.

– Peut-être que tu devrais…

– Vous ne pouvez pas plus me tuer que je ne peux vous envoyer en prison pour meurtre, Daniel. Oh ! sans compter l'entrave à la justice…

Ses yeux se plissèrent presque imperceptiblement.

– Oui, Blake m'a parlé de tout ça. Quel effet ça fait de savoir que tous ces efforts démesurés que vous avez fournis pour couvrir Mark lui ont ouvert la voie pour faire ce qu'il m'a fait, à moi et à tant d'autres ?

Il serra les mâchoires.

– Merci, papa.

Le dernier mot le fit légèrement ciller. Je l'avais touché, et ça m'enhardit.

– Les menaces, les manipulations, les tentatives de m'intégrer dans votre monde… Tout ça va cesser maintenant. Aujourd'hui.

Il laissa échapper un petit rire.

– Qu'est-ce qui te fait croire ça ?

– Quand maman est morte, je n'avais personne. Personne. (Ma voix trembla, mais je déglutis pour en reprendre le contrôle.) Elle m'a donné tout l'amour qu'elle pouvait, aussi longtemps qu'il lui était possible. Mais à sa mort, j'ai dû apprendre à me débrouiller toute seule. J'ai appris les règles. J'ai compris le reste. Même quand des gens comme Mark sont entrés dans ma vie et ont menacé de tout détruire, j'ai survécu. Et j'ai prospéré. Et ça, vous n'allez pas me l'enlever. J'ai fait beaucoup trop de chemin pour vivre sous la coupe de qui que ce soit. Ni la vôtre, ni celle de Blake, ni celle de personne.

Il fit un signe à Connor, qui s'éloigna de quelques pas, hors de portée de voix. Je me détendis un peu.

– Tu as l'air vraiment convaincue. Je comprends que tu essaies d'être forte, mais je crois que nous avons déjà parlé de la façon dont je réagis aux gens qui me menacent.

– Je ne vous menace pas. J'argumente, parce que vous n'avez jamais été déraisonnable, et ce depuis le début. Vous ne pensez pas que j'ai le droit d'exprimer mes sentiments, si notre relation a un sens pour vous, quel qu'il soit ?

Son expression ne changea en rien. Il n'allait pas facilement s'avouer vaincu.

– J'ai compris quelque chose aujourd'hui. Vous avez fait de ma vie un enfer, depuis la mort de Mark, et j'aurais donné n'importe quoi pour que ça s'arrête. Mais je ne peux pas vous regarder aller en prison, ni même simplement voir votre campagne s'effondrer, de mon fait. Et vous ne pouvez pas faire abattre votre propre fille. Quelque part au fond de votre cœur froid, vous tenez à moi. Et vous pouvez tenir à moi et me faire confiance sans pour autant me posséder. Ce n'est pas la danse habituelle père-fille, mais je suppose que dans une version déglinguée de la réalité, c'est de l'amour.

Il ne fit pas mine de vouloir parler, alors je continuai. J'allais tout lui lâcher. Je n'avais plus rien à perdre.

Ma voix s'apaisa. Je criais presque, jusque-là.

– Je sais que vous aimiez ma mère. Je le vois dans vos yeux chaque fois qu'on parle d'elle.

Il cilla, serra les mâchoires.

– Ne parle pas de Patty, tu ne sais rien !

– Je ne sais pas ce qui s'est passé entre vous deux, mais je sais que si vous étiez restés ensemble, ma vie aurait été complètement différente. Aucun de nous ne peut plus rien y changer. Mais tenter de prendre les commandes de ma vie aussi tard dans l'histoire, ça ne va fonctionner ni pour vous ni pour moi, croyez-le bien. Si vous avez encore une once d'amour pour elle, ou de regret pour ce à quoi vous avez renoncé, je vous supplie de laisser tomber tout ça et d'être le genre d'homme qu'elle voulait que vous soyez avant que vous la délaissiez.

Ses lèvres s'entrouvrirent, et il regarda au-delà de moi. Je vis alors une lueur d'émotion, la douleur que j'avais cru avoir imaginée quand je lui avais parlé de ma mère. Tout se jouait sur cette hypothèse : quelque part au fond de son cœur, il l'aimait encore. Assez pour m'aimer, moi.

Il souffla lentement.

– Ça n'aurait jamais marché. Je lui ai rendu service en mettant fin à notre relation. Cette vie ne lui aurait pas plu.

– Alors pourquoi elle me plairait, à moi ? protestai-je en levant les bras au ciel, exaspérée.

Il enfonça ses mains dans ses poches et me regarda. Un long moment passa ainsi.

Regarder dans ses profonds yeux bleus m'emplit d'émotions contradictoires. Nous étions supposés être importants dans la vie l'un de l'autre. Un père, une fille, et nous étions là à jouter, à nous menacer. Nos cœurs débordaient de colère et de défiance. Au plus profond, quelque chose méritait sans doute d'être préservé, mais sous tant de boue qu'on pouvait à peine croire à son existence.

Il détourna les yeux et prit une autre cigarette. Sa main tremblait un peu quand il l'alluma.

– Bon. Tu t'es bien fait comprendre. Et maintenant, quoi ?

Je soupirai.

– Plus de surveillance. Je ne veux plus jamais revoir la gueule de Connor. Et plus de menaces. Vous ne vous approchez plus ni de Blake ni de moi, sauf si un jour j'ai l'impression que je peux de nouveau vous faire confiance.

– Il sait tout, maintenant, je suppose.

– Ne vous en inquiétez pas. Je sais qu'il vous est difficile de me faire confiance, mais je ne vous laisse pas vraiment le choix.

– Peut-être que c'est de lui que je me méfie.

– Vous faire du mal serait me faire du mal. Il m'aime bien trop pour ça.

Une minute passa, puis il demanda :

– Et s'il cessait de t'aimer ?

Je réfléchis. J'avais passé des jours à l'agonie, craignant justement que ç'ait été le cas. J'avais donné à Blake mille raisons de me quitter, mais il n'avait jamais abandonné.

– Je ne lui en donnerai jamais l'occasion.

– Et pour la campagne électorale, je suppose que tu comptes y échapper aussi ?

– Si je peux vous faire confiance pour que cette folie cesse, je vous aiderai. J'ai parlé avec Will, et on a concocté un bon projet qui me permettrait d'agir comme consultante avec l'équipe, sans pour autant abandonner ma société. Ça a eu l'air de lui plaire, mais il voulait d'abord vous en parler. Je suppose qu'il ne l'a pas encore fait.

Il secoua la tête, affichant une grimace ironique.

Je fronçai les sourcils.

– Quoi ?

– Je n'arrive sincèrement pas à décider si c'est plus à elle ou à moi que tu ressembles, aujourd'hui.

Je ne pus retenir un petit sourire.

– Je me pose parfois la même question.

Je m'agitai un peu. Cette conversation devenait un peu bizarre. Est-ce que je m'étais vraiment fait entendre de Daniel Fitzgerald ?

– Écoutez, je dois repartir avant que Blake n'envoie les secours.

– Il ne sait pas que tu es venue ?

– Surtout pas ! J'ai dû sortir en catimini de l'appartement et échapper à une meute de gardes du corps. Ça doit être la panique, là-bas.

Ses yeux se plissèrent un peu.

– Eh bien, je suppose que je n'ai pas à m'inquiéter de la façon dont il prend soin de toi.

– Oh non, aucun problème, croyez-moi ! m'esclaffai-je.

Il souffla puissamment et jeta sa cigarette.

– Très bien, on va en rester là, mais j'aimerais qu'on se voie bientôt pour envisager la logistique.

J'hésitai, percevant dans sa voix une nuance autoritaire qui menaçait de nous ramener à la case départ.

– Je vous rappelle. Franchement, j'ai besoin de consacrer un peu de temps à mes vies amoureuse et professionnelle, après tout ça.

Il hocha la tête.

– Bien. Connor peut te ramener. En supposant que tu veuilles bien l'accepter ?

– Oui, tant qu'il ne projette pas de me tuer puis de jeter mon corps dans le fleuve.

* * *

Je téléphonai à Blake sur le chemin du retour. Il avait appelé des dizaines de fois depuis mon départ, et je savais qu'il allait être dans un sale état.

– Erica, putain, tu es où ?

– Sur le chemin du retour. Calme-toi.

– Où étais-tu ? Tu me laisses une note disant de ne pas m'inquiéter, et tu disparais complètement !

– Tu ne te calmes pas, là. Je suis à la maison dans dix minutes. Dis à ton commando de ne pas bouger.

– Où étais-tu ?

– Je vais bien. Tout va bien, je te promets.

Connor me laissa en bas de la rue. J'aurais bien aimé voir Clay et ses amis expliquer la vie à Connor, mais ça ne concordait pas vraiment avec l'esprit de paix que je m'efforçais de cultiver vis-à-vis de Daniel. Quand j'approchai du bâtiment, Blake faisait les cent pas comme un forcené, débitant des paroles enfiévrées en direction de Clay et d'un autre géant vêtu de noir.

Dès que ses yeux se posèrent sur moi, il vint à ma rencontre. Je m'attendais à ce qu'il hurle, mais il me prit dans ses bras, en une étreinte si serrée qu'elle me coupa le souffle.

Il me relâcha juste assez pour me regarder dans les yeux. Son visage était contracté, sa peau, tendue sur les angles de ses traits magnifiques.

– Ne me laisse plus jamais comme ça. Jure-le-moi.

J'acquiesçai, me sentant de moins en moins courageuse et de plus en plus coupable.

– Jure-le-moi, Erica.

– Je te le jure. Je suis désolée. Il fallait que je le voie et que je règle tout ça.

Ses yeux s'ouvrirent tout grands.

– Quoi ? Qui ?

– Daniel.

Il recula et enfonça ses mains dans ses cheveux.

– Tu plaisantes ? Dis-moi que tu plaisantes !

– Tout va bien, maintenant. Je l'ai convaincu. Il n'était pas content, évidemment, mais je crois avoir trouvé les mots pour lui faire comprendre d'où je venais. Il va nous foutre la paix.

– Qu'est-ce que tu en sais ? Et s'il avait juste gagné du temps ? Et s'il avait… Bon Dieu, Erica, je n'arrive pas à croire que tu as fait ça !

J'y réfléchis une seconde. Ma rencontre avec Daniel aurait pu mal se passer. Partir dans une tout autre direction. Blake ne se le serait jamais pardonné, s'il m'était arrivé quelque chose.

– C'est mon père, Blake. Il est horrible, parfois, mais il ne va pas me faire de mal. (Je soupirai, heureuse de pouvoir enfin le croire.) On a trouvé un accord. Il m'a promis de nous lâcher.
– Et tu l'as cru ?
– Je l'ai cru.

* * *

Je passai le reste du samedi à restituer ma conversation avec Daniel à Blake, en m'efforçant de lui faire comprendre que tout était réglé. Il restait sceptique, mais je réussis au moins à le convaincre de l'inutilité de divulguer ses informations pour le moment. Je lui fis jurer sur notre amour qu'il ne le ferait pas.

Je m'entendis avec Risa pour la retrouver au Mocha le lendemain matin. Elle se douterait bien que quelque chose n'allait pas, mais je devais la voir face à face. Je n'aurais pas de meilleure occasion d'en apprendre un peu plus sur ce qu'elle et Max complotaient en sous-main.

– Salut…

Elle s'installa sur le siège en face de moi, fraîche et amicale comme d'habitude.

J'inclinai la tête sur le côté et la dévisageai, comme si je la voyais pour la première fois. En un sens, c'était le cas. Sachant ce que je savais maintenant, je voyais la personne qu'elle avait toujours été.

– Je suis sacrément déçue, Risa. Voilà le problème.

Elle pâlit un peu.

– Qu'est-ce que vous voulez dire ?

– Je suis curieuse… Combien de temps envisageais-tu de faire semblant d'appartenir à l'équipe avant de faire défection ? Une simple question d'opportunité, ou toi et Max aviez un plan prédéfini ?

Elle hésita.

– Je ne suis pas sûre de voir de quoi vous parlez.

– Je sais que tu as envoyé les fichiers à Max, alors tu peux te montrer honnête, maintenant. Je voulais juste savoir quand tu étais passée d'un boulot que tu adorais dans une boîte à laquelle tu tenais, à la transmission d'informations confidentielles à un tiers qui nous hait… parce que je ne comprends pas.

Son expression changea, ses traits affichant soudain une profonde amertume.

– Vraiment ? Qu'est-ce que tu ne comprends pas, Erica ? Ç'a été un cauchemar de travailler avec toi, depuis le premier jour. Tout le monde pense que tu es la grande visionnaire qui a construit cette entreprise, mais où serais-tu sans des gens comme moi ? Je me suis cassé le cul pour toi, et pourquoi ? Pour que tu en retires tout le crédit ?

Je fronçai les sourcils.

– Désolée, mais… ce ne serait pas ton boulot ?

– Ça le sera quand Max et moi aurons lancé notre propre site. C'est déjà en cours, et nous emmenons tous les annonceurs avec nous… Alors, considère-toi comme prévenue.

Je laissai échapper un rire mêlé de surprise. Sa trahison était allée beaucoup plus loin que je ne l'avais cru.

– Eh bien, Risa, tu t'es surpassée. Max aussi, apparemment. Ne jamais sous-estimer le pouvoir de la jalousie.

Max ne reculerait devant rien pour battre Blake. Je regrettai d'avoir mis en doute les avertissements de ce dernier.

– Appelle ça comme tu veux. Bonne chance pour te relever, après ça. Tu vas le regretter.

– Tu sembles juste oublier que le succès de la société n'est pas lié à toi. Même pas à moi, en fait. N'importe lequel d'entre nous pourrait partir, et la boîte survivrait, maintenant. Tu appartenais à une équipe, mais j'ai l'impression que tu n'as pas compris ce que ça signifie. Bonne chance pour faire tourner une affaire dont la philosophie fondatrice est la jalousie, la trahison perfide.

– Va te faire voir ! coupa-t-elle.

Je me levai. J'avais entendu tout ce que je voulais entendre. Avant de partir, je lâchai quand même :

– Ah ! Risa… Une dernière chose.

– Quoi ?

Je laissai un sourire naître lentement sur mes lèvres.

– Blake m'a chargée de te dire qu'il n'est pas intéressé.

Mise en pages PCA
44400 Rezé

Imprimé en Espagne
Dépôt légal : septembre 2015
N° d'impression : 01
ISBN : 978-2-7499-2645-2
LAF : 2048B